法韵红楼

红楼梦里的法律世界

张未然 王绍青◎著

知识产权出版社
全国百佳图书出版单位

图书在版编目（CIP）数据

法韵·红楼：红楼梦里的法律世界 / 张未然，王绍青著. —北京：知识产权出版社，2014.9

ISBN 978-7-5130-2998-8

Ⅰ. ①法… Ⅱ. ①张…②王… Ⅲ. ①《红楼梦》研究②法律－研究－中国－清代 Ⅳ. ①I207.411②D909.249

中国版本图书馆CIP数据核字（2014）第214429号

内容提要

本书以传统法律文化为视角，透过书中描述的贾府及其人物，阐释中国传统社会中的法律现象，包括家族的法律地位及意义，父权的法律内容，父子之间、夫妻之间、妻妾之间、长幼之间、良贱之间的权利和义务，从而具体、生动地勾勒出当时人际关系的“差序格局”，对当时人们的生活方式和社会风情给予法律文化层面上的诠释和回答。

责任编辑：周 游 **责任出版**：刘译文

法韵·红楼：红楼梦里的法律世界

FAYUN HONGLOU HONGLOUMENG LI DE FALÜ SHIJIE

张未然 王绍青 著

出版发行：	知识产权出版社有限责任公司	网 址：	http:// www. ipph. cn http:// www. laichushu. com
电 话：	010-82004826		
社 址：	北京市海淀区马甸南村1号	邮 编：	100088
责编电话：	010－82000860转8532	责编邮箱：	zhouyou-1023@163.com
发行电话：	010－82000860转8101 / 8029	发行传真：	010－82000893 / 82003279
印 刷：	保定市中画美凯印刷有限公司	经 销：	各大网上书店、新华书店及相关专业书店
开 本：	720mm×1000mm 1/16	印 张：	11.75
版 次：	2014年11月第1版	印 次：	2014年11月第1次印刷
字 数：	170千字	定 价：	35.00元

ISBN 978-7-5130-2998-8

自序

言及《法律与文学：以中国传统戏剧为材料》，北京大学法学院教授苏力先生认为，“本书的基本追求不是运用具有历史意味的文学材料来印证法律的历史，甚至也不是运用文学材料来注释甚或宣传某些当代的法律理念；而是力求在由文学文本构建的具体语境中及构建这些文本历史语境中冷静地考察法律的，特别是中国法律的一些可能具有一般意义的理论问题。”巧合的是，这里，苏力先生所概括的前两种情况，我都有份儿：之前出版的《法意·红楼：一个法律人的“读红”札记》，是从现代法学的视角展开的，用平等、人权等现代法学话语审视红楼，解读其中的人物和情节，用意也在于“运用文学材料来注释甚或宣传某些当代的法律理念”，而现在呈现在您眼前的这本小书，则是从法史的视角展开的，意在“运用具有历史意味的文学材料来印证法律的历史”，如果把苏力的研究算作是“法律与文学”研究的标准范式的话，我有些困惑，自己的这项工作还算不算一种规范的“法律与文学”的交叉研究。然而，有一件事我是清楚的，三年来，对这项工作，我近乎偏执地投入了全部的热情。

原本，在写完《法意·红楼：一个法律人的“读红”札记》后，我并没有继续研读红楼的规划，但是，在细致地阅读了瞿同祖先生的《中国法律与中国社会》之后，我又重新燃起了从中国法制史的角度，解读《红楼梦》的热情。瞿先生的著作所展示出的博大的理论魅力，使我领略到老一辈学人的学术风采，令我深深折服。在某种意义上，我只是凭借了《红楼梦》的故事这件外衣，把瞿先生关于中国传统法律文化的观点通俗地、以一种人们喜闻乐见的方式加以“包装”呈现出来而已。通过阅读这本小书，如果它深化、丰富了您对红楼梦的一些认识和理解，或者如果您能从中了解传统中国的法律文化诸多特质，其中的功劳，毫无疑问地应该首先归于瞿同祖先生。

再有，我一切的写作，只是为了女儿，这本书的写作也不例外。由于工作的原因，我经常和女儿分离。每次临别，女儿总会哭泣，挂在她眼角的泪痕，成为我内心中不能承受之痛。既然在她小的时候，我不能常陪在她身边，给她讲故事，那么，我可以以《西游记》《红楼梦》这些古典名著为素材，在我的知识范围内，谈我自己的一些看法或认识，等到她长大以后，和她一起分享。这能否算作是一种有价值的补偿呢？在一个慵懒的午后，清茶一杯，年老的我和恰值青春的女儿，庭院闲坐，对谈红楼。这是我能想到的，最幸福的事。

张未然
中国石油大学（华东）
2014年10月8日

目录 CONTENTS

父亲大人

早年间，王朔写过一本小说，叫《我是你爸爸》。关于父亲，他是这样定义的：父亲犹如阳光是我们无时不需，有时却又要小心躲避的东西。[1]我想，在文化心理学意义上，这句话是具有高度概括性的，很能反映传统中国的父权文化及在此统摄下的父子关系。例如，宝玉、贾琏、贾蓉等一干人，靠了祖、父辈的荫庇，过着“钟鸣鼎食”的生活，却又因为父亲的存在，终日谨小慎微、担惊受怕。《红楼梦》第26回，宝玉听到父亲叫他，心里的感觉是：“不觉打了个雷的一般。”第28回，当着母亲王夫人的面，宝玉开她“金刚丸”“菩萨散”的玩笑，像个“开锁的猴”，然而，在贾政面前，宝玉是不敢的，只剩下“唯唯而已”。这就是传统中国的“严父慈母”吧。第33回，贾环见到贾政，会“唬得骨软筋酥”。第44回，哪怕当着贾母、邢夫人的面，贾琏也敢“撒娇撒痴，涎言涎语的还只乱说”，可一听到要把他的老子叫来，就赶紧“趔趄着脚儿出去了”。由此可见，贾府里的父亲无疑是令人畏惧的，这里，我将其置于传统法律文化的语境之中，来具体地考察。

瞿同祖先生指出，中国的家族是父权家长制的，父祖是统治的首脑，一切权力都集中在他的手中，家中的所有人口——包括他的妻妾子孙和他们的妻妾，未婚的女儿、孙女，同居的旁系卑亲属，以及家族中的奴婢，

---

[1] 王朔. 无知者无畏. 辽宁：春风文艺出版社，2000：137.

都在他的权力之下。[1]经济权、教育权、法律权等都在他的手里。

经济权利，对个体的存在和发展是至关重要的。可以说，没有经济独立，就没有人格独立。在《娜拉走后怎样》一文中，鲁迅先生宣称："钱是要紧的。凡承认饭需钱买，而以说钱为卑鄙者，倘能按一按他的胃，那里面怕总还有鱼肉没有消化完，须得饿他一天之后，再来听他发议论……钱，——高雅的说罢，就是经济，是最要紧的了。自由固然不是钱所能买到的，但能够为钱所卖掉。"然而，按照传统的法律，凡父母健在，则不允许子孙享有私人财产。"禁止子孙私有财产在礼法上可以说是一贯的要求。法律上为了防止子孙私自动用及处分家财，于是立下明确的规定。历代法律对于同居卑幼不得家长的许可而私自擅用家财，皆有刑事处分，按照所动用的价值而决定身体刑罚的轻重，少则笞一十二十，多则杖至一百。"[2]由此，"贾不假，白玉为堂金作马。阿房宫，三百里，住不下金陵一个史……"在法律层面上，这些财产，仅为父亲所有，由父亲支配、处分，并不属于宝玉等人。不经过父亲的允许，儿子没有处分的权利。我们看到，第47回，宝玉同柳湘莲相见，谈及秦钟的坟墓，宝玉道：

"怪道呢。上月我们大观园的池子里头结了莲蓬，我摘了十个，叫茗烟出去到坟上供他去，回来我也问他可被雨冲坏了没有。他说不但不冲，且比上回又新了些。我想着，不过是这几个朋友新筑了。我只恨我天天圈在家里，一点儿做不得主，行动就有人知道，不是这个拦就是那个劝的，能说不能行。虽然有钱，又不由我使。"

这里，宝玉所述的情况是真实的，也是当时制度的写照。在此，有人或许认为，宝玉的经济权利受到限制是合理的，因为此时宝玉尚未结婚，还属于"限制行为能力人"，为了其成长，他的一些权利有必要处于父母的监护之下。其实，这种认识是错误的，是在用现代的法律视角解读以前的社会现象。按照传统的法律，"即使已成年，已结婚或已生有子女，同时已经有职业，已经获得公民的或政治上的权利，他依然不能保有私人的

---

❶ 瞿同祖. 中国法律与中国社会. 北京：商务印书馆，2010：6.

❷ 瞿同祖. 中国法律与中国社会. 北京：商务印书馆，2010：17.

财产或是别立一新的户籍。”[1]这即是非常重要的“别籍异财禁止”原则。我们看到，不但宝玉，即便是已经结婚的且有官职的贾琏、贾蓉，也不具有属于自己的财产。他们的日常花费，和府里的太太、小姐一样，也只能是在“官中”按份领取“月钱”而已。第72回，凤姐儿向旺儿媳妇抱怨道：

“我和你姑爷一月的月钱，再连上四个丫头的月钱，通共一二十两银子，还不够三五天的使用呢。”

更甚至，像贾赦这样，“这么胡子苍白又做了官的一个大儿子”，在个人的经济权益方面，也是一样。第3回介绍，他的住所在“一黑油大门中”“必是荣府中花园隔断过来的”，之所以如此，因为法律是禁止他离开荣府，去另立门户的。第105回，贾府被抄时，贾政道：

“但犯官祖父遗产并未分过，惟各人所住的房屋有的东西便为己有”。

由此，清楚地表明：按照传统的礼法，在贾母健在的情况下，他们兄弟之间也不允许分家析产。

再进一步地看，我们就会发现，“不但家财是属于父或家长的，便是他的子孙也被认为是财产。严格说来，父亲实是子女之所有者，他可以将他们典质或出卖于人。”[1]宝玉、贾琏等人固然没有遇到这样的问题，然而，贾府里如袭人、晴雯、鸳鸯等的奴仆的命运，就是生动的例证。第19回，袭人在家里听见她母兄要赎她回去，抱怨道：

“当日原是你们没饭吃，就剩我还值几两银子，若不叫你们卖，没有个看着老子娘饿死的理。如今幸而卖到这个地方，吃穿和主子一样，又不朝打暮骂。况且如今爹虽没了，你们却又整理的家成业就，复了元气。若果然还艰难，把我赎出来，再多掏澄几个钱，也还罢了，其实又不难了。这会子又赎我作什么？权当我死了，再不必起赎我的念头！”

可见，子女实是父亲财产权的客体。这是令我们现代人感到恐怖的。

与宝玉、贾琏等人相比，由于父亲的早逝，薛蟠在家族之中享有了充分的经济权利，当然，他也充分地滥用了这一权利。他继承了家中的“百

---

[1] 瞿同祖. 中国法律与中国社会. 北京：商务印书馆，2010：18.

万之富”“赖祖父旧日的情分，户部挂虚名，支领钱粮”，过着终日“斗鸡走马，游山玩水”的生活，“头一个惯喜欢送钱与人的”。在他行使这一权利的过程中，唯一有意义的事情，或许就是资助了妹妹薛宝钗，后者替湘云出资做东道主，在大观园举办了“螃蟹宴”，于是就有了第38回：“林潇湘魁夺菊花诗，薛蘅芜讽和螃蟹咏。”

“人类有一个大缺点，就是常常要饥饿。为补救这缺点起见，为准备不做傀儡起见，在目下的社会里，经济权就见得最要紧了。”缺乏了经济权利，贾府里的儿子长大后，一个个地成长为毫无独立人格的、各自父亲的傀儡，赖嬷嬷口中的“奴才秧子”。只有宝玉成了其中的“异类”。

在父权社会里，父亲对于孩子的行为常要担负道德上和法律上连坐的责任。“子不教，父之过”已成了我们家喻户晓的成语。为了维持自己的名誉和安全，做父亲的不能不注意家教。[1]然而，这种教育权的行使，常常让人觉得失望，甚至是令人战栗的。

第9回，宝玉叫了秦钟，一起去上学。行前来向父亲告别。贾政冷笑道：

“你如果再提‘上学’两个字，连我也羞死了。依我的话，你竟顽你的去是正理。仔细站脏了我这地，靠脏了我的门！”

贾政的话里，没有一丁点的鼓励和期盼，有的只是讽刺、挖苦。在今天，我们已经很难想象这是一个父亲对自己刚开始求学的孩子说的话。现在的教育学里，流行着“好孩子是夸出来的”这样一句话。我想，宝玉之所以走上叛逆的道路，或多或少应该和贾政落后的教育理念存在一定的关系吧。

有趣的是第17回，大观园甫一竣工，贾政带领宝玉、众清客等人“题写对额”，结果，宝玉发挥的非常好，其才思可谓“机敏动诸宾”。然而，令人感到错愕的是，作为父亲的贾政，看上去却很生气。当宝玉题出“曲径通幽处”“沁芳”时，面对众人的赞扬，贾政的情绪还可以，笑道：

“不可谬奖。他年小，不过以一知充十用，取笑罢了。再俟选拟。”

---

[1] 费孝通. 乡土中国·生育制度. 北京：北京大学出版社，1998：194.

等宝玉想出“有凤来仪”四字，众人都哄然叫妙。贾政竟生气地作负面点评，点头道：

“畜生，畜生，可谓‘管窥蠡测’矣。”

当宝玉引经据典，说出“稻香村”，贾政的反应是“一声断喝”，道：

“无知的业障！你能知道几个古人，能记得几首熟诗，也敢在老先生前卖弄！你方才那些胡说的，不过是试你的清浊，取笑而已，你就认真了！”

随后，还有如：

“无知的蠢物！你只知朱楼画栋，恶赖富丽为佳，那里知道这清幽气象。终是不读书之过！”“叉出去”“若不通，一并打嘴！”……

我想，在内心里，贾政应该是很高兴的。宝玉的表现应该让他确信自己的儿子并不缺乏聪明才智，当然，更重要的是，儿子的表现给他在众人面前挣足了面子。然而，即便如此，他也一定要刻意装出不高兴的样子，也一定要用生气的口吻、贬低的语词来表达对儿子的认可。就像电影《刮痧》[1]里的许大同，要用打儿子的方式，来表达对美国朋友的尊重。或许，这就是“中国式父亲”。

对于宝玉在诗词中展露出的灵气，作为父亲，贾政不懂得引导、尊重，一味地斥责为“精致的淘气”，批评宝玉“专在浓词艳曲上下工夫”。他亲自为儿子指定了学习教材：

“什么《诗经》古文，一概不用虚应故事，只是先把《四书》一气讲明背熟，是最要紧的。”

及至第84回，贾政还亲自辅导宝玉写作文，题目是《吾十有五而志于学》：

看到承题，那抹去的原本云：“夫不志于学，人之常也。”贾政摇头道：“不但是孩子气，可见你本性不是个学者的志气。”又看后句“圣人十五而志之，不亦难乎”，说道：“这更不成话了。”

---

❶《刮痧》由郑晓龙导演，演员梁家辉、蒋雯丽主演。影片围绕刮痧疗法产生的误会展开，反映了华人由于文化的差异在国外陷入种种困境，集中地展现了中西方文化之间的多样性差异。

“夫不志于学，人之常也”“十五而志之，不亦难乎”。对绝大多数人而言，学习并不是一件容易的事情，几乎注定一场艰苦的跋涉。因此，才有“书山有路勤为径，学海无涯苦作舟”的俗语。在今天，如果一个十四五岁的孩子，能够矢志学习，这差不多是一件令自己的父母感到骄傲、别人的父母感到艳羡的事情。这里，宝玉像是那个说破“皇帝的新衣”的孩子，天真地说出了事情的真相。然而，却遭到父亲的训斥。成年人的世俗，怎么会容得下一个孩子眼睛里的世界呢？我们不能说，贾政不爱自己的儿子，然而，社会早已经有了一套关于父亲的格式化的标准[1]，作为父亲，在儿子面前，就一定要板起面孔、不苟言笑，必须要吝啬表扬、高高在上。贾政他们自己是“社会结构的人质”，也一定要把儿子培养成“社会结构的人质”。唯此，才叫成功。这样的教育，是不是令人失望呢？更糟糕的是，这仅仅是一个开始而已。

教育权，展而言之，还应该包括对子女违规行为的惩戒权。在今天，这种权力的行使，要求以不损害对方的人格及人身权益为前提。然而，在传统的制度下，这种权力的行使则表现得比较直观、具体，通俗一点来说，就是拿板子打屁股。这种常被称之为“家法”的教育方式，得到了国家法的认可和支持。

例如，第12回，写贾代儒打贾瑞：

代儒道：“自来出门，非禀我不敢擅出，如何昨日私自去了？据此亦该打，何况是撒谎。”因此，发狠到底打了三四十扳，还不许吃饭，令他跪在院内读文章，定要补出十天的工课来方罢。

平心而论，贾瑞这个家伙非常不争气，也确实该打。同样是家道中落，父母双亡，贾瑞的境遇至少要比贾雨村好很多，他有便利的学习条件，还有“背靠大树好乘凉”的贾府。而贾雨村几乎一无所有，暂居破庙，卖字为生。按理说，贾瑞比贾雨村更应该取得成功，然而，他却饱暖思淫欲，心中毫无愿景与规划，不准备对自己、对家庭去承担任何责任，

[1] 这种格式化表现在社会生活的各个方面，如传统社会里，男人就须“仕途经济”，女性就须“女工针织”“女子无才便是德”。对这种泯灭个性、压制自由的社会文化，王熙凤也曾表达过异议，第27回，她说：“难道必定装蚊子哼哼就是美人了？”

一心只想着王熙凤的床笫，欲做乱伦之丑事。由此，贾代儒发狠打了贾瑞“三四十扳”，也确是在履行教育的职能。然而，问题是这种权力的行使几乎没有任何限制，以致很多时候都是恣意而为的，常常违背了这一权力配置的初衷。

第48回，借平儿之口，写贾赦打贾琏：

二爷只说了一句：“为这点子小事，弄得人坑家败业，也不算什么能为！”老爷听了就生了气，说二爷拿话堵老爷，因此这是第一件大的。这几日还有几件小的，我也记不清，所以都凑在一处，就打起来了。也没拉倒用板子棍子，就站着，不知拿什么混打了一顿，脸上打破了两处。

这里，我们能说贾赦是在履行教育职责吗？他分明是为了一己之私，在迫使自己良知未泯的儿子变得更坏。这里，贾琏并没有任何违反教令的行为，只是凭自己的良心表达了一下自己的观点，却遭到贾赦的毒打。类似的情节出现在第29回，在凤姐的热情邀请下，贾母赴清虚观打醮，贾珍一时不见贾蓉，道：“怎么不见蓉儿？”一声未了，只见贾蓉从钟楼里跑了出来。贾珍道：

“你瞧瞧他，我这里也还没敢说热，他倒乘凉去了！”喝命家人啐他。那小厮们都知道贾珍素日的性子，违拗不得，有个小厮便上来向贾蓉脸上啐了一口。贾珍又道：“问着他！”那小厮便问贾蓉道：“爷还不怕热，哥儿怎么先乘凉去了？”贾蓉垂着手，一声不敢说。

由此，我想起第6回，贾蓉向凤姐借一架玻璃炕屏，在王熙凤的炕沿上半跪着道：

“婶子若不借，又说我不会说话了，又挨一顿好打呢。婶子只当可怜侄儿罢。”

初读这段文字，我总以为是贾蓉的玩笑，而基于上述的分析，我觉得的贾蓉一点也没有夸张。

当然，给人印象最深的，莫过于第33回，贾政打宝玉：

话未说完，把个贾政气得面如金纸，大喝“快拿宝玉来！”一面说，一面便往里边书房里去，喝令“今日再有人劝我，我把这冠带家私一应交与他与宝玉过去！我免不得做个罪人，把这几根烦恼鬓毛剃去，寻个干净去处自了，也免得上辱先人下生逆子之罪。”

……

贾政一见，眼都红紫了，也不暇问他在外流荡优伶，表赠私物，在家荒疏学业，淫辱母婢等语，只喝令“堵起嘴来，着实打死！”小厮们不敢违拗，只得将宝玉按在凳上，举起大板打了十来下。贾政犹嫌打轻了，一脚踢开掌板的，自己夺过来，咬着牙狠命盖了三四十下。

……

贾政冷笑道：“倒休提这话。我养了这不肖的孽障，已不孝，教训他一番，又有众人护持，不如趁今日一发勒死了，以绝将来之患！”说着，便要绳索来勒死。

此间，笞责宝玉的同时，贾政说“我免不得做个罪人”，这显然是气头上的话。按照当时制度，这应该是夸张之语。事实上，即便贾政真的把宝玉打死了，也不见得有罪。按照清代的法律，故意杀死没有什么过错的子孙，父母应当被追究责任；而如果父母杀死不孝的子孙，或者子孙违反父母的教令，被父母责罚，无心致死，这两种情况都不承担罪责。虽然宝玉没有殴骂父母的行为，但也确如贾政所说的，具有“流荡优伶，表赠私物，荒疏学业”等事实，这显然是违反父母教令的行为，而作为父亲的贾政在惩戒过程中碰巧把他打死，是无须承担责任的。及至后来，贾政要用绳索来勒死宝玉，像这种极端的方式，按照当时的法律，这属于“非礼殴杀”，是要承担责任的，不过，不是像我们今天的法律，要承担故意杀人的重罪，相反，其罪责极轻，只是“杖一百”而已。由此，像这类父亲杀子的案件，“若不是非理殴杀，便可不论。法律上所注意的不在是否违反教令而在是否非礼毙杀，这是客观的问题，前者则是主观的，只要父亲说儿子违反教令，法司是不会提出原因的，亦不须法司加以认定。”[1]

法律除了肯定父母对子女的惩戒权，也赋予了父母的送惩权。即父母不亲自惩戒，而请求地方政府代为执行。“天下无不是的父母”，只要父母对子女提出违反教令或不孝的控诉，法司无不照准。如果官府会怀疑父母

[1] 瞿同祖．中国法律与中国社会．北京：商务印书馆，2010：11.

的指控理由是否成立，“也是不可想象的事。如果法官追问谁是谁非，便等于承认父母的不是，而否认父权的绝对性了。”[1]由此，用我们今天的话，这种送惩权，与其说是一项请求权，不如说这实为一项形成权。

此外，对子女的主婚权是父权的重要内容之一。按照当时的法律，“父母的意志为子女婚姻成立或撤销的主要的决定条件，他以自己的意志为子授室，为女许配，又可以命令他的子孙与媳妇离婚，子女个人的意志是不在考虑之列的。社会法律皆承认他的主婚权，以社会法律的制裁作为有力的支持。子女的反抗是无效的。”[2]在“恋爱自由”成为常识的今天，这同样是一项令人感到匪夷所思的制度。我们看到，红楼梦里，年轻人的婚姻都是基于父权的意志而缔结的，如薛宝钗和贾宝玉。更甚至，尤二姐和张华，当他（她）们还没有成为一个生理意义上的人的时候（用我们今天的话说，谓不具有权利能力），他们的家长就预先订立了两人的婚姻关系。第64回介绍：

却说张华之祖，原当皇粮庄头，后来死去。至张华父亲时，仍充此役，因与尤老娘前夫相好，所以将张华与尤二姐指腹为婚。

相反，如果单是年轻人之间的恋爱，而缺少了“父母之命”这个要件，那么，这段感情就会被贴上“奸淫狗盗”“贼不贼，鬼不鬼”的标签，被无情的扼杀和否定。给了年轻人最多呵护，在很多事情上持开明态度的贾母，在这个问题上也不例外，也没有给他们任何的同情。第54回，“史太君破陈腐旧套”，通过对时下流行的评书、故事的点评，她对于青年男女之间的爱恋给予了尖锐的批评，贾母笑道：

“这些书都是一个套子，左不过是些佳人才子，最没趣儿。把人家女儿说的那样坏，还说是佳人，编的连影儿也没有了。开口都是书香门第，父亲不是尚书就是宰相，生一个小姐必是爱如珍宝。这小姐必是通文知礼，无所不晓，竟是个绝代佳人。只一见了一个清俊的男人，不管是亲是友，便想起终身大事来，父母也忘了，书礼也忘了，鬼不成鬼，贼不成

---

[1] 瞿同祖. 中国法律与中国社会. 北京：商务印书馆，2010：17.

[2] 瞿同祖. 中国法律与中国社会. 北京：商务印书馆，2010：19.

贼，那一点儿是佳人？便是满腹文章，做出这些事来，也算不得是佳人了。比如男人满腹文章去作贼，难道那王法就说他是才子，就不入贼情一案不成？……”

正是基于这样的认识，第97回，当她知道了自己最疼爱的外孙女——林黛玉的所思所想之后，竟也一反常态地表达了反感。贾母道：

“孩子们从小儿在一处儿顽，好些是有的。如今大了懂的人事，就该要分别些，才是做女孩儿的本分，我才心里疼他。若是他心里有别的想头，成了什么人了呢！我可是白疼了他了。”

“咱们这种人家，别的事自然没有的，这心病也是断断有不得的。林丫头若不是这个病呢，我凭着花多少钱都使得。若是这个病，不但治不好，我也没心肠了。”

在父权主导的婚姻面前，子女要么委曲求全、逆来顺受，如元春，点灯熬油般待在“那个不得见人的去处”；迎春，这个绰号“二木头”的懦弱的、善良姑娘，她在其短暂的婚姻生活中受尽了丈夫的百般凌辱，只留下一声令人透彻心扉的呐喊：“我不信我的命就这么不好”；要么悬崖撒手、斩断尘缘，如贾宝玉，“我所居兮，青埂之峰。我所游兮，鸿蒙太空。谁与我游兮，吾谁与从。渺渺茫茫兮，归彼大荒。”再有，就是干脆用极端的方式结束自己的人生。除了痴情的黛玉之外，让我印象深刻的，是倔强而勇敢的司棋。第92回，写道：

自从司棋出去，终日啼哭。忽然那一日他表兄来了，他母亲见了，恨得什么似的，说他害了司棋，一把拉住要打。那小子不敢言语。谁知司棋听见了，急忙出来老着脸和他母亲道：“我是为他出来的，我也恨他没良心。如今他来了，妈要打他，不如勒死了我。”他母亲骂他：“不害臊的东西，你心里要怎么样?”司棋说道：“一个女人配一个男人。我一时失脚上了他的当，我就是他的人了，决不肯再失身给别人的。我恨他为什么这样胆小，一身作事一身当，为什么要逃。就是他一辈子不来了，我也一辈子不嫁人的。妈要给我配人，我原拼着一死的。今儿他来了，妈问他怎么样。若是他不改心，我在妈跟前磕了头，只当是我死了，他到那里，我跟到那里，就是讨饭吃也是愿意的。”他妈气得了不得，便哭着骂着说：“你是我的女儿，我偏不给他，你敢怎么着。”哪知道那司棋这东西糊涂，便一头撞在墙上，把脑袋撞破，鲜血直流，竟死了。

英国的哲学家霍布斯，把政府比喻为一个叫“利维坦”的怪兽，因为在他看来，政府在保护人的同时，又在吃人。我们看到，传统的法律中，父亲几乎垄断了子女的一切生存与发展的权利；他在保护子女的同时，又在吞噬着自己的子女，也成了一个庞大的“利维坦”。

第45回，赖嬷嬷在凤姐处聊天，对宝玉道：

“不怕你嫌我，如今老爷不过这么管你一管，老太太护在头里。当日老爷小时挨你爷爷的打，谁没看见的。老爷小时，何曾像你这么天不怕地不怕的了。还有那大老爷，虽然淘气，也没像你这扎窝子的样儿，也是天天打。还有东府里你珍哥儿的爷爷，那才是火上浇油的性子，说声恼了，什么儿子，竟是审贼！……”

依照赖嬷嬷所说的，贾政、贾赦这些人，作为儿子的时候，也是挨过打的，等他们长大，自己做了父亲，就学自己的老子当年的样子，打宝玉、贾琏、贾蓉这些儿子。由此，这是一个关于“父权意象”的传承、一个有关“中国式父亲”的生生不息的轮回。

马林生，某机关的工会主席，是《我是你爸爸》里的爸爸，在他眼里，“儿子马车就是一句话：欠揍！而在儿子眼里，他时而是个暴君，时而是个可怜虫。”同在一个屋檐下，父子之间心灵的鸿沟却难以逾越。于是，像王朔说的，“两个本来是世界上最亲的人成了世界上两个最大的仇敌。……人类情感中最伟大、最值得赞美的那一部分一跃变为无法摆脱的痛苦及绝望的根源。”

每一个中国的父亲，莫非心里都住着一个贾政？

主子奶奶

红楼梦中的主子奶奶有很多，然而，有完整家庭的却不多，其中，具有代表性的是四个人，即邢夫人、王夫人、尤氏和王熙凤。透过她们具体的家庭生活实践，我感兴趣的是，这些平日里在奴婢眼中极为尊贵的主子奶奶们，作为妻子，她们在家庭生活中的实际地位。

传统的宗法社会，强调妻子对丈夫的绝对服从。[1]邢夫人、尤氏就是顺从的典型。第46回，邢夫人竟然为自己的丈夫贾赦做媒，意欲强娶鸳鸯，她的这种行为，连贾母都看不过去，说她“你倒也三从四德，只是这贤惠也太过了！”第64、66回里，尤氏则眼睁睁地看着自己的两个妹妹被贾珍、贾琏一干人侮辱、损害，却毫无办法。凤姐骂她：

“……你但凡是个好的，他们怎得闹出这些事来！你又没才干，又没口齿，锯了嘴子的葫芦，就只会一味瞎小心图贤良的名儿。总是他们也不怕你，也不听你话。”

由此，邢夫人、尤氏在各自家庭中的地位也就不言而喻了。令人注目的是王夫人和凤姐，在这个家庭或家族的日常生活中，她们掌握着相当部分的家事管理权，在与各自丈夫的互动、博弈中，表现出颇为平等、独立甚至是强势的一面，那么，事实果真如此吗？

---

[1] 福柯说：话语即权力。话语所隐含着不同群体的深层次价值取向、利益立场与诉求。那么，我们不妨考察一下有关妻子的“话语”：第3回，林如海把妻子称为“拙荆”；第4回，门子把妻子称为“内子”；第10回，贾蓉把秦可卿称为“贱内”。这些五花八门的对妻子的称谓，是不是妻子家庭权力或地位的某种映射呢？

首先，我们考察一下王夫人的家庭生活。

《说文》言："妻与己齐者也。"意思是，夫妻是平等的。王夫人与贾政之间，厮抬厮敬、相敬如宾，给人感觉是非常平等的。其所在的荣国府"人口虽不多，从上至下也有三四百丁，虽事不多，一天也有一二十件，竟如乱麻一般"。就这些繁杂的事务而言，王夫人具有充分的管理权力，绝非像邢夫人、尤氏那样的家庭角色。贾母曾对邢夫人说道："由于你兄弟媳妇本来老实，又生得多病多痛，上上下下那不是他操心？"那么，王夫人主要管理哪些具体事务呢，我们不妨看下面几段描写：

第7回：

至掌灯时分，凤姐已卸了妆，来见王夫人回话："今儿甄家送了来的东西，我已收了。咱们送他的，趁着他家有年下进鲜的船回去，一并都交给他们带了去了。"王夫人点头。凤姐又道："临安伯老太太生日的礼已经打点了，派谁送去呢？"王夫人道："你瞧谁闲着，不管打发着那四个女人去就是了，又来当什么正经事问我。"

第14回：

目今正值缮国公诰命亡故，王邢二夫人又去祭送殡；西安郡王妃华诞，送寿礼；镇国公诰命生了长男，预备贺礼……

第36回：

王夫人问凤姐："老太太屋里几个一两的？"凤姐道："八个。如今只有七个，那一个是袭人。"王夫人道："这就是了。你宝兄弟也并没有一两的丫头，袭人还算是老太太房里的人。"

亲友间的礼尚往来、家庭内的事务安排……由此，王夫人的家事管理权主要限于家庭内部事务。可以说，荣国府的家庭分工，是一种典型的"男主外、女主内"模式。的确，这看上去没有什么不平等。然而，正如瞿同祖先生指出的，我们能不以丈夫尊敬妻子这一点，就推论夫妻平等。[1]同样，"男主外、女主内"这种模式也只是一种貌似平等而已。因为这种家庭分工，它的依据就是男尊女卑、女从于男的原则。这一分工，

[1] 瞿同祖. 中国法律与中国社会. 北京：商务印书馆，2010：119.

“似无不平，但所谓内，以事而言，指育婴、烹饪、浣洗、缝纫及指挥仆妇丫鬟洒扫清洁一类的工作，其中实包括妻对夫的服侍。”“家以内的工作就人而言，主妇所统率的范围以不出中门的妇孺为限——娣、妾、童年的子孙、在室的姊妹、侄女、子妇、侄妇及仆妇丫鬟等”，[1]这不恰就是王夫人的生活天地吗？她的这些工作，都被定义为辅助性质，其根本目的是服务于丈夫贾政的。

言及贾政，第4回中介绍，他“公私冗杂，且素性潇洒，不以俗务为要，每公暇之时，不过看书着棋而已，余事多不介意”。需要指出的是，贾政不怎么管理家事，并不意味着他不具有家事管理权。相反，与王夫人相比，这其实是一种更高层次的管理权：是否进行家事管理，取决于他本人的兴趣。我们看到，在一些哪怕不怎么重要的议题上，王夫人都要听从或顾及贾政的态度或意愿。例如，第23回，写道：

……如今挪出大观园来，贾政正想发到各庙去分住。不想后街上住的贾芹之母周氏，正盘算着也要到贾政这边谋一个大小事务与儿子管管，也好弄些银钱使用，可巧听见这件事出来，便坐轿子来求凤姐。凤姐因见他素日不大拿班作势的，便依允了，想了几句话便回王夫人说：“这些小和尚道士万不可打发到别处去，一时娘娘出来就要承应。倘或散了，若再用时，可是又费事。依我的主意，不如将他们竟送到咱们家庙里铁槛寺去，月间不过派一个人拿几两银子去买柴米就完了。说声用，走去叫来，一点儿不费事呢。”王夫人听了，便商之于贾政。贾政听了笑道：“倒是提醒了我，就是这样。”即时唤贾琏来。

这里小和尚的问题，属于“元春省亲”的善后问题，本算不得多么重大的事情，然而，即便如此，王夫人也不能自己决定，而是要来和贾政商量，以便于听取、服从丈夫的意见。第72回，林之孝向贾琏建议：

“人口太重了。不如拣个空日回明老太太老爷，把这些出过力的老家人，用不着的，开恩放几家出去。”

或许，恰是因为清楚荣府里的权力格局，作为资深的管家，林之孝并

---

[1] 瞿同祖. 中国法律与中国社会. 北京：商务印书馆，2010：120.

没有把王夫人作为汇报的对象。对于那些较为重大的问题，如子女的教育权、主婚权、家庭的财政权等问题，王夫人几乎没有任何主导权利。例如，第33回，贾政责打宝玉，王夫人闻讯后赶来：

王夫人一进房来，贾政更如火上浇油一般，那板子越发下去的又狠又快。按宝玉的两个小厮忙松了手走开，宝玉早已动弹不得了。贾政还欲打时，早被王夫人抱住板子。贾政道："罢了，罢了！今日必定要气死我才罢！"王夫人哭道："宝玉虽然该打，老爷也要自重。况且炎天暑日的，老太太身上也不大好，打死宝玉事小，倘或老太太一时不自在了，岂不事大！"贾政冷笑道："倒休提这话。我养了这不肖的孽障，已不孝；教训他一番，又有众人护持；不如趁今日一发勒死了，以绝将来之患！"说着，便要绳索来勒死。王夫人连忙抱住哭道："老爷虽然应当管教儿子，也要看夫妻分上。我如今已将五十岁的人，只有这个孽障，必定苦苦的以他为法，我也不敢深劝。今日越发要他死，岂不是有意绝我。既要勒死他，快拿绳子来先勒死我，再勒死他。我们娘儿们不敢含怨，到底在阴司里得个依靠。"说毕，爬在宝玉身上大哭起来。

在此，就惩戒宝玉这个问题上，两个人的意见出现明显分歧，由于自己在丈夫面前的卑微，要劝止贾政，王夫人显得非常无奈，只能诉诸贾母、贾政的健康乃至自己的生命这种极端的方式。由此，我们看到，"对子女而言，父亦为行使亲权之第一人。在家长与主妇、父与母的意志冲突时，家长权父权无疑是最高的。"[1]

第36回，被袭人的忠心感动，王夫人提高了袭人的层级，她决定：

"把我每月的月例二十两银子里，拿出二两银子一吊钱来给袭人。以后凡事有赵姨娘周姨娘的，也有袭人的，只是袭人的这一分都从我的分例上匀出来，不必动官中的就是了。"

从而使得袭人虽无姨娘之名，却得姨娘之实。一向善于讨巧的凤姐遂建议：

"既这么样，就开了脸，明放他在屋里岂不好？"

---

[1] 瞿同祖. 中国法律与中国社会. 北京：商务印书馆，2010：120.

王夫人道：“那就不好了，一则都年轻，二则老爷也不许，三则那宝玉见袭人是个丫头，纵有放纵的事，倒能听他的劝，如今作了跟前人，那袭人该劝的也不敢十分劝了。如今且浑着，等再过二三年再说。”

这里，之所以不能公开认可袭人的姨娘身份，王夫人谈了三点理由，即年纪小、贾政不同意、害怕身份确定后，宝玉更不听话。其实，我觉得，最关键的理由是第二点，其他两个理由，或多或少都有些牵强。第65回，贾琏的小厮兴儿言明：

“我们家的规矩，凡爷们大了，未娶亲之先都先放两个人伏侍的。二爷原有两个，谁知他来了没半年……”

由此可知，婚前纳妾本就是贾府的传统。如兴儿所说，贾琏在婚前就有两个妾。再如，第16回交代，在娶夏金桂之前，薛姨妈“摆酒请客”“明堂正道的”把香菱给了薛蟠作妾。由此，在这三项理由之中，贾政的反对，才是关键因素。这也就意味着，在宝玉的主婚权这一问题上，王夫人是没有多少话语权的。反观作为父亲的贾政，在这一问题上，他则无须考虑王夫人的意见。第72回，赵姨娘央求贾政把彩霞许给贾环，贾政道：

“且忙什么，等他们再念一二年书再放人不迟。我已经看中了两个丫头，一个与宝玉，一个给环儿。只是年纪还小，又怕他们误了书，所以再等一二年。”

月钱问题，在小说里经常出现，这应该是贾府里的一项基本财政制度。第3回，黛玉初入荣府，就听到王夫人问凤姐：

“月钱放过了不曾？”

第36回，王夫人道：

“正要问你，如今赵姨娘、周姨娘的月例多少？”

凤姐道：“那是定例，每人二两。赵姨娘有环兄弟的二两，共是四两，另外四串钱。”

第45回，凤姐儿调侃李纨，笑道：

“亏你是个大嫂子呢！把姑娘们原交给你带着念书学规矩针线的，他们不好，你要劝。这会子他们起诗社，能用几个钱，你就不管了？老太太、太太罢了，原是老封君。你一个月十两银子的月钱，比我们多两倍银子。老太太、太太还说你寡妇失业的，可怜，不够用，又有个小子，足的又添了十两，和老太太、太太平等……”

由此，我们看到，上至贾母、王夫人这样的主子，下至赵姨娘、袭人、晴雯、佳蕙这样的奴才，每个人都有数目不等的月钱。那么，我感兴趣的问题是，贾政有没有月钱呢？考察当时的社会制度，我认为，贾政应该没有月钱。理由很简单，因为整个荣府的财产都是他的（当然，他是和兄长贾赦共有的），他也就无须月钱。按照当时的法律，作为妻子的王夫人，并不享有财产所有权，“妻虽负处理家事之责，但财政方面，只是按时从夫处领得定额的家用，然后在一定范围内支配这些资财而已。换言之，她只有行使权，并无自由处分权及所有权”。[1]虽然管理“月钱”，但并不享有这些“月钱”所有权，她也要从丈夫那里按月申领自己的那一份“月钱”，这就是王夫人在家庭中的财政地位。再者，第36回，关于月钱的发放，王夫人和凤姐有这样一段对话：

……

王夫人道：“前儿我恍惚听见有人抱怨，说短了一吊钱，是什么缘故？”凤姐忙笑道：“姨娘们的丫头，月例原是人各一吊。从旧年他们外头商议的，姨娘们每位的丫头分例减半，人各五百钱，每位两个丫头，所以短了一吊钱。这也抱怨不着我，我倒乐得给他们呢，他们外头又扣着，难道我添上不成。这个事我不过是接手儿，怎么来，怎么去，由不得我作主。我倒说了两三回，仍旧添上这两分的。他们说只有这个项数，叫我也难再说了。……”

这里，凤姐口中的“他们外头”是谁呢？是荣府负责财务的账房先生？显然不是，就其身份地位而言，他们拥有的至多是一种财务改革方面的建议权而已。由此，这里的“他们外头”实为贾政等人。由此，我们看到，贾政、贾赦、贾琏等人在家事管理方面上的强势，他们改革了“月钱”的分放方案，都没有知会王夫人！再或者，我们也可以推测，凤姐这里说的，或许并非事实，她只是编造了这么一个理由来搪塞王夫人，是掩

[1] 瞿同祖. 中国法律与中国社会. 北京：商务印书馆，2010：121.

盖自己在家务管理上的越轨行为的权宜之计。即便如此，有趣的是，王夫人竟然相信了凤姐的说辞，这又说明了什么呢？

进一步地，即便像贾母这样的“老祖宗”“老封君”，也不享有荣府的财产权，因为按照传统的制度，“根本否认妻有继承夫财的权利，继承遗产的不是她，而是她的儿子或嗣子。在子未成年之前她只有行使管理权的资格。”[1]第35回，宝玉想吃小荷叶莲蓬儿的汤，凤姐儿遂“吩咐厨房里立刻拿几只鸡，另外添了东西，做出十来碗来。”并说：

“今儿宝兄弟提起来了，单做给他，老太太、姑妈、太太都不吃，似乎不大好。不如借势儿弄些大家吃，托赖连我也尝个新儿。”

贾母听了，笑道：“猴儿，把你乖的！拿着官中的钱你做人。”

这里，“官中的钱”表面上看是属于大家的钱，然而，较真儿地说，就法律层面而言，实专属于贾赦、贾政兄弟的财产。

论及王夫人，早期的评论家涂瀛说，王夫人“一怒而死金钏，再怒而死晴雯，死司棋，出芳官等”。然而，这种气魄只是在下人面前才有的，作为妻子，面对丈夫，单是考虑到贾政的心情，她宁可推迟迫在眉睫的家庭省俭计划。如前文所述，第72回，当林之孝向贾琏提出家庭精简方案时，贾琏道：

“我也这样想着，只是老爷才回家来，多少大事未回，那里议到这个上头。前儿官媒拿了个庚帖来求亲，太太还说老爷才来家，每日欢天喜地的说骨肉完聚，忽然就提起这事，恐老爷又伤心，所以且不叫提这事”。

综上，贾政和王夫人之间，貌似平等的表面下，尊卑的红线一直在。

接下来，我们审视一下王熙凤和贾琏的关系。

红楼梦的世界里，王熙凤是最聪明的女性（第45回，李纨称她“真真是水晶心肝玻璃人”），也是在与丈夫的相处中表现最强势的。第2回，冷子兴言道：

“……谁知（贾琏）自娶了他令夫人之后，倒上下无一人不称颂他夫人的，琏爷倒退了一射之地：说模样又极标致，言谈又爽利，心机又极深

[1] 瞿同祖. 中国法律与中国社会. 北京：商务印书馆，2010：122.

细，竟是个男人万不及一的。”

第15回，馒头庵里的老尼净虚求王熙凤办事，凤姐自信满满地说：

“我是从来不信什么阴司地狱报应的，凭是什么事，我说要行就行。”

第65回，兴儿向尤二姐报告说，王熙凤“说一是一，说二是二，没人敢拦他”。的确，在与丈夫贾琏的互动中，凤姐一度取得了压倒性优势，以至于在家庭权力格局中，贾琏几乎成了微不足道的配角。例如，第16回，贾琏的乳母赵嬷嬷要为自己的两个儿子讨事做，求了贾琏几次都没有结果，只好求凤姐：

“倒是来和奶奶说是正经，靠着我们爷，只怕我还饿死了呢！”

并且当着贾琏的面奉承凤姐：

“从此我们奶奶做了主，我就没的愁了。”

对此，贾琏只有“讪笑吃酒”的份。

第24回，一心要进荣府谋个差事的贾芸，早先求了贾琏，“谁承望叔叔竟不能的”，先出来的差事按照凤姐的主意给了贾芹。随后，机敏的贾芸马上改变策略，转来求凤姐，遂得到在大观园里种树的工作岗位。

这两个例子不但说明了凤姐的办事能力，也生动地说明了贾琏和凤姐之间的权力格局。贾琏和凤姐之间的关系，改变了家庭中男尊女卑的局面，几乎是对“夫为妻纲”一种解构或颠覆。然而，“一从二令三人木”，凤姐的强势只是阶段性的，并没有也不可能持久，甚至，她的这种强势，在那样一个年代，由于缺少了制度性支持，同样是虚幻的，而非实质意义的。相信凤姐自己也清楚这一点。我们看到，在一些日常生活的细节上，她都会在贾琏面前表现出刻意的谦卑。例如，第16回，贾琏护送黛玉奔丧归来：

凤姐便命摆上酒馔来，夫妻对坐。凤姐虽善饮，却不敢任兴，只陪侍着贾琏。

进一步地，在一些突发事件的处理上，凤姐的这种表面上的、脆弱的强势显露的更加明显。第44回，贾琏与鲍二家的通奸，被凤姐当场捉住：

凤姐听了，气的浑身乱战，又听他俩都赞平儿，便疑平儿素日背地里自然也有愤怨语了，那酒越发涌了上来，也并不忖夺，回身把平儿先打了两下，一脚踢开门进去，也不容分说，抓着鲍二家的撕打一顿。又怕贾琏走出去，便堵着门站着骂道："好淫妇！你偷主子汉子，还要治死主子老婆！平儿过来！你们淫妇忘八一条藤儿，多嫌着我，外面儿你哄我！"说着又把平儿打几下，打的平儿有冤无处诉，只气得干哭，骂道："你们做这些没脸的事，好好的又拉上我做什么！"说着也把鲍二家的撕打起来。

我们看到，在这一事件的处理上，一向精明的凤姐把事件的整个责任不公平地归责于鲍二家的，并把怒气错误地撒在平儿身上，而对于贾琏，她竟没有丝毫指责、更没有责打。我觉得，这非常不符合凤姐留给我们的干练、泼辣形象。丈夫通奸这样的事情，依据常规思维，依据凤姐霸气的性格，她对丈夫贾琏应该有更激烈的方式才对啊。那么，为什么凤姐打了奴才鲍二家的，打了自己心腹丫头平儿，而竟丝毫没有指责、厮打丈夫贾琏呢？究其原因，我觉得，在这一点上，我们应该佩服凤姐的法律常识。传统社会里，"夫为妻纲，断没有夫反从妻，服妻管教的道理，犹之尊长有罪，卑幼不但没有责打的权力，就是加以指责也是逾分的行为"。[1]具体而言，按照《大清律例》：

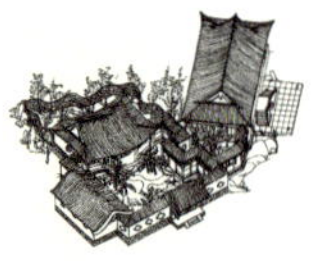

凡妻殴夫者，但殴即坐。杖一百，夫愿离者，听；须夫自告乃坐。至折伤以上，各验其伤之轻重，加凡斗伤三等；至笃疾者，绞；死者，斩；故杀者，凌迟处死。其夫殴妻，非折伤勿论；至折伤以上，减凡人二等。须妻自告乃坐。先行审问夫妇，如愿意离异者，断罪离异；不愿离异者，验所伤应坐之罪收赎，仍听完聚；至死者，绞监候；故杀亦绞。若夫诬告妻及妻诬告妾，亦减诬罪三等。

由这则律例，我们知晓，①无论何种原因，只要妻子殴打丈夫，不管有伤还是无伤，但殴即成立殴罪，都要受到法律惩罚，而且丈夫还可以因此休妻，解除两人的婚姻关系。②丈夫殴打妻子，只有造成伤残，法律才予以追究，且以妻子的主动告发作为司法介入的前提。这也就意味着，"丈夫可以随意殴打妻子，只要不是折伤便无法律上的责任，假如妻柔顺

[1] 瞿同祖. 中国法律与中国社会. 北京：商务印书馆，2010：123.

不愿告官的话便是折伤也不要紧。”[1]③夫妻之间的殴斗，“法律上完全根据尊卑相犯的原理来处理，分别加重或减轻。”妻子殴打丈夫，要比照凡人加重处罚；而丈夫殴打妻子，则采取减刑主义，比照凡人之间的犯罪情况，从轻处理。由此，凤姐可以打平儿，可以打鲍二家的，这些都没什么，不会引发任何的法律责任，然而，如果她指责，甚至打了丈夫贾琏，在法律层面上，就有可能被追究责任，并面临被逐出贾府、离婚的境遇。由此，相信你也开始理解凤姐为何唯独对事件的真正责任人——贾琏这样“淡定”，这就是凤姐，即便盛怒之下，也恪守了理性，恰当地控制着自己的行为，使其没有逾越法律的航标。[2]

那么，贾母是如何评价“贾琏通奸”这件事情呢？当王熙凤失魂落魄地来求助贾母，她道：

“什么要紧的事！小孩子们年轻，馋嘴猫儿似的，那里保得住不这么着。从小儿世人都打这么过的。都是我的不是，他多吃了两口酒，又吃起醋来。”

贾琏通奸，在贾母眼里，就像小孩子玩“过家家”游戏一样，无足轻重，按照她的说法，这样的事情，每个女性都会遇到，像家常便饭一样，根本就不是一件值得认真讨论的问题。那么，反过来，如果我们假设，有奸情的不是贾琏，而是王熙凤，情况会是怎么样呢？《大清律例》规定：

凡妻、妾与人通奸，而本夫于奸所，亲获奸夫奸妇，登时杀死者，勿论。若止杀死奸夫者，奸妇依和奸律断罪，当官价卖，身价入官。其妻、妾因奸同谋，杀死亲夫者，凌迟处死，奸夫处斩刑。若奸夫自杀其夫者，奸妇虽不知情，绞。

由此条获知，通奸，在男人而言，纯粹只是一项游戏；在女人而言，就有杀身之罪。这样不平等的制度面前，除了隐忍地吞下这枚生涩的苦

[1] 瞿同祖. 中国法律与中国社会. 北京：商务印书馆，2010：124.

[2] 小说里还写到，事发后，贾琏仗着酒劲要杀凤姐。明、清律规定：殴妻至死者绞，较妻殴死夫之处斩轻一等。存在过失的情形下，夫过失杀妻例得不问，因疯杀妻自亦不问。可是，妻因疯杀夫，便仍须按杀夫本律问拟斩决，只准由内阁双签进呈，奉旨敕交九卿议奏，才能议改监侯。

果，凤姐又能如何呢？

事情的结局同样耐人寻味。回到家中，凤姐仍然没有也不敢批评贾琏，指出其行为的严重性以及对自己情感上带来的伤害，她只是自哀自怨：

“……可怜我熬的连个淫妇也不如了，我还有什么脸来过这日子？”

而贾琏呢，堂而皇之地派人去找王子腾——凤姐的叔叔，帮他打点、处理通奸事件的善后问题。

第68回，尤二姐事件爆发。

与之前的通奸不同，在行为性质上讲，贾琏这一次是“包二奶”。在去见尤二姐的时候，凤姐儿的穿戴是这样的：

头上皆是素白银器，身上月白缎袄，青缎披风，白绫素裙。眉弯柳叶，高吊两梢；目横丹凤，神凝三角；俏丽若三春之桃，清素若九秋之菊。

按照一般的逻辑，合法的妻子去见非法的“小三”，差不多都要精心地打扮一番，穿着上尽可能地要光鲜亮丽一些，防止自己的外表成为对方嘲笑的对象。然而，凤姐并非如此，她刻意地穿了一身白色的衣服，甚至连饰品都是白色的。之所以如此打扮，她意在提醒尤二姐，在国孝、家孝期间同贾琏结合的违法性。这次，王熙凤巧妙地利用法律，使自己处于战略制高点的位置，从而在与尤二姐的对决上，取得了气场上的优势。有意思的是，即便如此，面对尤二姐，凤姐并没有像“通奸事件”中那样，抓住对方大喊大叫、进行断打，相反，凤姐刻意低调，用谦卑的语气一再恳请尤二姐搬进大观园：

“我今来求姐姐进去和我一样同居同处，同分同例，同侍公婆，同谏丈夫。喜则同喜，悲则同悲，情似亲妹，和比骨肉。……若姐姐不随奴去，奴亦情愿在此相陪。奴愿作妹子，每日服侍姐姐梳头洗面。只求姐姐在二爷跟前替我好言方便方便，容我一席之地安身，奴死也愿意。”

且在尤二姐搬进大观园后，凤姐把她风风光光地介绍给贾母及众姊妹认识。那么，用小厮兴儿的话说，“别人是醋缸，她就是醋瓮”的王熙凤为什么会这样做呢？我想，这当然不是凤姐的本意，而是凤姐的聪明之处，其实也是不得已而为之。因为，在这件事情上，制度并没有给她强势作为的空间。如果和尤二姐厮打在一起，那么，她就会给人以“妒”的口实。而按照当时的法律，妻子本身无子而又妒悍不许丈夫纳妾，这是一件性质恶劣的事情，且构成丈夫休妻的理由。就像她大闹宁国府时说的，“我既不贤良，又不容男人买妾，只给我一纸休书，我即刻就走。”[1]丈夫私娶，作为妻子的凤姐一定要表现的宽容、大度，才符合作为一个妻子应该具有的素质和标准。把尤二姐拽入大观园，凤姐的企图心有二：一来洗白了自己“妒妇”的嫌疑，二来也方便“温水煮青蛙”，用钝刀杀人。只不过后来秋桐的出现，使凤姐改变了开始时的策略，转而借刀杀人。

与之相应地，在骗尤二姐进大观园的同时，凤姐还紧锣密鼓地策划了一场官司。她通过来旺指使张华状告贾琏：“国孝家孝之中，背旨瞒亲，杖财倚势，强逼退亲，停妻再娶”等语；令张华只管去闹，“若闹大了，我这里自然能够平服的。”继而大闹宁国府，理直气壮地指责贾珍、尤氏、贾蓉等：

“国孝家孝两层在身，就把人送了来。”

“给你兄弟娶亲我不恼。为什么使他违旨背亲。”

“这事原是爷做的太急了。国孝一层罪，家孝一层罪，背着父母私娶一层罪，停妻再娶一层罪……”

应该讲，凤姐罗列的这些罪名基本上都是成立的。可问题是，为什么她暗中指使张华去告，而自己不去提起诉讼呢？聪明的凤姐应该清楚（后来她很快就意识到这一点），这样做的后果是授人以柄，会留下隐患，第105回，我们看到，东窗事发，王熙凤“机关算尽太聪明，反算了卿卿性命。”那么，凤姐之所以甘愿冒着被别人抓住把柄的风险，也不亲自提起诉讼，究其原因，同样是无奈之举。这里，我们有必要了解一下那个时候女性的诉讼地位，清律规定：

妻妾告夫及告夫之祖父母、父母者，杖一百，徒三年。

意思很明显，法律否定妻子对丈夫的诉权。如果妻子状告自己的丈夫

[1] 不怎么识字的凤姐，或许不知道，有一个成语叫“一语成谶”。

或丈夫的长辈，就要承担“杖一百，徒三年”的法律责任。“自来的伦理和法律的观念认为卑幼告尊长是干名犯义的行为，皆当予以社会的法律的制裁，妻告夫亦为干名犯义，与卑幼告尊长同样治罪。”[1]即便不考虑家族、家庭的和谐，个人的名声，仅是考虑到要承担的法律后果，凤姐还可能亲自起诉吗？[2]

《哈姆雷特》中，莎士比亚说：弱者，你的名字叫女人。在一个以“男尊女卑”为主流价值观的社会语境里，女人，无论是谁，其实都处于弱势的、附属的位置，没有人成为例外。相敬如宾的贾政夫妇之间，其实存在着实质的不平等，而王熙凤在贾琏面前的强势也只是一种假象。

“千红一窟，万艳同悲。”基于以上的分析，我们也可以认为，红楼女儿的悲剧，很大程度上是由当时不公正的法律制度造成的。这样的制度，使夫妻之间的权力资源失衡，从而助长了丈夫的残暴，极易使其人性中恶的一面得到最大程度的显现。[3]迎春的遭际，便是最好的例证：

中山狼，无情兽，全不念当日根由。一味的，骄奢淫荡贪欢媾。觑着那，侯门艳质同蒲柳；作践的，公府千金似下流。叹芳魂艳魄，一载荡悠悠。

---

❶ 瞿同祖. 中国法律与中国社会. 北京：商务印书馆，2010：123.

❷ 当然，传统社会里，妇女也并不是不具有独立的诉讼权。就诸如谋反、叛逆、杀伤、盗诈等重大事项，妇女具有独立起诉权。《大清律例》：“若妇人，除谋反、逆叛、子孙不孝，或己身及同居之内为人盗诈、侵夺财产及杀伤之类，听告，余并不得告。”

❸ 没有人会怀疑《红楼梦》的高度写实性。乾隆年间，一个丈夫的暴行震惊朝野。乾隆五十一年，江苏巡抚报裴秉若杀妻妾婢七人案。裴先后娶五妻，元配陈氏被逼自缢；继妻张氏被逼溺死；继妻卢氏被裴缢死；继妻汪氏病故。又纳四妾：李氏被鞭棍打死；王氏被殴逃回母家；黎氏被棍殴及烧红火叉烙下体而毙。继妻汪氏及妾顾氏被虐更悲惨：“该犯平日屡因顾氏房事不遂其欲，辄于酒后用小刀割其背肉，每岁三两次，率以为常。十八年冬间，因汪氏不善办菜，用刀割其右耳轮，又因不听说话，用刀割其背肉炙食下酒，又用火叉烙其手腕。二十五年，该犯自城中回，唤顾氏同宿，怒其来迟，该犯用绳绷开顾氏手脚，用火烧红火叉，烙其下体。婢女曾氏拉劝，亦被烙伤腮颊。”另有婢仆二人惨死。但按本律仍不足以判裴死刑，地方官只得按杀死卑幼二人以上拟绞立决。刑部批曰：“此等残暴之徒淫凶不法，实出情理之外，仅拟缳首殊觉法轻情重，若驳令改拟，又未免稽迟时日，转使凶徒藉以苟延，应将裴秉若改照光棍例拟斩立决，迅即正法，以快人心，以昭炯戒。”裴被“从重从快”实属特例。（程郁. 由清刑律中有关妾的条法看妇女地位的复杂性. 史林，2010（6）：82.）

第21回，在贾琏的住处，平儿发现了多姑娘的一缕头发。她对贾琏说：

“这是我一生的把柄了。好就好，不好就抖落出这事来。”

我想，平儿的想法，其实是幼稚的。她只是看到了生活的表象，而没有看清楚生活的实质。正如元春是贾府不能一直仰仗的冰山，凤姐亦如此，她也是平儿无法永远依附的“冰山”。[1]谁又会想到，“清流一带、势若游龙”，每个角落都流淌着青春气息的大观园，有一天也会萧瑟到闹鬼。“人生斯世如清尘。”其实，不但是平儿，我们每个人都是这样，很多时候，很多事情，只是看到开始，却没有猜透这结局。

❶ 第5回中，和凤姐有关的画即是：“一片冰山，上面有一只雌凤。”

主奴之间

贾府上的焦大，也不爱林妹妹的。

鲁迅先生在他的杂文《“硬译”和“文学的阶级性”》里如是说。如果先生的这个判断能够成立的话，我想，焦大之所以不爱林妹妹，问题不应该出在审美方面。我们知道，林妹妹的美是一种客观存在，她的美，在宝玉眼里是美，换在焦大眼里也应该是美才对，而不可能变为丑。那么，既然如此，焦大为什么不爱林妹妹，不向往美呢？根本的原因，焦大和林妹妹，一个奴才，一个主子，两者在地位上天壤之别，存在难以逾越的身份鸿沟。在此，我们不妨以贾府为例，探讨一下传统社会里，主奴之间的权利、义务关系及其在生活方式上的巨大差异。

就来源看，奴才大多是通过买卖而来的，有时也可能是出于投靠或国家的恩赏。例如，第4回，香菱被薛蟠看中，便买来为奴。袭人也是一样，她也是被荣府买来的，第19回言道：

……他母兄见他这般坚执，自然必不出来的了。况且原是卖倒的死契，明仗着贾宅是慈善宽厚人家儿，不过求求，只怕身价银一并赏了还也是有的事呢。

第48回，薛姨妈提议要给宝钗买个丫鬟，宝钗道：

“买的不知底里，倘或走了眼，花了钱小事，没的淘气。倒是慢慢的打听着，有知道来历的，买个还罢了。”

再有，较为典型的，像龄官、芳官等十二个唱戏的小女孩，也是由贾蔷从姑苏采买而来的。

世交夙好，气谊素敦，遥仰襜帷，不胜依切！弟因菲材获谴，自分万死难偿，幸邀宽宥，待罪边隅。迄今门户凋零，家人星散。所有奴子包勇，向曾使用，虽无奇技，人尚慤实。倘使得备奔走，糊口有资，屋乌之爱，感佩无涯矣！专此奉达，余容再叙，不宣。

用今天的眼光来看来，这类似于一封求职用的推荐信。第93回，甄府的仆人包勇拿着这封信来求见贾政。由此，包勇成为贾府的奴才，不是出自买卖，而是投靠而来的。

奴仆一旦属于主人，便完全丧失其自由及人格，沦为一种客体意义上的"物"，或劳役、或出卖，全由主人处分。《唐律疏义》里说："奴婢贱人，律比畜产"。意思是，这类人的地位就像牲畜、物品，不享有任何的权利和自由。[1]历朝历代，各地均有公开的奴婢市场，他们与牛马同在"口马行"中买卖，且政府有统一的市估价公布。第106回，贾府被抄：

……可怜赫赫宁府，只剩得他们婆媳两个并佩凤偕鸾二人，连一个下人没有。

那么，宁府的下人呢，见宁府失势，都走散了吗？当然不是。他（她）们在抄家时，被定性为"罚没物资"，和宁府的金银财宝一样，被暂时性地"封存"起来了。

第74回，惜春对嫂子尤氏说：

"嫂子来得恰好，快带了他（入画）去。或打，或杀，或卖，我一概不管。"

第80回，薛姨妈责骂儿子道：

"他既不好，你也不许打，我立即叫人牙子来卖了他，你就心净了。"

---

[1] 据说，唐代有这么一个故事：诗人崔郊，喜欢上姑母的一名叫春红的丫鬟，事发后春红被卖，诗人百感交集，写下了脍炙人口的名篇《赠婢》：公子王孙逐后尘，绿珠垂泪滴罗巾。侯门一入深似海，从此萧郎是路人。买主被此诗的真情感动，遂把春红送给崔郊。这是一个非常符合公众心理的故事，是现在大行其道的韩剧故事的古装版。然而，令人感到悲哀的是，即便是对自己喜欢的人，崔郊竟然用"婢"来称呼，在这里，爱情让位给理性，主子、奴才替代了才子、佳人，萦绕在其心中的那根尊卑的红线，竟如此鲜明。借此，我们有理由怀疑，崔郊是在一个什么层面上来看待春红以及这份感情的。在整首诗里，我们看不到崔郊对春红姑娘的真心流露，充斥着的，是他对自己心爱之"物"被权势夺走的忌愤与怨怒。

由此，奴仆的买卖，对贾府的主人而言，在生活中是司空见惯的事。对这些丫鬟、仆人，还是探春看得真切，第60回，探春对自己的生母赵姨娘说：

“那些小丫头子们原是些顽意儿，喜欢呢，和他说说笑笑；不喜欢便可以不理他。便他不好了，也如同猫儿狗儿抓咬了一下子，可恕就恕；不恕时也只该叫了管家媳妇们去说给他去责罚，何苦自己不尊重……”

这里，对奴才的定位，探春发表了“奴仆宠物论”的见解。可谓一针见血、入木三分。[1]

第20回，看到宝玉心思全在袭人身上，失落的奶妈李嬷嬷，拄着拐棍，在当地骂袭人：

“你不过是几两臭银子买来的毛丫头，这屋里你就作耗如何使得！好不好拉出去配一个小子，看你还妖精似的哄宝玉不哄！”

第77回，作为抄检大观园的后续性活动，王夫人决定驱逐芳官等人：

“唤他干娘来领去，就赏他外头自寻个女婿去吧。把他的东西一概给他。”又吩咐上年凡有姑娘们分的唱戏的女孩子们，一概不许留在园里，都令其各人干娘带出，自行聘嫁。一语传出，这些干娘皆感恩趁愿不尽，都约齐与王夫人磕头领去。

这里，李嬷嬷口里的“配小子”和王夫人说的“自寻个女婿去吧”，反映的其实是两种女奴的婚嫁模式。“婢女，虽一般的习惯只收到她出嫁为止，到了适当年龄便遣嫁之，同时解除她的奴籍。但有时则不遣嫁，而为招配，通常是于男奴中择一为之夫，有时则另行招配”。[2]由此，婢女的未来，有两条道路：一是外放，一是招配。按照清代的法律：

绅衿庶民之家，如有将奴婢不行婚配，致令孤寡者，照不应重律杖八十。

也就是说，将适龄的奴婢婚嫁，是主人的一项法律义务。但是，以何

[1] 在贾府众多的奴仆中，晴雯是非常特殊的一个。由第31回，“撕扇子作千金一笑”，我们看到，作为丫鬟，她竟然敢跟宝玉拌嘴、发脾气。她是个奴仆，人格上却没有奴性。正所谓“霁月难逢，彩云易散。心比天高，身为下贱”。

[2] 瞿同祖. 中国法律与中国社会. 北京：商务印书馆，2010：259.

种方式令奴婢婚嫁，则属于主人的自由裁量范围。最常见的方式是“招配”，也就是李嬷嬷说的“配小子”，即在男奴中选择一人为夫。例如，第72回，王夫人房里的彩霞，按照凤姐的意思，嫁给了旺儿家的儿子做媳妇，这就是“配了小子”。招配的法律结果是，婢女的奴隶身份将伴随终身，不得解除，且子孙世代为奴。王夫人说的“自寻个女婿”，这叫做“外放”，一般情况下，外放的情况很少发生。除非主人家庭衰落、财政拮据或者基于主人的特别恩典，才有外放的可能。

第72回，管家林之孝明确向贾琏提出“外放”的建议，他说：

“人口太重了。不如拣个空日回明老太太、老爷，把这些出过力的老家人用不着的，开恩放几家出去。一则他们各有营运，二则家里一年也省些口粮月钱。再者里头的姑娘也太多。俗语说，‘一时比不得一时’，如今说不得先时的例了，少不得大家委屈些，该使八个的使六个，该使四个的便使两个。若各房算起来，一年也可以省得许多月米月钱。况且里头的女孩子们一半都太大了，也该配人的配人。成了房，岂不又孳生出人来。”

很明显，这里林之孝之所以提出“外放”的思路，就是因为贾府的日常运作出现了明显的财政危机，为了减少经济上的压力，林之孝提出了“裁员”的办法。对日薄西山的荣府而言，这其实是一个非常中肯的建议，可惜贾琏因为顾及到王夫人、贾政的心理感受，并没有采纳。

第60回，春燕对他娘道：

“宝玉常说，将来这屋里的人，无论家里外头的，一应我们这些人，他都要回太太全放出去，与本人父母自便呢。你只说这一件可好不好？”

和林之孝的动机不同，宝玉要外放怡红院里的婢女，完全是他的“女权主义”思想使然，当然，对春燕这些丫鬟而言，这显然是来自主子的格外恩典。与招配不同，外放的法律结果是婢女脱离奴籍，恢复自由之身。这么说来，对芳官等人而言，这应该是个不错的选择。然而，外放的女孩子，不见得就一定会有一个圆满的结局。她们往往又会被干娘、人牙子、官媒婆，甚至自己的父母等人二次转卖，下场或许会比招配更为可悲。第58回，王夫人解散戏班，令十二个唱戏的女孩子“走留自便”：

将十二个女孩子叫来面问，倒有一多半不愿意回家的：也有说父母虽有，他只以卖我们为事，这一去还被他卖了，也有父母已亡，或被叔伯兄弟所卖的，也有说无人可投的，也有说恋恩不舍的。所愿去者止四五人。……

这里，我们看到，当自由来临，大部分女孩子竟然没有选择外放，而甘愿在荣府里继续为奴，那么，是因为她们被长期豢养在深宅大院之中，丧失了对自由的感知能力吗？不是！而是因为，基于生活理性，她们知道，即便外放，等待她们的并不见得比现在的就好。芳官等人被逐出后，从她们的那些干娘的神态，我们也能猜出，等待外放女奴的，只是一份不确定的、“薄如蝉翼”的未来。龄官就是“所愿去者止四五人”之一，你能设想这个女孩子的结局吗？[1]

基于外放，如果说婢女的命运还可能存在一丝转机或光亮的话，男奴的世界则一团漆黑。因为对男奴而言，并不存在外放的理由，他们须终身为奴。和招配的婢女的子孙一样，其子孙也属于主人的“天然孳息”，须世代为奴。例如，以茗烟为例，他是宝玉的小厮，等他长大了，主人就会为其婚配，他的儿子又会成为小厮。这些第二代奴仆，习惯上被称为“家生子（女）”。[2]白居易的诗《南院试小乐》里，就有一句：“苍头碧玉尽家生”。仔细算来，袭人、晴雯、芳官等人，都不算是“家生子”，而像小红、鸳鸯、柳五儿等，则属于典型的“家生子”。例如，第24回，关于小红，写道：

原来这小红本姓林，小名红玉，只因“玉”字犯了林黛玉，宝玉的名字，便都把这个字隐起来，便都叫他“小红”。原是荣国府中世代的旧

---

[1] 关于龄官，参见张未然《蔷薇之恋》《法意·红楼：一个法律人的“读红”札记》，中国政法大学出版社，2012年版。

[2] 既然自己的父母是主人的奴仆，那么，家生子（女）同主人的辈分关系就变得复杂起来。第27回，凤姐要认林之孝的女儿红玉（小红）为“女儿”，道：“你明儿伏侍我去罢。我认你作女儿，我一调理你就出息了。”红玉听了，扑哧一笑。凤姐道：“你怎么笑？你说我年轻，比你能大几岁，就作你的妈了？你还作春梦呢！你打听打听，这些人头比你大的，赶着我叫妈，我还不理。今儿抬举了你呢！”红玉笑道：“我不是笑这个，我笑奶奶认错了辈数了。我妈是奶奶的女儿，这会子又认我作女儿。”

仆，他父母现在收管各处房田事务。

第46回，平儿和鸳鸯谈心：

平儿道：“你的父母都在南京看房子，没上来，终久也寻的着。现在还有你哥哥、嫂子在这里。可惜你是这里的家生女儿，不如我们两个人是单在这里。”鸳鸯道：“家生女儿怎么样？‘牛不吃水强按头’？我不愿意，难道杀我的老子娘不成？”

当然，如果主人有特别的恩典，男奴也可以获得自由之身，从而脱离奴籍。例如，赖嬷嬷的孙子赖尚荣就是一个例子。第45回，赖嬷嬷叹道：

“我那里管他们，由他们去罢！前儿在家里给我磕头，我没好话，我说：‘哥哥儿，你别说你是官儿了，横行霸道的！你今年活了三十岁，虽然是人家的奴才，一落娘胎胞，主子恩典，放你出来，上托着主子的洪福，下托着你老子娘，也是公子哥儿似的读书认字，也是丫头，老婆，奶子捧凤凰似的，长了这么大。你哪里知道那‘奴才’两字是怎么写的！……”

作为“家生子”，赖尚荣一出生就是一名奴隶，他的人生轨迹，注定是去重复父辈命运的轮回。然而，他似乎有格外好的运气，“一落娘胎胞，主子恩典，放你出来”，他不单被主人除掉奴籍，还在贾家的荫蔽下做了官吏。由此，我们也能够体会到赖嬷嬷一家，在贾府奴仆里的显赫地位。要知道，像焦大，“从小儿跟着太爷们出过三四回兵，从死人堆里把太爷背了出来，得了命，自己挨着饿，却偷了东西来给主子吃，两日没得水，得了半碗水给主子喝，他自己喝马溺。”即便有这样的赤胆忠心、丰功伟绩，焦大也没有被主人“放出来”，而是在宁府做了一辈子的奴隶。赖嬷嬷教育孙子要懂得感恩，实属肺腑之言。[1]

既然奴仆的人身自由如此不堪，那么，他（她）们可不可以逃走呢？

---

[1] 有意思的是，赖尚荣似乎并没有这样做。第118回写道：“贾政扶了贾母灵柩一路南行，因遇着班师的兵将船只过境，河道拥挤，不能速行，在道实在心焦，……想到盘费算来不敷，不得已写书一封，差人到赖尚荣任上借银五百，叫人沿途迎上来应需用。那人去了几日，贾政的船才行得十数里。那家人回来，迎上船只，将赖尚荣的禀启呈上。书内告了多少苦处，备上白银五十两。贾政看了生气，即命家人立刻送还，将原书发回，叫他不必费心。”

不用说，这肯定是不现实的。历代法律为防止奴仆背主潜逃，均定有专条。依照《大清律例》：

家奴背主逃匿者，折责四十板，面上刺字，交还本主，容留窝藏者以窝藏逃人律治罪。婢女自行背家长在逃者杖八十，因而改嫁者，杖一百，给还家长，窝主及知情娶者各与同罪。若系被婢女父母私自拐逃者，杖一百，徒三年，婢女给主领回。

在这样严苛的法律下，奴仆一般是不敢出逃的，即便成功出逃，因为有连带责任的问题，也很难在社会上存活。荣府里就有一名出逃的小厮，名字叫潘又安。他是司棋的表哥，因为和司棋在大观园里幽会，被鸳鸯撞见，由于害怕主子的责罚，遂选择出逃。第72回，写道：

这日晚间，忽有个婆子来悄告诉他道："你兄弟已逃走了，三四天没归家。如今四下里找他呢。"

让人值得玩味的是，第92回，潘又安回来找司棋：

他表兄也奇，说道："你们不用着急。我在外头原发了财，因想着他才回来的，心也算是真了。你们若不信，只管瞧。"说着，打怀里掏出一匣子金珠首饰来。

基于上文的分析，考虑到当时的社会及法律制度，潘又安背主潜逃后，是很难在社会上立足的。然而，我们看到，续书里，出逃的潘又安非但没有遇到生计问题，反而发家致富，成为了青年创业成功的先进典型。我觉得，这段情节离奇得近似于童话，是有悖于作品本身的写实风格的。

在日常生活中，奴婢的义务，就是要尽心尽力、全心全意地为主人服务。在内心里，他（她）们要时刻牢记自己的卑微和主人的高贵，要随时表达自己对主人的崇敬和感恩。对此，我们不妨截取几个生活场景，从中体会一下主奴间的相处之道：

第52回，宝玉和小厮：

正说话时，顶头果见赖大进来。宝玉忙笼住马，意欲下来。赖大忙上来抱住腿。宝玉便在镫上站起来，笑携他的手，说了几句话。接着又见一个小厮带着二三十个拿扫帚簸箕的人进来，见了宝玉，都顺墙垂手立住，独那为首的小厮打千儿，请了一个安。宝玉不识名姓，只微笑点了点头儿。马已过去，那人方带人去了。于是出了角门，门外又有李贵等六人的小厮并几个马夫，早预备下十来匹马专候。一出了角门，李贵等都各上了马，前引傍围的一阵烟去了，不在话下。

第54回，贾母批评袭人：

……于是宝玉出来，只有麝月秋纹并几个小丫头随着。贾母因说："袭人怎么不见？他如今也有些拿大了，单支使小女孩子出来。"王夫人忙起身笑回道："他妈前日没了，因有热孝，不便前头来。"贾母听了点头，又笑道："跟主子却讲不起这孝与不孝。若是他还跟我，难道这会子也不在这里不成？皆因我们太宽了，有人使，不查这些，竟成了例了。"

第55回，探春和丫鬟：

便有三四个小丫鬟捧了沐盆，巾帕，靶镜等物来。此时探春因盘膝坐在矮板榻上，那捧盆的丫鬟走至跟前，便双膝跪下，高捧沐盆；那两个小丫鬟，也都在旁屈膝捧着巾帕并靶镜脂粉之饰。

第55回，凤姐和平儿：

平儿不等说完，便笑道："你太把人看糊涂了？我才已经行在先了，这会子又反嘱咐我。"凤姐儿笑道："……你又急了，满口里你我起来。""……过来坐下，横竖没人来，咱们一处吃饭是正经。"……平儿屈一膝于炕沿之上，半身犹立于炕下，陪着凤姐儿吃了饭，服侍漱盥。

第75回，尤氏和丫鬟：

小丫鬟炒豆儿捧了一大盆温水走至尤氏跟前，只弯腰捧着。李纨道："怎么这样没规矩。"银蝶笑道："说一个个没机变的，一个葫芦就是一个瓢。奶奶不过待咱们宽些，在家里不管怎样罢了，你就得了意，不管在家出外，当着亲戚也只随着便了。"尤氏道："你随他去罢，横竖洗了就完事了。"炒豆儿忙赶着跪下。

由此，我们看到，在同主人的相处过程中，这些奴仆是怎么为主人服务的。他（她）们对主人所尽的义务，甚至要超越对自己生身父母的孝道。他（她）们说话、行事谨小慎微、处处小心，丝毫不能逾越尊卑的红线。[1]值得说明的是，奴仆不但要无条件服从自己的主人，即便在主人的亲属面前，也要表达应有的尊敬和谦卑。“古代家族共同生活团体常包含几个世代的人口，家长虽只一人，但奴婢、雇工实不只一主人，与其说是属于家长一人，毋宁说是属于这个共同团体的，对全体皆应服役而有主仆的名分。在这种情形之下，奴仆止服从家长，而对其余的人都傲慢无礼，实是不可想象的事。”[2]第71回，在荣府，宁府的尤氏就遭遇过这样的问题。看到大观园多处园门没有关好，尤氏便命叫来值班的人员：

这丫头应了便出去，到二门外鹿顶内，乃是管事的女人议事取齐之所。到了这里，只有两个婆子分菜果呢。因问：“那一位奶奶在这里？东府奶奶立等一位奶奶，有话吩咐。”这两个婆子只顾分菜果，又听见是东府里的奶奶，不大在心上，因就回说：“管家奶奶们才散了。”小丫头道：“散了，你们家里传他去。”婆子道：“我们只管看屋子，不管传人。姑娘要传人再派传人的去。”小丫头听了道：“嗳呀，嗳呀，这可反了！怎么你们不传去？哄那新来的，怎么哄起我来了！……”这两个婆子一则吃了酒，二则被这丫头揭挑着弊病，便羞激怒了，因回口道：“扯你的臊！我们的事，传不传不与你相干！你不用揭挑我们，你想想，你那老子娘在那边管家爷们跟前比我们还更会溜呢。什么‘清水下杂面你吃我也见’的事，各家门，另家户，你有本事，排场你们那边人去。我们这边，你们还早些呢！”丫头听了，气白了脸，因说道：“好，好，这话说得好！”一面转身进来回话。……尤氏听了，冷笑道：“这是两个什么人？”

这里，两个婆子的行为显然违背了礼法。事件本身也反映了贾府这个大家族中，在人际上错综复杂的矛盾。按照法律，奴婢骂家长之大功、小功、缌麻亲属的处分，分别杖八十、七十、六十。[2]事情发生后，王熙凤

---

[1] 在宝玉的丫鬟中，麝月具有突出的辩论才能。袭人、晴雯处理不了的事务、纠纷，只要麝月出马，总能摆平。第52回，她令坠儿娘“无言可对，亦不敢久立口不敢言，抱恨而去”，第58回，麝月成功击退在怡红院滋事的芳官的干娘何婆，第59回，又再次完败旧病复发的何婆。除了表达上的技巧，麝月的秘诀在于亮出主子、奴才这条尊卑的红线、规矩，她每一次处理纠纷，都是在普及主奴之间的常识。

[2] 瞿同祖. 中国法律与中国社会. 北京：商务印书馆，2010：270.

对此事进行了处理，她责令把两个婆子捆起来，交由尤氏发落。她的这一决策，应该是符合当时家族惯例的，虽然被婆婆邢夫人弄得“没脸”，但得到了贾母的支持，贾母道：

“这才是凤丫头知礼处，难道为我的生日由着奴才们把一族中的主子都得罪了也不管罢。……”

第19回，袭人曾说过这样一句话：

“……伏侍得好，是分内应当的，不是什么奇功。”

袭人的这句话当然没有错，但是，它表达的似乎还不够完整，对奴仆而言，服侍得好，是本分，那么，如果服侍的不好，后果会是怎样呢？

第30回，王夫人与金钏：

只见王夫人翻身起来，照金钏儿脸上就打了个嘴巴子，指着骂道：“下作小娼妇，好好的爷们，都叫你教坏了。”

第44回，凤姐与丫鬟：

凤姐儿坐在小院子的台阶上，命那丫头子跪了，喝命平儿：“叫两个二门上的小厮来，拿绳子鞭子，把那眼睛里没主子的小蹄子打烂了！”……说着便扬手一掌打在脸上，打的那小丫头一栽；这边脸上又一下，登时小丫头子两腮紫胀起来。……说着，回头向头上拔下一根簪子来，向那丫头嘴上乱戳。

第69回，贾琏与小厮：

急的贾琏查是谁请了姓胡的来，一时查了出来，便打了半死。

由上述情节，我们看到，但凡主人稍有不顺，便可以随意打骂奴仆。金钏，王夫人的贴身丫鬟，兢兢业业侍奉王夫人十几年，用王夫人的话说，“素日在我跟前比我的女孩儿也差不多儿。”可是，因为一句话，王夫人说打就打，说撵出去就撵出去。王熙凤则用近乎酷刑的方法对待那个可怜的小丫头；即便和凤姐的关系那么好，平儿也曾遭到她的责打；贾琏的小厮，他本来并没有服务方面的过错，怪只怪他的命不够好，我们看到，他的命运竟和一个陌生医生的医术有莫大的联系。事实上，金钏投井、王熙凤酷刑对待丫鬟、贾琏把小厮打了半死，所有这些，作为主人，王夫人、王熙凤、贾琏等人均无须承担任何的法律责任。这是因为，“扑责奴婢原是主人当然的权利，即使因此而致死，只要事出无心，并非故意殴死，便可不负责任。”[1]而且，奴仆也不能因为受到主人的责打，就“勇敢地拿起法律的武器”，来起诉自己的主人。基于容隐制度[2]的要求，奴婢“和子孙一样，不得告家长，除非是谋叛以上的罪，皆应为主隐瞒，否则属干犯名义。”[3]按照明、清律：

奴婢告家长，虽得实，杖一百徒三年（主不免罪），诬告者绞。[3]

也就是说，对于主人的伤害，奴仆是不享有诉权的。由此，我们看到，贾府之中，尽管金钏、晴雯、司棋、鲍二家的等纷纷死亡，却始终没有形成一个针对贾府的诉讼案件。第33回交代：

金钏死后，却说王夫人唤他母亲上来，拿几件簪环，当面赏了，又吩咐：“请几众僧人念经超度他。”金钏的母亲，磕了头，谢了出去。

反过来，如果奴婢以下犯上，有伤害主人的行为，那后果是不堪设想的。“奴婢若有殴骂家长以上之举动，自更悖逆，和子孙殴骂父祖一样，同属恶逆大罪，法律上处分极重。骂便构成重罪。”[4]例如，第7回，焦大醉骂：

“我要往祠堂里哭太爷去。那里承望到如今生下这些畜牲来！每日家偷狗戏鸡，爬灰的爬灰，养小叔子的养小叔子。我什么不知道？咱们‘胳

---

❶ 瞿同祖. 中国法律与中国社会. 北京：商务印书馆，2010：260.

❷ 容隐制度，是指“禁止亲属之间互相控诉或者作证，以保护传统的伦理秩序”的规定。“唐以后的法律，容隐的范围更为扩大，不但直系亲属和配偶包括在内，只要是同居的亲属，不论有服无服，都可援用此律，便是不同居的大功以上亲属，以及大功以下的孙媳、夫之兄弟，兄弟妻，和外祖父母、外孙也包括在内，明清律的范围且扩大及于妻亲，连岳父和女婿也一并列入。”还须注意，部曲、奴婢也包括容隐的范围之内。（瞿同祖. 中国法律与中国社会. 北京：商务印书馆，2010：68、72.）由此，在知晓了尤二姐事件后，凤姐虽然指责贾琏“国孝家孝在身，停妻再娶”，但是，凤姐是不可能亲自去告发贾琏的。因为作为妻子，她本人对丈夫具有容隐义务，况且，还会给人以“妒”的口实。退一步讲，即便凤姐亲诉贾琏，也不可能找到证人。因为，作为奴仆，小厮旺儿、兴儿对主人均具容隐的义务。第67回，在凤姐面前，兴儿可以竹筒倒豆子般，把事情的来龙去脉说清楚，可是，在司法场景之中，却不可以。否则，就要承担法律责任。由此，我们看到，除了凤姐一手设计的张华案，尽管贾府之中死了很多人，却没有形成一个个案。

❸ 瞿同祖. 中国法律与中国社会. 北京：商务印书馆，2010：262.

❹ 瞿同祖. 中国法律与中国社会. 北京：商务印书馆，2010：263.

膊折了往袖子里藏'!" 众小厮听他说出没天日的话来，唬的魂飞魄散，也不顾别的了，便把他捆起来，用土和马粪满满的填了他一嘴。

这里，焦大的行为性质是非常严重的。按照明、清律，奴婢骂家长者绞，殴者不问有伤无伤皆斩。若将主人杀死，自更罪大恶极，入于极刑。[1]由此可见，焦大的醉骂，虽说畅快淋漓，但是，或许他不清楚，按照法律，他要为此被处以绞刑。所幸的是，因为念及过往的功绩，宁府的主人并没有把这位老仆诉诸制度的处理。对此，凤姐深不以为然，她对尤氏母子道：

"我成日家说你太软弱了，纵的家里人这样，还了得呢。"

"以后还不早打发了这个没王法的东西！留在这里岂不是祸害？倘或亲友知道了，岂不笑话咱们这样的人家，连个王法规矩都没有。"

进一步地，我们来讨论一下主、婢间性关系的问题。主人对奴仆享有充分的权利，其中，也包括性的权利。"若男主人对于女婢（包括女奴本身及男女奴所生之女）有性的要求，自不足为怪，甚或可以说是男主人的权利。几千年来的中国社会中，婢与主人的性的关系本是社会和法律所默认的"。[2]我们看到，红楼梦中，男主人对婢女身体的占有，时有发生。

第6回，宝玉与袭人：

然后说至警幻所授云雨之情，羞的袭人掩面伏身而笑。宝玉亦素喜袭人柔媚娇俏，遂强袭人同领警幻所训云雨之事。袭人素知贾母已将自己与了宝玉的，今便如此，亦不为越礼，遂和宝玉偷试一番，幸得无人撞见。自此宝玉视袭人更比别个不同，袭人待宝玉更为尽心。暂且别无话说。

第80回，迎春的哭诉：

那时迎春已来家好半日，孙家的婆娘媳妇等人已待过晚饭，打发回家去了。迎春方哭哭啼啼的在王夫人房中诉委曲，说孙绍祖"一味好色，好赌酗酒，家中所有的媳妇丫头将及淫遍……"

像上述例子，男主人非但不会构成对婢女身体的侵犯，从而引发纠

---

[1] 瞿同祖. 中国法律与中国社会. 北京：商务印书馆，2010：263.

[2] 瞿同祖. 中国法律与中国社会. 北京：商务印书馆，2010：272.

纷，相反，在婢女看来，这甚至是来自主人的一种额外的恩赐或施舍，因为，经此若能够生子的话，这些婢女就很容易获得妾的位置，从而使得自己的将来有一个大致稳定的预期。第33回，听闻贾环说宝玉“拉着太太的丫头金钏儿强奸不遂”，贾政气得“面如金纸”，发狠要把宝玉立刻打死。这里，贾政之所以反应如此强烈，主要是恨儿子不争气，行为有辱门风，对于宝玉要为此承担什么样的法律责任，贾政是无须担心的。

主人对奴婢性的权利，还可以扩展及仆人的妻子。“女奴而外，家长对奴婢的性的权利有时甚至包括部曲妻及雇工人妻。……法律上只有奴及雇工人奸家长妻女而无相反的规定，主人奸婢及仆妇，法无明文，自不为罪。”[1]

第21回，贾琏和多姑娘：

不想荣国府内有一个极不成器破烂酒头厨子，名叫多官，人见他懦弱无能，都唤他作“多浑虫”。因他自小父母替他在外娶了一个媳妇，今年方二十来往年纪，生得有几分人才，……如今贾琏在外熬煎，往日也曾见过这媳妇，失过魂魄，只是内惧娇妻，外惧娈宠，不曾下得手。那多姑娘儿也曾有意于贾琏，只恨没空。今闻贾琏挪在外书房来，他便没事也要走两趟去招惹。招惹的贾琏似饥鼠一般……

第44回，贾琏和鲍二家的：

“……二爷就开了箱子，拿了两块银子，还有两根簪子，两匹缎子，叫我悄悄的送与鲍二的老婆去，叫他进来。他收了东西就往咱们屋里来了。二爷叫我来瞧着奶奶，底下的事我就不知道了。”

这里，多姑娘、鲍二家的，均属于荣府中部曲的妻子，而贾琏作为男主人，与她们通奸，可不负任何的法律责任。既然制度如此，这就为男主人满足自己的淫欲开了方便之门。第44回，贾母责骂贾琏：“成日家偷鸡摸狗，脏的臭的，都拉了你屋里去”，由此可见，贾琏在此类事情上的

---

[1] 瞿同祖. 中国法律与中国社会. 北京：商务印书馆，2010：272.

放纵。[1]

须要强调的是，传统社会的家族之中，同主人有主仆名分的，除了奴仆之外，还有典当家人、隶身长随、雇工人、佃户等。例如，第48回，薛家的老仆张德辉：

展眼已到十月，因有各铺面伙计内有算年帐要回家的，少不得家内治酒饯行。内有一个张德辉，年过六十，自幼在薛家当铺内揽总，家内也有二三千金的过活，今岁也要回家，明春方来。

这里，我认为，张德辉的法律身份和贾府的林之孝、赖大等人明显不同。以后者为例，林之孝、赖大，一年到头始终在为主人服务，过着一种循规蹈矩、周而复始的日子。过年的时候，也应该是他们伺候主子最忙的时候，我们应该还记得"宁国府除夕祭宗祠"的宏大场面吧，在这个时候，他们怎么可能回家呢？而我们看到，张德辉可以不考虑这些因素，过年的时候，他可以不必在薛家伺候主人，而选择和家人团聚。究其原因，我想，是两者在同主人的法律关系上存在明显的差别。林之孝、赖大是贾府的奴隶，而张德辉属于薛家的雇工人，即受雇服役人。虽然同主人存在主仆名分，但是，相较林之孝、赖大，张德辉这样的雇工人在社会地位、人身自由等方面存在明显的优势。"这种人接受定额工资为主家服役，权利义务完全基于双方所同意的契约关系，并未典卖于人，仍保留其自由及人格，契约终了时便停止其服务之义务，同时解除主仆的关系，所以社会上视为独立自主的人，身不系于人，法律不以贱民及私属视之"。[2]按照清代法律，他们与良民发生纠纷，按照凡人论，与主人发生纠纷，既不能按照奴婢论，也不能按照凡人论，而又专门的"雇工人"条款，其立法原则是：雇工人殴杀家长较常人相殴为重，而较奴婢殴杀主人罪为轻。反之，家长殴杀雇工的处分则较殴杀奴婢为重，而较常人互相殴杀为轻。以上文

---

❶ 乾隆八年，清律中附加条例，对于家长的性权利作出限制，区别了有夫的仆妇和无夫的婢女。也就是说，法律将家长的通奸权缩小，仅以无夫的婢女为限，但须应注意，即便家长奸家下人夫之妇者，不过笞四十，系官交部议处，处分是极轻微的。（瞿同祖. 中国法律与中国社会. 北京：商务印书馆，2010：273.）

❷ 瞿同祖. 中国法律与中国社会. 北京：商务印书馆，2010：267.

的焦大为例，只是有骂主人的行为，便要被处以死刑。而像张德辉这样的雇工人，骂主人的法律责任是杖八十，徒二年，即便有殴打主人的行为，还要看实际的危害后果，区分有伤还是无伤等客观因素，由此，显见雇工人与奴仆法律地位的差异。❶

第53回，宁府的佃户乌进孝：

只见小厮手里拿着个禀帖并一篇账目，回说："黑山村的乌庄头来了。"贾珍道："这个老砍头的今儿才来。"说着，贾蓉接过禀帖和账目，忙展开捧着，贾珍倒背着两手，向贾蓉手内只看红禀帖上写着："门下庄头乌进孝叩请爷，奶奶万福金安，并公子小姐金安。新春大喜大福，荣贵平安，加官进禄，万事如意。"贾珍笑道："庄家人有些意思。"贾蓉也忙笑说："别看文法，只取个吉利罢了。"一面忙展开单子看时，只见上面写着……

这里，和林之孝、张德辉相比，乌进孝的法律地位又有所不同。因为，"雇工而外，又有一种为人服役的人，佃户、雇请耕种工作之人，及店铺小郎之类的人的地位是值得注意的。法律上认为这些人平日与东家共坐共食，彼此平等相称，不为使唤服役，素无主仆名分，所以如有杀伤应各依凡人论断。"❷由此，作为贾府的佃户，在法律地位上，乌进孝应该高于作为奴仆的林之孝及作为雇工人的张德辉。

第31回，湘云和丫鬟翠缕有一段精彩的"阴阳"之论：

……

翠缕道："这也罢了，怎么东西都有阴阳，咱们人倒没有阴阳呢？"湘云照脸啐了一口道"下流东西，好生走罢！越问越问出好的来了！"翠缕笑道："这有什么不告诉我的呢？我也知道了，不用难我。"湘云笑道："你知道什么？"翠缕道："姑娘是阳，我就是阴。"说着，湘云拿手帕子握着嘴，呵呵的笑起来。翠缕道："说是了，就笑的这样了。"湘云道："很

---

❶ 须注意的是，雇工人虽与奴婢有间，但在佣工期间，究有主仆之名分，应受家长管教，如有过失，家长便可加以责罚，所以非折伤者勿论，且因违犯教令而依法决罚，邂逅致死者，及过失杀死者，亦得勿论，奴婢与雇工人在各方面的待遇都有显著的差异，只有这一点是相同的。（瞿同祖. 中国法律与中国社会. 北京：商务印书馆，2010：268.）

❷ 瞿同祖. 中国法律与中国社会. 北京：商务印书馆，2010：268.

是，很是。”翠缕道：“人规矩主子为阳，奴才为阴。我连这个大道理也不懂得?”湘云笑道：“你很懂得。”

正如湘云说的，世间万物皆有阴阳，可是具体到主子与奴仆的关系，其间关系的丰富性、权利义务的悬殊，又岂能是“阴阳”两个字所能概括的。

在概览了主子、奴才的权利义务关系后，我们还是回到焦大和林妹妹的问题。《唐律疏议》有言：

人各有藕。色类须同，良贱既殊，何宜配合?

这个问题，瞿同祖先生归纳为婚姻的阶级性。传统的身份社会里，基于婚姻的禁忌，别说林妹妹这样的贵族，作为“贱人”的焦大，即便娶一个良人为妻子，他和对方均须承担法律责任：依照清律，奴娶良人为妻者杖八十。嫁女与奴之女家，减奴娶良人罪一等。且该婚姻无效，应予撤销。由此，我们有理由怀疑，焦大和林妹妹，贱人和贵族，这种阶级、身份上的悬殊，差不多是世界上最遥远的距离。

第51回，袭人探母：

（王熙凤）又嘱咐袭人道：“你妈若好了就罢；若不中用了，只管住下，打发人来回我，我再另打发人给你送铺盖去。可别使他们的铺盖和梳头的家伙。”又吩咐周瑞家的道：“你们自然也知道这里的规矩的，也不用我嘱咐了。”周瑞家的答应：“都知道。我们这去到那里，总叫他们的人回避。若住下，必是另要一两间内房的。”

第65回，兴儿向尤二姐介绍府内的情况，道：

“……我们鬼使神差，见了他两个，不敢出气儿。”尤二姐笑道：“你们大家规矩，虽然你们小孩子进的去，然遇见小姐们，原该远远藏开。”兴儿摇手道：“不是，不是。那正经大礼，自然远远的藏开，自不必说。就藏开了，自己不敢出气，是生怕这气大了，吹倒了姓林的；气暖了，吹化了姓薛的。”

结合上述两段情节，以及考虑到严格的性别回避制度，我甚至怀疑，焦大压根就没有见过林妹妹。

妾之卑微

红楼梦中，有一个数量众多的“妾”的群体。例如，贾赦之妾：嫣红；贾政之妾：赵姨娘、周姨娘；贾珍之妾：佩凤、偕鸾、文花；贾琏之妾：平儿、尤二姐、秋桐；薛蟠之妾：香菱、宝蟾。贾雨村之妾：娇杏。须要说明的是，这还仅是有名有姓的，至于那些无名无姓的，则还有更多。例如，第2回，言及林如海：

今如海年已四十，只有一个三岁之子，偏又于去岁死了。虽有几房姬妾，奈他命中无子，亦无可如何之事。今只有嫡妻贾氏……

第3回，黛玉初入荣府，拜望大舅舅贾赦：

一时进入正室，早有许多盛妆丽服之姬妾丫鬟迎着。

像这种描写，书中还有很多。由此足以说明，贾府之中，妾的数量之众。在群妾之中，绝大多数人是“沉默的大多数”，而给我们留下深刻印象的要数赵姨娘——一个可怜而又可恨的人。其可恨之处在于，她的心思不正，满脑子里“都是些阴微鄙贱的见识”；而说其可怜，是因为在这个“钟鸣鼎食之家”，她备受歧视和屈辱：贾母可以“照脸啐”她，王夫人可以当面辱骂她，王熙凤经常对其冷嘲热讽，自己的亲生女儿也深以她为耻，在心灵和行为上极力与之切割，甚至，家中的丫鬟也竟敢和她扭打在一起。那么，妾，在传统社会里，到底是一个怎样的法律身份，为什么每一次事件、纠纷中，受伤的总是赵姨娘？要回答这些问题，我们有必要考察，传统社会里，妾在家族之中的权利、义务关系。

在《中国家族法原理》中，滋贺秀三先生将妾归纳为“不正规的家族成员”。并指出，“所谓妾，大致可以定义为：尽管是作为闺房伴侣陪嫁的，并且一般认为在日常生活方面具有作为家族一员的地位；但是，却是没有取得所谓宗族观念秩序之家中地位的女性。”[1]确如先生之言，传统社会之中，相当一部分女性，是通过“作为闺房伴侣陪嫁”，而取得“妾”的身份的。例如，第65回，小厮兴儿向尤二姐谈及平儿：

这平儿是他自幼的丫头，陪了过来一共四个，嫁人的嫁人，死的死了，只剩了这个心腹。他原为收了屋里，一则显他贤良名儿，二则又叫拴爷的心，好不外头走邪路。……

第80回，薛蟠收宝蟾为妾：

薛蟠听了，仗着酒盖脸，便趁势跪在被上拉着金桂笑道：“好姐姐，你若要把宝蟾赏了我，你要怎样就怎样。你要活人脑子也弄来给你。”金桂笑道：“这话好不通。你爱谁，说明了，就收在房里，省得别人看着不雅。我可要什么呢。”

这里，平儿是凤姐的陪嫁丫鬟，宝蟾是夏金桂的陪嫁丫鬟，后来，她们均成为妾。但是，我们须要注意，婢女，作为贵族小姐的闺房伴侣或陪嫁，并不一定就成为妾。例如，周瑞家的，她是王夫人的陪嫁丫鬟，陪嫁后成为府里一名奴婢，并没有成为贾政的妾，同样的情况，还有邢夫人的陪房王善宝家的，她也没有成为贾赦的妾。再有，通过陪嫁而成为妾，并不是获得“妾”之身份的唯一途径，除此之外，家中的丫鬟如果得到主人的宠爱，也可以成为妾。例如，作为丫鬟，袭人早就内定为宝玉的妾。再者，妾还可以由主人通过购买而获得。《唐律疏议》云：“妾通买卖”。例如，第4回中，香菱便是由薛蟠强买而来，后成为妾。第47回中，贾赦求鸳鸯而不得，只得又各处遣人购求寻觅，终究费了八百两银子买了一个十七岁的女孩子来，名唤嫣红，收在屋内。

由此，就妾的来源或身份取得途径而言，应该有三种方式：一是作为闺房伴侣、陪嫁而取得；二是由丫鬟而成为妾；还有就是主人直接从外面通过买卖交易得来。

---

[1] 滋贺秀三. 中国家族法原理. 北京：法律出版社，2003：444.

第55回，探春问吴新登家的：

“你且别支银子。我且问你：那几年老太太屋里的几位老姨奶奶，也有家里的也有外头的这两个分别。家里的若死了人是赏多少，外头的死了人是赏多少，你且说两个我们听听。”

这里，探春所说的“几位老姨奶奶”，是指贾母的丈夫贾代善的妾，通过探春的话，我们还知晓，这几位妾，“也有家里的也有外头的这两个分别”。那么，何谓“家里的”“外头的”呢？我想，这很可能是，作为闺房伴侣、陪嫁而成为妾的，这叫做“外头的”；而那些由丫鬟变为侍妾或是主人直接购买得来的妾，这叫的“家里的”。这样看来，探春的这句话，是否也暗示了妾的不同的来源或取得方式呢？当然，由此，我们也体会到，传统社会的家族之中，对个体身份的精细定位。即便是妾，也要按照来源途径的不同而区别对待。[1]

第46回，鸳鸯对平儿、袭人说道：

“别说大老爷要我做小老婆，就是太太这会子死了，他三媒六聘的娶我去作大老婆，我也不能去。”

鸳鸯的话里，反映了娶妻的程序性要求。传统社会里，娶妻有一套稳定的程序，称为“六礼”，即鸳鸯说的“三媒六聘”。我们看到，尽管是丧婚，在姐姐元春的服中娶妻，贾宝玉和薛宝钗的婚礼过程还是非常严谨的，大致遵循了“六礼”的基本要求。然而，娶妾的程序就随意的多：

第2回，贾雨村娶娇杏：

又寄一封密书与封肃，转托问甄家娘子要那娇杏作二房。封肃喜的屁滚尿流，巴不得去奉承，便在女儿前一力撺掇成了，乘夜只用一乘小轿，便把娇杏送进去了。

第65回，贾琏娶尤二姐：

至次日五更天，一乘素轿，将二姐抬来，各色香烛纸马，并铺盖以及酒饭，早已备得十分妥当。一时，贾琏素服坐了小轿而来，拜过天地，焚

---

[1] 家里的、外头的妾待遇并不相同。小说中介绍：探春看时，两个家里的赏过皆二十两，两个外头的皆赏过四十两。外还有两个外头的，一个赏过一百两，一个赏过六十两。这两笔底下皆有缘故：一个是隔省迁父母之柩，外赏六十两，一个是现买葬地，外赏二十两。

了纸马。那尤老见二姐身上头上焕然一新，不是在家模样，十分得意。搀入洞房。

由娇杏、尤二姐的例子，我们看到，纳妾的过程非常简单，几乎没有什么必要的程序性要求。这和娶妻所要求的繁琐而又严格的程序形成鲜明的对比。究其原因，人们认为，“妾是买来的，根本不能行婚姻之礼，不能具备婚姻的种种仪式，断不能称此种结合为婚姻，而以夫的配偶目之。”[1]这样一来，仅是从程序上，也能够区分妻和妾的差异：“按照‘礼’的要求所迎娶的女子被认为是妻，不遵循礼的要求就被领回家的女子为妾”。[2]

第19回，宝玉和袭人说笑：

宝玉笑道：“你在这里长远了，不怕没八人轿你坐。”袭人冷笑道：“这我可不稀罕的。有那个福气，没有那个道理。纵坐了，也没甚趣。”

这句“有那个福气，没有那个道理”，说明袭人对自身角色有着足够清楚的认知。她很清楚，“八人轿”是在正规婚礼上用来娶妻的，而基于身份的鸿沟，不管她怎么努力，也不可能成为宝玉的妻，至多可以成为宝玉的妾，而在迎妾的场合，八人轿是根本不被使用的。

就妾的家族地位而言，滋贺秀三先生认为，从两方面得以规定。第一方面是它没有根植于所属宗祖观念之基础，这点与妻有所不同；第二方面却是相应地在制度上作为一种家族身份而被承认，这点使之与秘密的肉体关系有所区别。所谓：妻者，齐也。妾者，接也。中国传统的法文化中，娶妻，作为一个家族事件，是和宗祖密切相关的。以“庙见”[3]为例，六礼已备，夫妇关系虽已成立，但这仅是成妻之礼。要被夫之家族认可，还须进行成妇之礼，即觐见舅姑、去宗祠中祭拜祖宗。否则，“上事宗庙，

---

❶ 瞿同祖. 中国法律与中国社会. 北京：商务印书馆，2010：157.

❷ 滋贺秀三. 中国家族法原理. 北京：法律出版社，2003：377.

❸ 庙见：古代婚礼仪式之一。即婚后至迟三个月，新娘须至夫家宗庙祭告祖先，以表示婚姻已取得夫家祖先的同意。关于贾宝玉和薛宝钗的婚礼，六礼过后，续书并未涉及“庙见”程序，仅写了“回九”程序。上海古籍出版社1988年版《红楼梦鉴赏辞典》记载：回九，又称“住九”“回门”。旧俗，新娘在婚后第九天，由新郎陪同回娘家，娘家需设宴款待，一般当天即返。回九之期，如新郎不陪新娘去岳家，便是对岳父母的不敬。

下继后世，皆无根据，不算婚礼完备。”[1]所以，“庙见是一极端严重而具有重大意义的仪节。”[1]一般地，六礼过后，“要三月而庙见，与宗族的祖先经过拜见的宗教的仪式，她才算加入夫宗，获得宗中的地位，有参加祭祀和被祭祀的资格。”[1]而纳妾则根本无须“庙见”仪式，因此，妾自然也就“没有根植于所属宗祖观念之基础”。我们看到：

第53回，宁国府除夕祭宗祠：

……槛外方是贾敬贾赦，槛内是各女眷。众家人小厮皆在仪门之外。每一道菜至，传至仪门，贾荇贾芷等便接了，按次传至阶上贾敬手中。贾蓉系长房长孙，独他随女眷在槛内。每贾敬捧菜至，传于贾蓉，贾蓉便传于他妻子，又传于凤姐尤氏诸人，直传至供桌前，方传于王夫人。王夫人传于贾母，贾母方捧放在桌上。邢夫人在供桌之西，东向立，同贾母供放。

需要注意，这里，参加祭祀的女眷如贾蓉之妻胡氏、凤姐、尤氏、王夫人、邢夫人、贾母等，均有妻的身份或地位。对她们而言，参加家族中的祭祀和被祭祀，是她们的当然权利。而作为妾，赵姨娘等人根本不具有这样的资格，是不能参加这种家族宗教活动的。就像《祝福》中鲁四老爷评价祥林嫂：“这种人……祭祀时候可用不着她沾手……否则，不干不净，祖宗是不吃的。”

第69、70回，尤二姐之丧：

贾母道：“……谁家痨病死的孩子不烧了一撒，也认真的开丧破土起来。既是二房一场，也是夫妻之分，停五七日抬出来，或一烧或乱葬地上埋了完事。”

话说贾琏自在梨香院伴宿七日夜，天天僧道不断做佛事。贾母唤了他去，吩咐不许送往家庙中。贾琏无法，只得又和时觉说了，就在尤三姐之上点了一个穴，破土埋葬。

我们知道，贾琏原本是要待丧事完毕，要把尤二姐挪到铁槛寺去的，且已经得到了王夫人的许可。然而，贾母就此作出明确指示，尤二姐的灵柩是不能放在家庙之中的。这里，或许我们会觉得贾母无情，而事实上，

---

[1] 瞿同祖. 中国法律与中国社会. 北京：商务印书馆，2010：118.

根据那时的礼法，作为妾，尤二姐确没有这样的资格。“妻与夫一起负有祭祀夫之祖先的义务。”“同时，妻与夫共同接受夫之子孙的祭祀。已婚者一定要被埋葬于祖坟而且是夫妇合葬于同一坟墓。这就是自古以来《诗经》所咏唱的‘则异室，死则同穴’……夫作为考（死去的父亲）被祭祀，妻必须作为妣（死去的母亲）被祭祀。如果附有牌位的话，就将考妣对照的两个牌位作为一对。”[1]赵姨娘不能参加除夕祭宗祠，尤二姐的尸体进不了铁槛寺，两者的原因是一致的。都如滋贺秀三先生指出的，作为妾，她们“没有根植于所属宗祖观念之基础”，因而不具有参与家族祭祀和被祭祀的资格。

第21、44回，贾琏与多姑娘、鲍二家的通奸，在性质上讲，这属于“秘密的肉体关系”，是不被制度、家族认可的。贾母曾斥责贾琏，“腥的臭的，都拉了你屋里去”。而与之相比，妾“却是相应地在制度上作为一种家族身份而被承认。”也即：“妾，作为礼与律所规定的对象，是从正面被规制的一种制度性的身份。而现实中可能有的，并不合于这种制度的秘密的肉体关系，是作为坏事受到责难的。”[2]

第68回，“苦尤娘赚入大观园”，王熙凤对尤二姐道：

“你我姐妹同居同处，彼此合心合意的谏劝二爷，慎重世务，保养身体，方是大礼。要是妹妹在外头，我在里头，妹妹白想想，我心里怎么过得去呢？再者叫外人听着，不但我的名声不好听，就是妹妹的名儿也不雅。”

这里，在强调了所谓“大礼”后，王熙凤的落脚点在“妹妹的名儿也不雅”，那么，王熙凤为何这么说呢？我们知道，二姐自嫁给贾琏，虽在外居住，但“持家勤慎”，其言谈行事非常规矩，名声怎么就会因此“不雅”呢？其实，我觉得，我们应该佩服王熙凤的谈话艺术，事实上，她这是在暗示尤二姐，若不进贾府，选择继续住在外面居住，那么，她和贾琏的关系，就非常接近于一种“秘密的肉体关系”，无疑，这句话是点中了尤二姐“死穴”的。由此，尤二姐选择进贾府，并不一定就表明她糊涂、

[1] 滋贺秀三. 中国家族法原理. 北京：法律出版社，2003：374.

[2] 滋贺秀三. 中国家族法原理. 北京：法律出版社，2003：448.

智商不够，或者低估了王熙凤的厉害，而是恰说明她也是有着某种追求的，在内心里，她期望获得家族认可，成为家族的一员，从而名正言顺地做贾琏的妾。她应该清楚，要做到这一点，就必须走进贾府。否则，继续待在外面，畏缩于一隅，不见天日，尽管这样不用担心王熙凤，但是，如同王熙凤所言，这样一来，她的名声就会“不雅”，她同贾琏的关系和“秘密的肉体关系”就没有分别。这是尤二姐不乐见的。因此，第68回介绍，在与凤姐会面之前，“尤氏心中早已要进去同住方好”。

进一步地，就妾的家庭地位而言，我们还可以从服制关系方面来加以考察。“服制的范围即亲属的范围，同时服制的轻重亦即测定亲属间亲疏远近的标准。”[1]亲者服重，疏者服轻，依次类推，分为斩衰、齐衰、大功、小功、缌麻五个等级，这就是中国传统社会中的“五服”制度。对此，小说中有大量的表现。例如：

第2回，黛玉守丧：

堪堪又是一载的光阴。谁知女学生之母贾氏夫人一疾而终。女学生侍汤奉药，守丧尽哀，遂又将辞馆别图。

第92回，谈及贾雨村：

冯紫英道：“我今儿从吏部里来，也听见这样说。雨村老先生是贵本家不是？”贾政道：“是。”冯紫英道：“是有服的还是无服的？”

第96回，关于宝玉婚事：

贾政又道：“……况且贵妃的事虽不禁婚嫁，宝玉应照已出嫁的姐姐有九个月的功服，此时也难娶亲。再者我的起身日期已经奏明，不敢耽搁，这几天怎么办呢？”

这里，黛玉为母亲所守之丧，为斩衰；宝玉为姐姐元春守的，是大功。其他如宝玉为贾母，服属齐衰；黛玉为贾母，服属小功；宝玉与黛

---

[1] 瞿同祖. 中国法律与中国社会. 北京：商务印书馆，2010：3.

玉、宝钗之间，则服属缌麻。[1]从中我们不难看出人际间的亲疏差等，可以说，服制关系最能反映传统社会中人际间的“差序格局”。这就难怪，为了明确贾雨村和贾府之间的亲疏关系，在问了贾政是否属于“本家”外，冯紫英又进一步追问“有服还是无服”了。

那么，妾，在一个家族之中，她的服制关系如何呢？概括说来，“人们一致认为，妾应为夫（在服制上的用语是“君”“家长”）服斩衰之丧，应为服之嫡妻服不杖期之丧，应为夫之长子及诸子服齐衰三年、不杖期等丧；可是，除妾之子外，任何人都无须为其服丧。如果妾有子，其子理所当然要为其亲生母亲服齐衰三年之丧；另外，夫之异腹子对称之为庶母者（即夫之妾）服轻丧。但是，对其他族人来说，却根本不产生服丧的问题。”[2]由此，我们不难体会到妾在家族之中的境遇。在解释“差序格局”时，费孝通先生说：“以‘己’为中心，像石子一般投入水中，和别人所联系成的社会关系，不像团体中的分子一般大家立在一个平面上的，而是像水的波纹一般，一圈圈推出去，愈推愈远，也愈推愈薄。”[3]我想，如果把其中的“己”置换为一个家族，那么，赵姨娘这样的妾，应该是在家族利益的最薄处的。

接下来，以小说中的情节为素材，围绕着妾与他人的交往活动，我们来考察其在日常生活之中，具体的权利与义务关系。

1. 妾与夫的关系

准确地说，妾是不能“以夫为夫”的。什么意思呢？因为“妾以夫为

---

❶ 根据《仪礼·丧服》，五服制度的形制主要为：“斩衰”，用最粗的麻布制成。儿子、未嫁女为父母，诸侯为天子，父为嫡长子，妻为夫等都要服斩衰。斩衰为礼最重，需要服丧三年。“齐衰”，用粗麻布制成。子为母服齐衰三年，众孙为祖父母、已嫁女为父母、媳妇为公公婆婆等服齐衰一年。齐衰为礼，仅次于斩衰。“大功”，用熟麻布制成。父母为夭亡的子女、妻子为丈夫的祖父母等服大功，服期一般为九个月。“小功”，用比大功细的熟麻布制成。小功是为外祖父母、子侄及未婚嫁子女为姨母等所服，服期一般为五个月。“缌麻”，用缌布制成。缌麻是为曾祖父的亲兄弟及其配偶、祖父的堂兄弟及其配偶、父亲的从祖兄弟、外甥、舅舅、妻子的父母等所服，服期一般为三个月。（李梅. 论五服制的伦理基础和社会功能. 理论学刊，2005（6）：103.）

❷ 滋贺秀三. 中国家族法原理. 北京：法律出版社，2003：445.

❸ 费孝通. 乡土中国·生育制度. 北京：北京大学出版社，1998：27.

君，为家长，俗称老爷，而不能以之为夫。”[1]既然妾为贱，君为尊，那么，家长与妾之间的不平等是非常明显的，由此，在家长面前，妾很难说有什么权利可言。例如：

第80回，薛蟠殴打香菱：

至晚饭后，已吃得醺醺然，洗澡时不防水略热了些，烫了脚，便说香菱有意害他，赤条精光赶着香菱踢打了两下。

……薛蟠更被这一席话激怒，顺手抓起一根门闩来，一径抢步找着香菱，不容分说便劈头劈面浑身打起来……

按照传统的法律：“家长殴妾比殴妻罪更轻二等，杀妾，唐、宋律但处流刑，明、清律处分更轻，止杖一百徒三年。过失杀自得与过失杀妻一样，不论。”[2]由此，薛蟠殴打香菱，就像他当年殴死冯渊一样，根本无须担心承担什么责任，即便他把香菱打死，也“只止杖一百，徒三年”。

此外，在家长面前，妾的地位似乎也并不总是那么稳定。因为，家长可以完全出于自己的个人喜好，决定妾的去留。我们知道，传统的婚姻制度中，尽管离婚是男性的单方权利，但事实上，休妻并不是任意的，还要受到“七出”“三不去”的限制。然而，这种限制仅是对妻而言的，对妾并不适用。因为夫与妾仅是“义”之关系，并不涉及与妻的“合两姓之好”“上事宗庙、下继后世”等宏大的主题，“所以夫根据自己的意志断绝此义即离婚是可能的。……限制夫之恣意的‘七出’‘三不去’，是关于妻的规定，但对妾却不适用；妾可以说是‘若夫爱之则留之，若夫厌之则遣之。’”[3]由此可以说，妾的命运完全掌握在家长手中。

2. 妾与妻的关系

关于妾与妻，我们有必要澄清几个误区。苏童写过一本小说，叫《妻

[1] 瞿同祖. 中国法律与中国社会. 北京：商务印书馆，2010：157.

[2] 瞿同祖. 中国法律与中国社会. 北京：商务印书馆，2010：158.

[3] 滋贺秀三. 中国家族法原理. 北京：法律出版社，2003：447.

妾成群》。[1]这个名字很容易传递给人一种不正确的信息：即传统社会里，男人可以有多个妻子。事实上，这是非常错误的。按照当时法律制度，妾可以有多个，但妻子须只有一个，因为，传统的制度是严格的“一夫一妻多妾制”，而非“一夫多妻制”。基于此，成群的只能是“妾”，而非“妻”，否则就要承担法律责任。对此，滋贺秀三先生有一个非常生动的比喻，他说：“夫与妻就好比是日与月，相对于此，夫与妾就好比是日与众星。”[2]再者，人们总以为先娶得的是妻，而后的是妾。这也是错误的。妻妾之间，“原本就不只是所谓第一夫人、第二夫人这种次序先后的问题。因此，最初所娶的女人当然就是妻的并不成立。”[3]我们看到，贾宝玉年龄很小的时候，贾母就有意指派袭人、晴雯服侍宝玉，实则是在考察合适的妾的人选。贾母喜欢晴雯，而王夫人属意袭人，甚至贾政也早早地为宝玉挑中了人选。这说明，贾府中的男子择妾要比娶妻更早一些。对此，第65回，小厮兴儿说得非常明确：

“我们家的规矩，凡爷们大了，未娶亲之先都先放两个人伏侍的。”

由此，与夫一方结合的先后顺序，对妻、妾的名分没有必然的影响。

妾“不能像妻一样随着丈夫的身份而获得亲属的身份”，也不可能因为丈夫的地位而获得地位。我们看到，贾母、王夫人等人，均因为丈夫的光环，而获得诰命夫人的政治荣耀。而这份荣耀，是不可能由前述探春说的“几位老姨奶奶”、赵姨娘分享的。按照清代的规定：

“正从一品：曾祖母、祖母、母、妻各封赠一品夫人。正从二品：祖母、母、妻各封赠夫人。正从三品：祖母、母、妻各封赠淑人。正从四品，母、妻各封赠恭人。正从五品，母、妻各封赠宜人。正从六品：母、妻各封赠安人。正从七品，母、妻各封赠孺人。”“应封妻者，止封正妻一人，正妻未封之先而殁，应封继妻，正妻亦当追赠。继妻止封一人。”“凡

[1] 该书以传统社会的家庭为框架，写了一个男人娶了四个女人做太太，四个女人“齐拴在一个男人的脖子上，互相争宠，像一棵濒临枯萎的藤蔓在稀薄的空气中相互绞杀而争得那一点点空气。”张艺谋导演将其拍为电影：《大红灯笼高高挂》。

[2] 滋贺秀三．中国家族法原理．北京：法律出版社，2003：445.

[3] 滋贺秀三．中国家族法原理．北京：法律出版社，2003：447.

停给各官，曾祖父母、祖父母、父母曾犯十恶、奸盗、除名等罪，及妻非礼聘正室或再醮、娼优婢妾，不许请封。”[1]

由此，我们看到，第13回，秦可卿之丧，贾珍为了丧礼好看，特意为贾蓉捐了五品“龙禁尉”的官职，这样，作为贾蓉的妻子，秦可卿就理所当然地成了五品官员的夫人，[2]丧礼规模也随之扩大：

灵牌疏上皆写“天朝诰授贾门秦氏恭人之灵位”。会芳园临街大门洞开，旋在两边起了鼓乐厅，两班青衣按时奏乐，一对对执事摆的刀斩斧齐。更有两面朱红销金大字牌竖在门外，上面大书：“防护内廷紫禁道御前侍卫龙禁尉”。对面高起着宣坛，僧道对坛榜文，榜上大书：“世袭宁国公冢孙妇，防护内廷御前侍卫龙禁尉贾门秦氏恭人之丧。”

须要注意，由前述条文，妾是和娼妓、优伶、婢女相提并论的，可见妾的地位之低。她们根本不可能由丈夫的政治地位而获得任何的荫蔽。同理，因为是贾政的妻，王夫人是荣府当仁不让的女主人，占有无尽的家族资源，而作为贾政的妾，没有人会待见赵姨娘，在她的房间里，有的就是几块碎银子，甚至连块像样的布料都拿不出。第25回，写道：

马道婆因见炕上堆着些零碎绸缎湾角，赵姨娘正粘鞋呢。马道婆道：“可是我正没了鞋面子了。赵奶奶你有零碎缎子，不拘什么颜色的，弄一双鞋面给我。”赵姨娘听说，便叹口气说道：“你瞧瞧那里头，还有那一块是成样的？成了样的东西，也不能到我手里来！有的没的都在这里，你不嫌，就挑两块子去。”马道婆见说，果真便挑了两块袖将起来。

非但如此，“妾是以正室为女主的，原处于妻的权力以下，理当敬谨奉事，所以妻得驭妾，殴杀减罪。”[3]也就是说，在家庭生活中，妾相当于妻的奴婢，必须接受妻的领导、指挥，并须尽心竭力为妻服务。第49回，

---

❶《六部则例全书》康熙五十五年刻本，吏部卷下，诏告第十八，《封赠通例》。中枢政考卷下，赠袭第二十三。转引自郭洁. 试论清代妾在家族中的民事法律地位. 苏州：苏州大学，2008：26.

❷须注意，小说中，秦可卿被封的是“恭人”，可是，按照条文，四品官员妻子才被封为“恭人”，贾蓉捐的是五品龙禁尉，作为妻子，秦可卿应该被封为“宜人”。作者之所以这样安排，笔者认为意在有意混淆小说的创作年代，逃避当时“文字狱”的打击。

❸瞿同祖. 中国法律与中国社会. 北京：商务印书馆，2010：158.

湘云对新来的宝琴道：

“你除了在老太太跟前，就在园里来，这两处只管顽笑吃喝。到了太太屋里，若太太在屋里，只管和太太说笑，多坐一回无妨；若太太不在屋里，你别进去，那屋里人多心坏，都是要害咱们的。”

湘云嘴里说的坏人，显指得的是赵姨娘。由此也说明，平日里，赵姨娘的主要活动就是在王夫人处服侍王夫人。第57回，雪雁对刚睡醒的黛玉道：

“……我因等太太的工夫，和玉钏儿姐姐坐在下房里说话儿，谁知赵姨奶奶招手儿叫我。我只当有什么话说，原来他和太太告了假，出去给他兄弟伴宿坐夜，明儿送殡去……”

由雪雁的这句“原来他和太太告了假”，不难看出，主管赵姨娘的考勤工作，也属于王夫人家务活动的一部分。

进一步地，香菱和夏金桂之间的互动，更能说明妻妾关系的实质。第80回，香菱见到夏金桂，道：

“……此刻连我一身一体俱属奶奶，何得换一名字反问我服不服，叫我如何当得起。奶奶说那一个字好，就用那一个。”

“一身一体俱属奶奶”，学诗的香菱，这句话说的很形象！

第83回，夏金桂在房内大闹，薛姨妈赶来，说道：

“你们是怎么着，又这样家翻宅乱起来，这还象个人家儿吗！矮墙浅屋的，难道都不怕亲戚们听见笑话了么”金桂屋里接声道：“我倒怕人笑话呢！只是这里扫帚颠倒竖，也没有主子，也没有奴才，也没有妻，没有妾，是个混帐世界了……”

这里，薛姨妈用“你们”来指代金桂和宝蟾，一下子被夏金桂挑出了“礼”来。[1]因为，夏金桂是妻，而宝蟾是妾，她们两人一个是主子奶奶，一个相当于婢女，是不能放在一起用“你们”来代称的。这就难怪夏金桂

---

[1] 传统社会里，称呼当然体现体身份差别。像“你”“我”“他”“你们”“我们”“他们”这样的人称代词，反映身份上的平等性，是不能在身份差异的人中的适用的。第31回，袭人称自己和宝玉为“我们”，被晴雯发现；第55回，平儿称凤姐为“你”，被凤姐发现；第61回，晴雯称宝玉为“他”，被平儿发现。

反击薛姨妈，说薛家是一个“没有主子，也没有奴才，也没有妻，没有妾”的“混账世界”了。

第39回，李纨对众人道：

“……凤丫头就是楚霸王，也得这两只膀子好举千斤鼎。他不是这丫头，就得这么周到了！”平儿笑道：“先时陪了四个丫头，死的死，去的去，只剩下我一个孤鬼了。”

无独有偶，第65回，小厮兴儿对尤二姐道：

“这就是俗语说的‘天下逃不过一个理字去’了。这平儿是他自幼的丫头，陪了过来一共四个，嫁人的嫁人，死的死了，只剩了这个心腹。”

由此，我们看到，在贾琏、王熙凤组建的这个家庭里，尤二姐并不是第一个死去的。结合她的死，以及夏金桂对香菱的狠毒，这儿陪嫁丫鬟的死因给人以无尽遐想。按照传统的法律，“妻殴伤杀妾与夫殴伤杀妻同罪，伤者减凡人二等，且须妾亲告乃坐。死者以凡论，过失杀得不论。”[1]由此，妻对妾的伤害是很难被追责的，相反，妾对妻则不得有任何侵侮的行为。“妾犯妻则与妾殴骂夫主同罪。”我们看到，赵姨娘面对王夫人的谩骂、平儿面对凤姐的责打、香菱面对夏金桂的残酷折磨，均没有反抗能力，只能选择承受，除此之外，别无选择。

3. 妾与子女的关系

第27回，探春对宝玉说：

“我只管认得老爷、太太两个人，别人我一概不管。”

第55回，探春对赵姨娘说：

“姨娘这话说谁，我竟不解。谁踩姨娘的头？说出来我替姨娘出气。”

我们看到，作为亲生女儿的探春根本不承认赵姨娘母亲的地位。面对自己的生母，她竟然称之谓“姨娘”。尽管令人感觉到冷酷，但是，探春的做法却是合于当时社会制度的。因为，“夫之承继人无论是亲生子或者是嗣子，妾除对自己的亲生子之外都不处于母之地位。但是，如果有妻，

[1] 瞿同祖. 中国法律与中国社会. 北京：商务印书馆，2010：159.

则甚至对妾之子享有法定亲权的是妻（嫡母）而不是妾（生母）。”[1]基于此，只要有妻存在，妾对家中子女均不享有法定的亲权，即不具有法律意义上母亲的资格。这就难怪探春要喊自己的生母为“姨娘”了。

第20回，听到赵姨娘训斥贾环，凤姐道：

“大正月又怎么了？环兄弟小孩子家，一半点儿错了，你只教导他，说这些淡话作什么！凭他怎么去，还有太太老爷管他呢，就大口啐他！他现是主子，不好了，横竖有教导他的人，与你什么相干！”

这里，作为贾政的嗣子，贾环自然而然地成为家中的主子，而赵姨娘却仍然是“姨娘”，因为不具有对儿子的亲权，也就失去了对儿子的管教权。作为妾，赵姨娘是没有资格来管教作为主子的儿子的。与之相映成趣的，第25回，贾环泼蜡伤害宝玉：

凤姐三步两步的上炕去替宝玉收拾着，一面笑道：“老三还是这么慌脚鸡似的，我说你上不得高台盘。赵姨娘时常也该教导教导他。”一句话提醒了王夫人，那王夫人不骂贾环，便叫过赵姨娘来骂道：“养出这样黑心不知道理下流种子来，也不管管！几番几次我都不理论，你们得了意了，越发上来了！”

基于前述分析，对贾环具有管教权的是王夫人，[2]而非赵姨娘，要知道，凤姐的那句“横竖有教导他的人，与你什么相干！”还言犹在耳的，然而，我们看到，在事件面前，明明具有管教权的王夫人、凤姐却一致指责、训斥并无管教权的赵姨娘，这在逻辑上是很矛盾的，对赵姨娘而言，这应该算是一份“欲加之罪”吧。

既然与自己的亲生子女，关系都如此，那么，妾在夫的其他子女面前，就显得更加卑微。第23回，宝玉去见贾政：

宝玉只得挨进门去。原来贾政和王夫人都在里间呢。赵姨娘打起帘

[1] 滋贺秀三．中国家族法原理．北京：法律出版社，2003：455.

[2] 第30回，宝玉和金钏玩笑，金钏道：“……我倒告诉你个巧宗儿，你往东小院子里拿环哥儿同彩云去。”这里，金钏的话表明，贾环同丫鬟之间存在越轨行为。王夫人，作为贾环法律意义上的母亲，她当然有权利也有责任去教育贾环，促使他学好，走正路。然而王夫人只是担心金钏的话对宝玉的身心产生不良影响，对贾环这段公案，她根本提不起丝毫的兴趣。

子，宝玉躬身进去。只见贾政和王夫人对面坐在炕上说话，地下一溜椅子，迎春、探春、惜春、贾环四个人都坐在那里。

房间里有这么多人，均坐着不动。给宝玉打帘子的是谁呢？是赵姨娘。或许，这就是她的本职工作吧。

4. 妾与仆人的关系

瞿同祖先生指出，在主子面前，妾“只能像仆从一样称呼那些人为老太爷、老太太、老爷或者少爷、小姐”，像这样，“妾而采取奴仆式的称谓，是极有趣的事，不但指示她非家中的亲属，而且令人怀疑她的地位就有些近于家中的奴仆。”[1]

第46回，为丈夫贾赦说媒，邢夫人对鸳鸯道：

“难道你不愿意不成？若果然不愿意，可真是个傻丫头了。放着主子奶奶不作，倒愿意作丫头！三年二年，不过配上个小子，还是奴才。你跟了我们去，你知道我的性子又好，又不是那不容人的人。老爷待你们又好。过一年半载，生下个一男半女，你就和我并肩了。家里人你要使唤谁，谁还不动？现成主子不做去，错过这个机会，后悔就迟了。”

这里，为了完成丈夫交代的任务，邢夫人显然是说了许多违心的话。她给鸳鸯描绘了一份关于未来的绚丽“蓝图”，然而，这只是“看上去很美”而已。妾怎么可能成为“主子奶奶”呢？即便有了子女，注定就能够过上幸福、美好的生活吗？看看赵姨娘就有了答案。久居贾府的鸳鸯对此应该有直观的洞察，那么，当着“明白人”，邢夫人说了这些“糊涂话”，足见其愚不可及。然而，竟也真的有人会产生身份上的错觉，身为贱妾，却误把自己当成了主人，当然，还是这位“蝎蝎螫螫”的赵姨娘。

第60回，赵姨娘大闹怡红院：

赵姨娘也不答话，走上来便将粉照着芳官脸上撒来，指着芳官骂道：“小淫妇！你是我银子钱买来学戏的，不过娼妇粉头之流！我家里下三等奴才也比你高贵些的，你都会看人下菜碟儿。宝玉要给东西，你拦在头

---

[1] 瞿同祖. 中国法律与中国社会. 北京：商务印书馆，2010：157.

里，莫不是要了你的了？拿这个哄他，你只当他不认得呢！好不好，他们是手足，都是一样的主子，那里你小看他的！”芳官那里禁得住这话，一行哭，一行说：“没了硝我才把这个给他的。若说没了，又恐他不信，难道这不是好的？我便学戏，也没往外头去唱。我一个女孩儿家，知道什么是粉头面头的！姨奶奶犯不着来骂我，我又不是姨奶奶家买的。‘梅香拜把子——都是奴儿’呢！”

鲁迅先生说，强者发怒，拔刀向更强者；弱者发怒，拔刀向更弱者。身处家族底层，赵姨娘的心中一定累计了太多的愤懑。借由“蔷薇硝”事件，她以为终于找到一个释放自己的机会。在王夫人、凤姐面前，她隐忍；而面对芳官——一个奴婢，她决意要找一下做主子的感觉。然而，事情似乎并不顺利，伶俐的芳官直指其身份的实质。“我又不是姨奶奶家买的。‘梅香拜把子——都是奴儿’。”芳官的意思很明确：赵姨娘根本就不是这个家族的主子，而是和自己一样，也是贾府的奴才罢了。一个下人竟也否认其家长地位。对赵姨娘而言，这句话的杀伤力无疑是强大的，它一下子掀翻了赵姨娘身份的底牌，揭穿了她披在自己身上的那层伪装，暴露了赵姨娘的说辞只是一种假象和虚妄。事件到此，除非诉诸本能的武力，是再也没有其他解决办法的。

5. 妾之亲属与夫家的关系

第55回，赵姨娘的兄弟赵国基去世，赵姨娘对探春给的抚恤金不满意，同探春大闹：

赵姨娘气地问道：“谁叫你拉扯别人去了？你不当家我也不来问你。你如今现说一是一，说二是二。如今你舅舅死了，你多给了二三十两银子，难道太太就不依你？……”探春没听完，已气得脸白气噎，抽抽咽咽的一面哭，一面问道：“谁是我舅舅？我舅舅年下才升了九省检点，那里又跑出一个舅舅来？我倒素习按理尊敬，越发敬出这些亲戚来了。既这么说，环儿出去为什么赵国基又站起来，又跟他上学？为什么不拿出舅舅的款来？……”

我们看到，探春和赵姨娘的沟通毫无交集，两者缺乏一些有关“舅舅”的基本共识。按照赵姨娘的理解，自己的兄弟当然是探春的舅舅；而在探春的世界里，自己的舅舅是王夫人之兄王子腾。就像探春称呼赵姨娘为“姨娘”而不是母亲，基于传统的礼法，这次，正确的仍然是探春。因为，妾的父母、兄弟、姊妹，“是不能来往于家长之家的，他们之间根本不能成立亲戚的关系。”[1]如探春所说，虽然赵国基出入贾府，但其绝不是舅舅的身份，他事实上是作为服侍贾环的一名奴仆在贾府活动的。由此可见，这场风波，实为一场“理智与情感”的交锋，其中，赵姨娘诉诸的是血缘，而探春诉诸的是礼法。在这个问题上，赵姨娘面对的不是自己的女儿，而是整个体制，那么，她焉能不败？或者，这也说明，赵姨娘一直是那个时代的“法盲”，她的整个生活，就是一场“法盲的悲剧”。

行文至此，我想，还有一个问题是须要回答的，即：妾既然在家族之中如此不堪，为何生活之中还有一些人要选择做妾呢？例如，袭人。红楼梦中，无疑有一个袭人的姨娘梦。袭人，当然也是“理性人”，之所以如此，是因为，传统社会里，妾，也是有一些利益的，包括实现利益和预期利益。

首先，做妾，可保温饱无虞。“夫对作为家族一员的妾负有抚养的义务。”[2]即便夫死，“夫之继承人们负有代亡父一辈子赡养父之妾的义务。”[3]而且，“打算一辈子为亡夫守丧并终身留在夫家的妾，夫的亲属以强制再婚等方法将其驱离是被禁止的。即人们认为，妾也有与妻同等的守节权利。”[4]例如，第39回，李纨对众人说的：

“……想当初你珠大爷在日，何曾也没两个人。你们看我还是那容不下人的？天天只见他两个不自在。所以你珠大爷一没了，趁年轻我都打发了。若有一个守得住，我倒有个膀臂。”

这里，李纨之所以能够打发贾珠的妾改嫁，主要的原因，是因为她们表达出来改嫁意愿。如果她们立志守节，李纨是不能强迫她们改嫁的。由此，即便夫亡，妾的温饱权也还是有保障的。但凡做妾的女性，大多出身

---

[1] 瞿同祖. 中国法律与中国社会. 北京：商务印书馆，2010：157.

[2] 滋贺秀三. 中国家族法原理. 北京：法律出版社，2003：447.

[3] 滋贺秀三. 中国家族法原理. 北京：法律出版社，2003：455.

[4] 滋贺秀三. 中国家族法原理. 北京：法律出版社，2003：448.

贫寒。与人格相比，她们更多地考虑生存。第19回，袭人对母亲、哥哥道：

"……如今幸而卖到这个地方，吃穿和主子一样，又不朝打暮骂。……这会子又赎我作什么？权当我死了，再不必起赎我的念头！"

这里，袭人放弃恢复平民之身的机会，甘愿为奴，像一只坚韧的蜗牛，一步一步向上爬，守着心中的梦想慢慢实现。或许，我们应该理解她：童年里那段饥饿的经历烙印在她的脑海，成为了她的身体记忆。在她看来，温饱比什么都重要，包括人格和自由。

其次，妾确有做主子奶奶的机会，这应该算是一种预期利益了。"在妻死而有妾时，当然将该妾称为妻的理由也是不存在的。一旦作为妾所娶的女人日后被改正为妻，那么为此必须进行特别声明。此即所谓'扶正'。"[1]

第2回，写贾雨村之妾娇杏：

却说娇杏这丫鬟，便是那年回顾雨村者。因偶然一顾，便弄出这段事来，亦是自己意料不到之奇缘。谁想他命运两济，不承望自到雨村身边，只一年便生了一子；又半载，雨村嫡妻忽染疾下世，雨村便将他扶侧作正室夫人了。

第44回，鲍二家的与贾琏通奸时，也说：

"他死了，你倒是把平儿扶了正，只怕还好些。"

当然，这种机会太渺茫了，毕竟，在现实生活中，能有几个人像娇杏那样，有这份"侥幸"呢？

综上，我们大致明确了妾的法律身份及其家族中的权益关系。至于其社会地位，这是个不言而喻的问题。第9回，"起嫌疑顽童闹学堂"：

宝玉还有三个小厮：一名锄药，一名扫红，一名墨雨。这三个岂有不淘气的，一齐乱嚷："小妇养的！动了兵器了！"墨雨遂掇起一根门闩，扫红锄药手中都是马鞭子，蜂拥而上。

这句"小妇养的"，已经说明一切。孩子嘴里的一骂，恰是妾社会地位的写照。

[1] 滋贺秀三. 中国家族法原理. 北京：法律出版社，2003：447.

男女有别

第55回，探春道：

“但凡是个男人，可以出得去，我必早走了，立一番事业，那时自有我一番道理。偏我是女孩儿家，一句多话也没有我乱说的。”

我们清楚，这句话应该道出了贾府里三小姐压抑许久的愤懑和无奈。作为庶出的孩子，她在这个关系复杂的家族里受了不少压力和委屈，然而，因为自己身为女孩的缘故，除了承受和忍耐，她也毫无办法。究其原因，传统社会里，基于性别的差异，男性和女性所遵从的社会规则不尽相同。

举例说来，像宝玉这样的男孩子，到了年龄，不管你有没有兴趣，都须要进学堂学习，接受学校教育；而女孩则须在家里“手工针织”，因为，“女子无才便是德”就是社会对她们的要求。一般地，读书的男子对所谓的“大比之年”均抱有强烈的期待，希冀通过知识改变命运，如贾雨村。然而，即便林黛玉的诗词造诣超凡绝伦、薛宝钗对“四书五经”的内容掌握的纯熟、精深，当时的社会也不可能给她们这样的机会。于是，我们看到，贾赦、贾政等碌才、庸才花费公帑、身居要职，而聪明、干练的王熙凤、贾探春，施展才能的舞台只能限定在家族事务领域。上述这些在受教育权、工作权等方面的差别，也是当时基本的社会制度，为我们所熟知。此外，通过细致生动地生活描写，《红楼梦》也向我们详尽地展示了另外一种制度：即性别回避制度，与上述制度比较，它更微观、更具体地反映、体现着“男女有别”这一基本文化原则。

“男女有别，然后父子亲。父子亲，然后义生。义生，然后礼作。礼作，然后成物安。无别无义，禽兽之道也。”产生于两千多年前的《礼记》，作为国人第一本系统性的人际交往指南，对“男女有别、性别回避”有着一套几乎苛刻的规定。虽然在现实的生活中，很难符合其要求，但是，我们看到，红楼世界里的人和事，尽可能地体现了“男女有别、性别回避”这一原则、精神，当然，也大致反映了那个时代人们基本的生活风貌。具体地，它表现在以下几个方面。

首先，区隔男、女生活场所。

《礼记·内则》云：“礼始于谨夫妇，为宫室，辨外内。男子居外，女子居内。深宫固门，阍寺守之，男不入，女不出。”大意是，男子和女子有各自不同的生活场所，男外而女内，彼此之间不能随便出入，尤其是女子的闺房，还要设立专门的值班人员看守。我们看到，第3回，荣府的正室，也就是贾政的主要活动场所：

一条大甬路，直接出大门的。进入堂屋中，抬头迎面先看见一个赤金九龙青地大匾，匾上写着斗大的三个大字，是“荣禧堂”。

那么，它是不是也属于女主人王夫人的活动场所呢？非也。

原来王夫人时常居坐宴息，亦不在这正室，只在这正室东边的三间耳房内。

荣府的正室，是贾政的待客的地方，而作为女主人，王夫人很少在这里出现。这即体现了活动区域隔离的要求。

当然，最典型的是大观园，它由专人把守，发挥着重要的隔离功能，除了“绛洞花主”贾宝玉，没有特殊事由，那些“泥做的、浊气逼人的”男子一律不能入内，由此形成了一个由女儿主导的自由天地。我们也可以说，以大观园为界限，它的里面是清爽的女儿王国，它的外面是世俗的男人世界。像“荣禧堂”这样的地方，宝钗、黛玉、探春等人绝少来此，这些贵族少女平日里烂漫嬉戏、作诗抒怀，貌似风花雪月、五彩缤纷，可细究起来，她们所有的活动都被限定在荣国府的指定区域，过着“贾母处——王夫人处——大观园”这样“三点一线”的单调生活。例如，今天为女孩子们所珍视的“逛街权”，对宝钗、黛玉等人而言，是不可想象的事情。第56回，平儿笑道：

“这有个原故：姑娘们所用的这些东西，自然是该有分例。每月买办买了，令女人们各房交与我们收管，……没有一个我们天天各人拿钱找人买头油又是脂粉去的理。”

由此，我们明白，因为不能随便走出家门，即便女孩子日用的化妆品，她们也不可能自己去挑选，而是由他人代为采买。对今天的女孩子来说，这一定是一件令人绝望的事情。

日常居家尚且如此严格，外出活动的时候，对男女之间的隔离、女性居所的防范更是要一丝不苟。第29回，贾母去清虚观，无疑，对大观园里的小姐、丫鬟来说，这是一次少有的外出机会：

这个话一传开了，别人都还可已，只是那些丫头们天天不得出门槛子，听了这话，谁不要去。……单表到了初一这一日，荣国府门前车辆纷纷，人马簇簇。……乌压压的占了一街的车。贾母等已经坐轿去了多远，这门前尚未坐完。这个说“我不同你在一处”，那个说“你压了我们奶奶的包袱”，那边车上又说“蹭了我的花儿”，这边又说“碰折了我的扇子”，咭咭呱呱，说笑不绝。

期间，此次行程发生了一次意外事件：

可巧有个十二三岁的小道士儿，拿着剪筒，照管剪各处蜡花，正欲得便且藏出去，不想一头撞在凤姐儿怀里。凤姐便一扬手，照脸一下，把那小孩子打了一个筋斗。正值宝钗等下车，众婆娘媳妇正围随的风雨不透，但见一个小道士滚了出来，都喝声叫“拿，拿，拿！打，打，打！”

或许年龄尚幼，缺乏社会知识，或许真的是无心之失，这个小道士违反了上层社会极端重视的规矩，算是闯了一次大祸，好在他的运气还算不错，得到了贾母的佑护。俗话说：姜是老的辣。与之相比，游刃于达官贵人之中的张道士则显得成熟、老道的多，他非常了解贵族生活、深知“男女之防”的重要。在这一方面，他是不允许自己犯任何错误的。他向贾珍陪笑说道：

“论理我不比别人，应该里头伺候。只因天气炎热，众位千金都出来了，法官不敢擅入，请爷的示下。恐老太太问，或要随喜那里，我只在这里伺候罢了。”

在此，张道士充分考虑到了应该考虑的各种因素，言谈何其得体！

为了防止意外事件的再次发生，我们看到，贾珍特意叮嘱林之孝：

“虽说这里地方大，今儿不承望来这么些人。你使的人，你就带了往你的那院里去；使不着的，打发到那院里去。把小幺儿们多挑几个在这二层门上同两边的角门上，伺候着要东西传话。你可知道不知道，今儿小姐奶奶们都出来，一个闲人也到不了这里。”

其次，日常生活回避。

《礼记·内则》中讲：“七年男女不同席，不共食。”也就是说，到了七岁，男女之间不能同坐在一张席子上，不能在一处吃饭。“男女不杂坐，不同椸枷，不同巾栉，不亲授。嫂叔不通问，诸母不漱裳。”意思是，男女不可同坐在一起，不可共用同一个衣架，不可共用同一面巾和梳子，不可亲手互相递交东西。小叔和嫂嫂不互相问候。不可让庶母洗自己的下身衣裳。显然，这些要求具体且苛刻，在日常生活之中，是很难完全按照这样的标准来执行的。即便如此，贾府里的日常生活中，人们无时无刻不留意这些规则的要求，时刻注意男女之间的性别回避。如第65回中，用贾琏的小厮兴儿的话说，这些事项叫做“正经大礼”。

第3回，林黛玉进贾府：

那轿夫抬进去，走了一射之地，将转弯时，便歇下退出去了。后面的婆子们已都下了轿，赶上前来。另换了三四个衣帽周全十七八岁的小厮上来，复抬起轿子。众婆子步下围随至一垂花门前落下。众小厮退出，众婆子上来打起轿帘，扶黛玉下轿。林黛玉扶着婆子的手，进了垂花门……

第13回，秦可卿之丧：

可巧这日非正经日期，亲友来的少，里面不过几位近亲堂客，邢夫人、王夫人、凤姐并合族中的内眷陪坐。闻人报：“大爷进来了。”唬的众婆娘唿的一声，往后藏之不迭，独凤姐款款站了起来。

第16回，秦钟之丧：

宝玉听了，忙忙的更衣出来，车犹未备，急的满厅乱转。一时催促的车到，忙上了车，李贵，茗烟等跟随。来至秦钟门首，悄无一人，遂蜂拥至内室，唬的秦钟的两个远房婶母并几个弟兄都藏之不迭。

第31回，湘云的礼物：

“……若是打发个女人素日知道的还罢了，偏生前儿又打发小子来，可怎么说丫头们的名字呢？横竖我来给他们带来，岂不清白。”

第33回，贾政责子：

众人听这话不好听，知道气急了，忙又退出，只得觅人进去给信。王夫人不敢先回贾母，只得忙穿衣出来，也不顾有人没人，忙忙赶往书房中来，慌的众门客小厮等避之不及。

第48回，薛蟠远行：

薛姨妈命人请了张德辉来，在书房中命薛蟠款待酒饭，自己在后廊下，隔着窗子，向里千言万语嘱托张德辉照管薛蟠。张德辉满口应承，吃过饭告辞……

像以上的描写，有人前来吊丧，死者亲属却要躲藏起来；分发东西，却不喊对方的名字；儿子远行，母亲托人照看，却隔着窗子和人说话；在今天，这几乎是不可想象的事情了，至少，一定是很不礼貌的行为。然而，它却是那个时代人们的真切地生活，非但不违“礼”，恰是合乎“礼”的。不但平日里的生活起居要如此行事，即便生病就医，也要注意性别的差异，虽然没有出现影视作品里“悬丝诊脉”这样的神技，然而，以下这些就医的情景，在宫廷剧、古装剧大行其道的今天，我们是不陌生的：

第10回，秦可卿看病，尤氏言道：

“……一个个都是听着人的口气儿，人怎么说，他也添几句文话儿说一遍。可倒殷勤的很，三四个人一日轮流着倒有四五遍来看脉。他们大家商量着立个方子，吃了也不见效，倒弄得一日换四五遍衣裳，坐起来见大夫，其实于病人无益。”

第51回，晴雯看病：

只见两三个后门口的老嬷嬷带了一个大夫进来。这里的丫鬟都回避了，有三四个老嬷嬷放下暖阁上的大红绣幔，晴雯从幔中单伸出手去。那大夫见这只手上有两根指甲，足有三寸长，尚有金凤花染的通红的痕迹，便忙回过头来。有一个老嬷嬷忙拿了一块手帕掩了……

第69回，尤二姐看病：

胡君荣听了，复又命老婆子们请出手来再看看。尤二姐少不得又从帐内伸出手来。胡君荣又诊了半日，说："……医生要大胆，须得请奶奶将金面略露露，医生观观气色，方敢下药。"贾琏无法，只得命将帐子掀起一缝，尤二姐露出脸来。胡君荣一见，魂魄如飞上九天，通身麻木，一无所知。

我们看到，秦可卿、晴雯、尤二姐就医时，无一例外地要放下幔、帐，以避免同医生面对面地接触。而且，如果医生要询问症状，她们也不可以直接与医生做针对自身病情的沟通和交流，而是由他人代为作答。在我们现代人看来，这无疑是一幅非常有趣且不解的画面。例外的是第42回，贾母看病。

因贾母欠安，众人都过来请安，出去传请大夫。一时婆子回大夫来了。老妈妈请贾母进幔子去坐。贾母道："我也老了，那里养不出那阿物儿来，还怕他不成！不要放幔子，就这样瞧罢。"众婆子听了，便拿过一张小桌来，放下一个小枕头，便命人请。

……碧纱橱后隐隐约约有许多穿红着绿戴宝簪珠的人。王太医便不敢抬头，忙上来请了安。……这里王夫人和李纨，凤姐儿，宝钗姊妹等见大夫出去，方从橱后出来。

这里，贾母之所以打破常规，面见王太医，主要的因素不在于她的地位、身份（在医生面前，再尊贵的病人也是病人），而在于她的年龄。我想，这应该是在日常生活里，人们对繁琐的礼制要求进行变通的一种做法。即考虑到男女之间悬殊的年龄差距，那么，性别回避的硬性要求可以适当的放松。无独有偶，第6回，刘姥姥来荣府"扫秋风"，在凤姐处巧遇贾蓉：

刘姥姥此时坐不是，立不是，藏没处藏。凤姐笑道："你只管坐着，这是我侄儿。"

刘姥姥方扭扭捏捏在炕沿上坐了。

这里，凤姐示意刘姥姥不用回避，应该是考虑到了刘姥姥的年纪及她和贾蓉之间的年龄差距，基于此，即便不回避，礼法也是能够“容忍”的。相反，如果来“扫秋风”的不是刘姥姥，而是她的女儿，那么，遇见这种情况，应该是必须要回避的。

再次，隔绝内外信息。

《礼记·内则》云：“男不言内，女不言外”“内言不出，外言不入”“外言不入于梱，内言不出于梱。”所有这些，都意在强调，男人谈的事情不得让女人知道，女人谈论的事情也不可让男人知道；街谈巷议不得带入闺房，妇女在闺房所讲的话也不得拿到外边宣扬。这样一来，不但女性的人身自由，即便是思想、观念方面的自由，也被牢牢地规制在闺门之内。

第27回，探春和宝玉聊天：

（探春）又笑道：“这几个月，我又攒下有十来吊钱了，你还拿了去，明儿出门逛去的时侯，或是好字画，好轻巧顽意儿，替我带几样来。”宝玉道：“我这么城里城外、大廊小庙的逛，也没见个新奇精致东西，左不过是那些金玉铜磁没处撂的古董，再就是绸缎吃食衣服了。”探春道：“谁要这些作什么。怎么像你上回买的那柳枝儿编的小篮子，整竹子根抠的香盒儿，胶泥垛的风炉儿，这就好了。我喜欢的什么似的，谁知他们都爱上了，都当宝贝似的抢了去了。”宝玉笑道：“原来要这个。这不值什么，拿五百钱出去给小子们，管拉一车来。”

由这段描写，我们可以想见，外面的物品，是不能够轻易地进入大观园的。探春、宝钗、黛玉这样的贵族少女，平日里锦衣玉食，她们的物质生活非常充实，然而，见了这些“五百钱能拉一车”的便宜货，竟都“当宝贝似的抢了去”，这说明什么呢？“物以稀为贵”，在大观园，这些东西一定太少了，珍贵的古玩，值钱的金玉器皿，她们都看够了也看腻了，却对这些“柳枝儿编的小篮子，整竹子根抠的香盒儿，胶泥垛的风炉”具有浓厚的兴趣。这也在一个侧面说明，她们精神生活的单一及对外部世界的渴望。

第48回，香菱学诗：

香菱笑道：“姑娘何苦打趣我，我不过是心里羡慕，才学着顽罢了。”探春黛玉都笑道：“谁不是顽？难道我们是认真作诗呢！若说我们认真成了诗，出了这园子，把人的牙还笑倒了呢。”宝玉道：“这也算自暴自弃了。前日我在外头和相公们商议画儿，他们听见咱们起诗社，求我把稿子给他们瞧瞧。我就写了几首给他们看看，谁不真心叹服。他们都抄了刻去了。”探春黛玉忙问道：“这是真话么？”宝玉笑道：“说谎的是那架上的鹦哥。”黛玉探春听说，都道：“你真真胡闹！且别说那不成诗，便是成诗，我们的笔墨也不该传到外头去。”宝玉道：“这怕什么！古来闺阁中的笔墨不要传出去，如今也没有人知道了。”

在网络时代的今天，许多人常常利用惊悚的炒作手段，千方百计地使自己的作品扩散、传播，以求获得较高的关注。然而，探春、黛玉的年代，她们的智力成果只能限定在内部交流的层面。如果流传到外面，且不论诗歌的创作水平，她们很可能面临“闺门不谨”的负面评价，在那个男权社会里，这会对她们以后的人生产生意想不到的影响。因此，探春、黛玉都极力向宝玉强调，她们写的诗是不能拿到外面去的。这里，我们看到，对此，宝玉颇有些不服气。他或许还不懂得，他的这一做法，即便使自己的姐姐、妹妹获得一个“才女”的名称，又能如何呢？和才女相比，社会更认可的价值是贞静。像宝钗说的，闺阁中的女孩：

“……总以贞静为主，女工还是第二件。其余诗词，不过是闺中游戏，原可以会可以不会。咱们这样人家的姑娘，倒不要这些才华的名誉。”

“一代倾城逐浪花，吴宫空自忆儿家。效颦莫笑东村女，头白溪边尚浣纱。”此后，具有理想主义气质的宝玉终于屈从了规则，知道了闺阁与社会的隔离。第64回，黛玉写了“五美吟”，宝玉进来就翻看，面对作者的担忧，宝玉忙道：

“我多早晚给人看来呢。昨日那把扇子，原是我爱那几首白海棠的诗，所以我自己用小楷写了，不过为的是拿在手中看着便易。我岂不知闺阁中诗词字迹是轻易往外传诵不得的。自从你说了，我总没拿出园子去。”[1]

严格的信息隔离制度，限制了女性的视界，禁锢了她们的思想和观

[1] 宝玉其实双重违法者：他把黛玉的诗带出去，又把《会真记》《牡丹亭》这类书带进来。

念，也极大地影响了她们对外部世界的认知。在这方面，我们看到，探春、湘云、黛玉等人都表现出知识和经验的不足与匮乏，而宝钗、袭人则表现出明显的优势：

第56回，探春说了“外行话”：

“从那日我才知道，一个破荷叶，一根枯草根子，都是值钱的。”宝钗笑道：“真真膏梁纨绔之谈。虽是千金小姐，原不知这事，但你们都念过书识字的，竟没看见朱夫子有一篇《不自弃文》不成?”

第57回，湘云、黛玉不认识“当票”：

一语未了，忽见湘云走来，手里拿着一张当票，口内笑道：“这是什么帐篇子?”黛玉瞧了，也不认得。地下婆子们都笑道：“这可是一件奇货，这个乖可不是白教人的。”宝钗忙一把接了，看时，就是岫烟才说的当票，忙折了起来。

第67回，袭人懂得园艺种植技术：

那婆子道：“我在这里赶蜜蜂儿。今年三伏里雨水少，这果子树上都有虫子，把果子吃的疤瘌流星的，掉了好些下来。姑娘还不知道呢，这马蜂最可恶的，一嘟噜上只咬破三两个儿，那破的水滴到好的上头，连这一嘟噜都是要烂的。姑娘你瞧，咱们说话的空儿没赶，就落上许多了。”袭人道：“你就是不住手的赶，也赶不了许多。你倒是告诉买办，叫他多多做些小冷布口袋儿，一嘟噜套上一个，又透风，又不遭塌。”

第77回，宝钗懂得识别“假参”的方法：她对想要买人参的王夫人说：

“……姨娘且住。如今外头卖的人参都没好的。虽有一枝全的，他们也必截做两三段，镶嵌上芦泡须枝，掺匀了好卖，看不得粗细。”

这里，宝钗、袭人之所以在社会知识方面表现出比较优势，原因在于她们或多或少地参与到了社会实践之中，较少地受到男女之间信息隔离的影响。我们知道，薛家属于皇商，宝钗自幼深得做生意的父亲的喜欢，耳濡目染，她应该了解、习得一些与此相关的知识，且父亲死后，由于哥哥薛蟠顽劣，作为妹妹的宝钗常协助母亲打理生意，在一定程度上直接参与了家族事业的经营，因此，对“买卖”“当票”等话题，她应该是相当熟悉的。而袭人之所以懂得农业知识，盖因“穷人的孩子早当家”，袭人出身即农村，且家境贫寒，一个贫苦的农村家庭里的孩子懂得这方面的知识是理所当然的。反观探春、湘云、黛玉，她们不认识当票、不懂得买卖经济，并不是她们孤陋，其原因主要受制于家庭及社会制度的制约，基于严格的隔离制度，她们根本没有机会参与到更广泛的社会实践中去。[1]这个道理，也体现在第61回，厨娘柳家的话里，她对奉司棋之命前来要鸡蛋吃的小丫鬟莲花道：

“你们深宅大院，水来伸手，饭来张口，只知鸡蛋是平常物件，那里知道外头买卖的行市呢。”

由此，当探春说“从那日我才知道，一个破荷叶，一根枯草根子，都是值钱的”时，这表明了她对闺阁之外的知识的敏感，是其精细、聪明之处，她虽然终日被封闭在闺阁之中，但这并没有使她失去对外部世界的感知能力。而主要的不是像宝钗说的“真真膏粱纨绔之谈”，其实，同样作为贵族少女，没有人比宝钗更知道探春、湘云、黛玉等人的生活环境，第42回，她在“审判”黛玉时，开口就说：“好一个大门不出的小姐！”宝钗应该很明白，探春、湘云、黛玉包括她自己，大家都是一样大门不出的，那么又如何期待探春、湘云等人懂得买卖、经济，认识当票呢？由此，宝钗对探春的嘲讽，其实是一种莫名的惊诧，或者，显得有些矫情了。[2]

最后，情感沟通禁止。

准确地地说，传统社会里，并不是要禁止男女之间沟通情感，而是禁止他（她）们私下里进行沟通，要沟通的话，就须符合礼法规定的样式。这大概就是“发乎情而止于礼”吧。《礼记》强调：“男女非有行媒，不相知名。非受币，不交不亲。”大意是，男女之间，如果没有媒人往来提

---

[1] 中国传统里，有一句形容女性的俗语：“头发长见识短”，显然这是片面的。暂且不论《红楼梦》中有万千男人不及其一的王熙凤、薛宝钗这样的女子，即便她们真的在某些方面，缺乏认知，也主要不是她们自身的原因，应该反省的是当时的更多体现男权色彩的社会制度。

[2] 对此，上了年纪的薛姨妈看待问题要就客观得多。众人笑湘云“真真是个呆子，连个当票子也不知道。”薛姨妈叹道：“怨不得他，真真是侯门千金，而且又小，那里知道这个？那里去有这个？便是家下人有这个，他如何得见？别笑他呆子，若给你们家的小姐们看了，也都成了呆子。”

亲，就不知道对方的名字；如果女方还没有接受彩礼，双方就不会有交往，更不会关系亲密。“女子许嫁，缨。非有大故，不入其门。”女子订婚之后，就要头上佩戴彩带，表示已经有主了。没有大事，不得进入男方家的大门。

宝玉和黛玉青梅竹马、两小无猜；精神相通、情感共鸣。第23回，见“落红成阵”，两人会不约而同地葬花；《会真记》《牡丹亭》这类“邪书”，[1]在他们的眼睛里，却成了“真真这是好书!”“自觉词藻警人，余香满口。虽看完了书，却只管出神，心内还默默记诵。”

“眼空蓄泪泪空垂，暗洒闲抛却为谁。尺幅绞绡劳解赠。叫人焉得不伤悲。”第34回，宝玉命袭人给黛玉送两条旧绢子，这在别人看起来是很费解的，难怪晴雯说：

“这又奇了。他要这半新不旧的两条手帕子？他又要恼了，说你打趣他。”

而宝玉吩咐晴雯只管去。这里，宝玉是无须担心黛玉会不会明白的，而黛玉，自然是明白的。缘，妙不可言。第70回，读黛玉的“桃花诗”，别人都只是称赞好诗，而“宝玉看了并不称赞，痴痴呆呆，竟要滚下泪来。”

然而，“我们都深深地镶嵌在这个世界里”。即便宝、黛两个人爱的如此热烈、执着，他（她）们却深受“男女有别”的制度约束和影响。

第30回，黛玉不高兴，宝玉哄她，笑道：

“我的五脏都碎了，你还只是哭。走罢，我同你往老太太跟前去。”林黛玉将手一摔道：“谁同你拉拉扯扯的。一天大似一天的，还这么死皮赖脸的，连个道理也不知道。”

---

❶ 语出李纨。第51回，在评论宝琴的怀古诗时，李纨道：“况且他原是到过这个地方的。这两件事虽无考，古往今来，以讹传讹，好事者竟故意的弄出这古迹来以愚人。比如那年上京的时节，单是关夫子的坟，倒见了三四处。关夫子一生事业，皆是有据的，如何又有许多的坟？自然是后来人敬爱他生前为人，只怕从这敬爱上穿凿出来，也是有的。及至看《广舆记》上，不止关夫子的坟多，自古来有些名望的人，坟就不少，无考的古迹更多。如今这两首虽无考，凡说书唱戏，甚至于求的签上皆有注批，老小男女，俗语口头，人人皆知皆说的。况且又并不是看了‘西厢’‘牡丹’的词曲，怕看了邪书。这竟无妨，只管留着。”

这里，黛玉口中的“道理”，是什么道理呢？当然不是宝钗、袭人甚至湘云一干人说的“人情练达”“仕途经济”之理，而是男人同女人的道理，是男女有别、性别回避的道理。

第57回，见天气凉，宝玉善意地伸手往紫鹃身上摸了一下，紫鹃便说道：

“从此咱们只可说话，别动手动脚的。一年大二年小的，叫人看着不尊重。……姑娘常常吩咐我们，不叫和你说笑。你近来瞧他远着你还恐远不及呢。”

除了无休止地进行试探，惴惴不安地担心未来，即便彼此深爱，宝、黛两个人却始终没有勇气再向前跨出一步。甚至，他们连向贾母、贾政夫妇袒露心迹的勇气都没有。因为在当时的文化语境里，即便内心里有这样的想法，都是逾礼的。如果真的突破了这个界限，那么，宝玉和黛玉就成了宝钗口中的“奸淫狗盗之人”，就成了贾母嘴里的“鬼不成鬼，贼不成贼”。[1]他们心灵的距离那么近，而现实的障碍却又让他们那么远。

此外，透过薛蝌与邢岫烟、宝钗与宝玉婚事的描写，我们看到，定亲之后，虽然女子没有按照《礼记》的要求，头上佩戴彩带，以示已经许嫁，但是，订婚后女方不能进男方家，两人不能随意见面的规定，是须严格遵守的。

第57回，写道：

如今薛姨妈既定了邢岫烟为媳，合宅皆知。邢夫人本欲接出岫烟去住，贾母因说：“这又何妨，两个孩子又不能见面，就是姨太太和他一个大姑，一个小姑，又何妨？况且都是女儿，正好亲香呢。”邢夫人方罢。

这里，婚事一定，邢夫人马上就要把邢岫烟接出大观园，为的是避免

---

[1] 第27回，在滴翠亭偶然听到小红、坠儿密谈，宝钗心中吃惊，想到：“怪道从古至今那些奸淫狗盗的人，心机都不错！……今儿我听了他的短儿，一时人急造反，狗急跳墙……”第54回，贾母笑道：“这些书都是一个套子，左不过是些佳人才子，最没趣儿。把人家女儿说的那样坏，还说是佳人……只一见了一个清俊的男人，不管是亲是友，便想起终身大事来，父母也忘了，书礼也忘了，鬼不成鬼，贼不成贼……”

两人可能的私下碰面和接触。只是由于贾母根据实际情况，认为即便住在大观园里，两个人也没有见面机会，邢夫人才打消了起初的想法。第90回，为了排遣心中的苦闷及感慨命运对邢岫烟的不公，薛蝌还写了一首诗：

蛟龙失水似枯鱼，两地情怀感索居。

同在泥涂多受苦，不知何日向清虚。

其实，这首诗的字里行间很值得推敲，薛蝌和邢岫烟同住在荣府之中，怎么能算作“两地情怀感索居”呢？他们根本就是“一地”啊，这样说来，薛蝌错了。然而，如上分析，即便他们两个同住在荣国府，可是从订婚至结婚这段时间，他们也根本没有见面的机会，这么说来，真的可以算作“两地”了，薛蝌又是正确的了。

一向知书达理、模范地遵守传统礼法秩序的薛宝钗，当然在这方面不会降低自己的行为标准。第86回，薛姨妈来到大观园，说要给黛玉等人做伴，只担心宝钗在家冷清，惜春道：

“姨妈要惦着，为什么不把宝姐姐也请过来？”薛姨妈笑着说道：“使不得。”惜春道：“怎么使不得？他先怎么住着来呢？”李纨道：“你不懂的，人家家里如今有事，怎么来呢。”惜春也信以为实，不便再问。

这里，宝钗在家根本没有事情。之所以没有跟随母亲一起来，是因为此时虽然与宝玉尚未订婚，可宝钗已经知悉了家长们的意见，她便决意不随薛姨妈前来。正如第95回，介绍道：

宝钗也知失玉。因薛姨妈那日应了宝玉的亲事，回去便告诉了宝钗。……宝钗自从听此一说，把“宝玉”两个字自然更不提起了。如今虽然听见失了玉，心里也甚惊疑，倒不好问，只得听旁人说去，竟象不与自己相干的。

第96回，写道：

众人厮见。独有薛姨妈未到，贾母又叫请去。果然姨妈带着宝琴过来。宝玉请了安，问了好。只不见宝钗，邢岫烟二人。黛玉便问起“宝姐姐为何不来？”薛姨妈假说身上不好。邢岫烟知道薛姨妈在坐，所以不来。

按照传统的礼法，经过订婚程序，两个人就成了未婚的夫妇关系，按理说，关系得到了认可和确定后，男女双方之间的情感交流会变得更频繁、更密切，然而，我们看到，事实恰恰相反，订婚后的两个人更要注意性别的回避，像这里的薛宝钗，明知道自己已经成为贾家的媳妇，却时时回避，硬是装出一副老死不相往来的样子。[1]这也是令我们许多人不解的。

综上，结合红楼梦文本，我们系统地阐述了传统社会里的性别回避——这一集中体现“男女有别”精神的制度。阅读《红楼梦》，如果我们不留意这些制度，就很难理解其中人物的生活方式，如果对这些制度缺乏基本的认知和理解，我们也很难理解文本所反映的社会风貌。

那么，我们怎么看待和评价这些制度呢？像很多人说的，“男女有别”“性别回避”这类制度是封建宗法制度的产物，是一种落后的、充满了对女性的歧视和压迫的制度吗？这种价值论的视角当然是一种分析进路，但是其立场有失客观和中立，或者说，很大程度上，只是一种情绪型描述。我们首先应该做的，是把制度还原到它所依存的历史语境之中，结合它所依存的社会物质生活条件来认识和评测这种制度，而不是基于“人权”“正义”“平等”等反映现代“宏大叙事”的“大词”来一味地指责和批评。立足语境的视角，我们会发现，“男女有别”“性别回避”等制度的存在，很可能并不是意在证明我们的祖先都是“性别歧视主义者”或“虐待狂”“受虐狂”，相反，这些制度的被“发现”及长期实践，体现了他们在构建家庭及社会秩序方面的持续性努力。

《礼记》成书的先秦时期，社会在一定程度上还存留有许多原始遗俗。反映在男女之间的社会交往方面，具有一定的自由和随意性，并没有太多桎梏。这种男女交往的自由和随意，甚至包括性行为。对此，我们从《诗经》里可以得到印证，如《国风·召南·野有死麕》：

野有死麇，白茅包之。有女怀春，吉士诱之。

林有朴樕，野有死鹿，白茅纯束，有女如玉。

舒而脱脱兮，无感我帨兮，无使尨也吠。

这首诗的大意是：一头死鹿在荒野，白茅缕缕将它包。有位少女春心

[1] 黛玉又何尝不是呢？第95回，宝玉失玉，袭人求黛玉过去给他开导开导。只因黛玉想着亲事上头一定是自己了，如今见了他，反觉不好意思：“若是他来呢，原是小时在一处的，也难不理他，若说我去找他，断断使不得。”所以，黛玉不肯过来。

荡，小伙追着来调笑。林中丛生小树木，荒野有只小死鹿。白茅捆扎献给谁？有位少女颜如玉。“慢慢来啊少慌张！不要动我围裙响！别惹狗儿叫汪汪！”[1]

像这样的诗歌，在《诗经》里还有很多，由此，我们看到，在那个荒烟蔓草的年代，人性的率真流淌。然而，随之而来的问题是，“性又是最具颠覆、摧毁秩序的力量。”男女交往的自由、性观念、性行为的开放和随意，给家庭婚姻关系及社会秩序带来严重的冲击和挑战。对此，《诗经》也有许多诗歌来反映这个问题，如《国风·邶风·新台》：

新台有泚，河水弥弥。燕婉之求，蘧篨不鲜。

新台有洒，河水浼浼。燕婉之求，蘧篨不殄。

鱼网之设，鸿则离之。燕婉之求，得此戚施。

这首诗的大意是：“新台倒影好鲜明，河水洋洋流不停。本想嫁个美少年，鸡胸老公太不行。新台倒影长又长，河水不停汪洋洋。本想嫁个美少年，鸡胸老公真不祥。撒下渔网落了空，一个蛤蟆掉网中。本想嫁个美少年，换得驼背丑老公。”[2]它反映的社会事件是：卫宣公是个淫昏的国君。他曾与其后母夷姜乱伦，生子名伋。伋长大成人后，卫宣公为他聘娶齐女，只因新娘子是个大美人，便改变主意，在河上高筑新台，把齐女截留下来，霸为己有，就是后来的宣姜。卫国人对宣公所作所为实在看不惯，便编了这首诗歌挖苦他。[3]

传统社会里，像上述乱伦事件引发的个人与社会的关系混乱及政治危机，成为人们（包括儒家学者）的集中关注，自然而然地，“在很少自然流动的小型社区，何为个体需要的最基本的秩序？如何形成、维系和保持

---

[1] 姜亮夫. 先秦诗鉴赏辞典. 上海：上海辞书出版社，1998：45.

[2] 姜亮夫. 先秦诗鉴赏辞典. 上海：上海辞书出版社，1998：84.

[3] 卫宣公死后，其妻宣姜的乱伦故事还没有完，她与庶子姘居，生三男二女，卫人鄙视其荒淫生活，作诗《墙有茨》和《君子偕老》以讽刺。此外还有，齐襄公与同父异母的妹妹文姜通奸。后来文姜嫁给鲁桓公，奸情暴露，齐襄公派人杀死桓公。这件丑事，齐人作《南山》诗以讽刺；鲁桓公死后，文姜经常由鲁至齐，和齐襄公幽会，齐人作《敝笱》和《载驱》以讽刺；陈国大夫夏御叔的妻子夏姬，美丽而淫荡，生子名徽舒，御叔死，陈灵公和手下多名官员与夏姬私通。后来灵公被徽舒杀死，其手下逃往楚国。陈国人作诗《株林》讽刺。

最基本的秩序？”这个问题就变得尤其重要，甚至，这也是个普世的问题。[1]毕竟，如苏力老师所指出的：“没有基本的秩序，就没有社会生活和社会制度，每个人都无法安排自己的生活，无从理解自己生活的意义，社会制度正义不正义的问题又何以发生，何以判断？任何关于社会制度正义或不正义的评价，以及评价后的任何可能的改善，都必须以秩序和意义为前提。”[2]

以孔子为代表的早期儒家学者充分意识到了这个问题的重要性，也仔细思考了这个问题，他们提出了一整套以“纲、常”为关键词的理论，对此做出了比较系统地制度性的回答。其中，对于家庭及社会秩序最有颠覆力的男女关系，儒家倡导“男女有别”，强调践行严格的“性别回避”制度，来“防止性的冲动和僭越，防止小社区内经常交往日久生情。”强调“父母之命、媒妁之言”“以成人的利益算计来控制青年人的本能冲动。”“通过这些相对简单却严格的规则，家庭乃至社区有序化并组织起来了，不仅可以预防潜在冲突，维系秩序稳定和扩展，而且有利于必要的集体行动。”[2]可以肯定地说，儒家的这种秩序建构的努力大致是成功的，很多时候，它只是表现为一种家族法层面的规范，不见得均是正式的法律制度。然而，它却比正式的制度更能影响、左右人们的思想、观念和日常生活，不但反映在红楼的世界里，也深刻地影响了我们的民族心理，进而沉淀为一种“身体记忆”“集体无意识”。卢梭说，真正的法律，既不是铭刻在大理石上，也不是铭刻在铜表上，而是铭刻在公民们的内心里。从这个意义上来讲，它是真正的法。

---

[1] 在《纲常、礼仪、称呼与秩序建构：追求对儒家的制度性理解》中，苏力老师把这一问题，称为“安提戈涅问题”。在苏力老师看来，“安提格涅的最大痛苦其实不是外部世界的：亲人（父母兄弟）的相继离世，城邦政治动荡，或克里翁不让她安葬自己的哥哥。她的最大的痛苦是内心精神文化世界：俄狄浦斯王弑父娶母的真相暴露，完全摧毁了安氏界定自己与生活世界的坐标系、参照系。如果以安氏母亲为参照标准，那么安氏的生父俄狄浦斯也是她的兄长，并因此在文化上，安氏的母亲又是她的嫂子；如果以安氏父亲为生物坐标系，安氏的生母又是她的祖母，而俄狄浦斯则既是她父亲也是她哥哥和继祖父。”

[2] 苏力. 纲常、礼仪、称呼与秩序建构：追求对儒家的制度性理解//朱晓阳，侯猛. 法律与人类学：中国读本. 北京：北京大学出版社，2008：150.

孝道伦理

第39回，贾母和来访的刘姥姥聊天，自嘲为“老废物”，这显然不是事实。我们都清楚，她老人家非但不是什么“老废物”，相反，却是这个家族地地道道的“老祖宗”“老封君”，在贾府，她享有至高尊荣，其地位无人出乎其右。合族的男女老少，都要对她表示出虔诚的敬意和感恩。而且，她的这种独一无二的地位，是没有人敢于挑战的。

在儿子面前，贾母享有绝对权威。第33回，贾政责打宝玉，王夫人力劝，并没有什么效果，贾母闻讯，出面制止，贾政诚惶诚恐，事件才告平息；第75回，大家一起中秋赏月，长子贾赦讲了一个有关“母亲偏心”的笑话，贾母不悦，贾赦马上意识到自己“出言冒撞”“忙起身笑与贾母把盏，以别言解释”。和儿媳的相处中，贾母的尊贵地位表现得更加突出。甚至可以说，王夫人、邢夫人最重要的家庭工作就是照顾好贾母。第43回，贾母一时兴起，号召大家“凑份子”给凤姐儿过生日，来征求王夫人的意见，王夫人忙道：

“老太太怎么想着好，就是怎么样行。”

事实上，这也是王夫人处理婆媳关系的总方针。第46回，知道了贾赦要强娶鸳鸯，贾母非常生气，丝毫不顾及王夫人的脸面，骂道：

“你们原来都是哄我的！外头孝敬，暗地里盘算我。有好东西也来要，有好人也要，剩了这么个毛丫头，见我待他好了，你们自然气不过，弄开了他，好摆弄我！”

在这件事情上，贾母的打击面显然过大，恰如探春说的：“这事与太太什么相干？老太太想一想，也有大伯子的事，小婶子如何知道？”由此，王夫人很冤枉，算是“躺着也中枪”，即便如此，她的反应是“王夫人忙站起来，不敢还一言”。[1]与王夫人相比，邢夫人的状况更糟。第47回，贾母、薛姨妈、凤姐儿等人一起玩牌，刚刚受到婆婆指责的邢夫人只能尴尬地站在一旁，不敢走动，甚至连大气都不敢出一声。

那么，在整个贾府，贾母的地位为什么如此至高无上呢？我觉得，这是一个有思考价值的问题。如果读过了《孔雀东南飞》或者对陆游、唐婉的故事有一些了解，那么，对于传统社会中的婆媳关系，我们可能会有大致的认识，因此，贾母与儿媳邢夫人、王夫人之间的互动状况，我们是理解的。然而，在儿子面前，贾母的权力何以如此尊崇呢？

“因为她是他们的母亲。”我想，这或许是很多人基于思维直觉的判断和回答。然而，直觉不是也不能取代科学。我们知道，传统社会是一个男权社会，“男尊女卑”是其最突出的特点。“未嫁从父，既嫁从夫，夫死从子”，作为社会的基本规则，“三从”像是一道戒律，也划定了女性的人生轨迹。基于此，母亲的权力并不是最高的，也不是绝对的。“严格说来，父权实指家长权，只有男人才能获得此权，祖母、母亲实不包括在内。我们应注意父权的行使者不一定是祖父或父亲，有时是祖父的兄弟，父亲的兄弟，有时是同辈的兄长。谁是家长谁便是父权的行使者，所有全家的卑幼都在他的统治之下。即使祖父、父亲是一家之长，他死后也不能由祖母或母亲来继承，她反而居于从子的地位”。[2]由此，在整个家族中，作为寡居的母亲，贾母并不享有家长权，她实质上的家庭地位应该是处于贾赦、贾政等儿子之下的。她的地位之所以如此崇高，究其原因，是因为“男尊

---

[1] 即便贾府的奴婢，也清楚贾母和王夫人之间的这种互动关系，如晴雯。大家都知道晴雯是块“暴炭”，却往往忽略了，她也是个“聪明过顶的人”，第74回，面对怒气冲冲的王夫人，晴雯机灵地搬出贾母，来压制王夫人的粗暴、专横，从而消解了她面临的“即刻而显示的危险”。晴雯道：“我原是跟老太太的人。因老太太说园里空大人少，宝玉害怕，所以拨了我去外间屋里上夜，不过看屋子。我原回过我笨，不能伏侍。老太太骂了我，说：‘又不叫你管他的事，要伶俐的作什么。’我听了这话才去的。不过十天半个月之内，宝玉闷了大家顽一会子就散了。……我闲着还要作老太太屋里的针线，所以宝玉的事竟不曾留心。太太既怪，从此后我留心就是了。”

[2] 瞿同祖. 中国法律与中国社会. 北京：商务印书馆，2010：20.

女卑”之外，传统社会里还存在着另外一个更宏大、更核心的价值观，那就是：孝。

何为孝？《说文解字》云：“善事父母者。从老省，从子，子承老也。”单从字义上看，孝反映的就是老人与子女的关系。令我们现代人深思的是，孔子很早就指出，如果只是满足父母的物质需求，这算不上孝，他说：“今之孝者，是谓能养。至于犬马，皆能有养；不敬，何以别乎？”孔子认为：“生，事之以礼；死，葬之以礼，祭之以礼。”才算是孝。在中国古代，“孝”无疑是家庭伦理中最重要的观念。《孝经·三才章》曰：“夫孝，天之经也，地之义也，民之行也。”这是说“孝”是“天道”之常规，是“地道”有利于万物的通则，是人们遵之而行的规矩。[1]传统的制度中，一直有“十恶不赦”的说法，据此，“不孝”是和谋反、谋大逆、谋叛等并列的犯罪行为。在今天，大家说一个人“不孝”，那么，他或她更多地背负了一种道德责任。然而，在传统社会，如果一个人身负“不孝”的名声，这对他的人生而言，很可能是致命的，轻则罢官，重则凌迟。在这一文化语境之中，虽然基于“男尊女卑”“三从四德”的原则，贾母不具有家长权，然而，在同儿子的权力博弈中，她充分地利用了“孝”这一伦理资源，从而在家族权力格局中取得优势地位。贾母的睿智也表现于此：围绕着家族事件的处理，她诉诸的通常不是家长权（如前分析，她也不享有家长权），而是“孝”的原则。她从来不挑战儿子的家长权，相反，在很多时候，贾母对儿子的家长权给予了适当的尊重。例如，第33回，贾政打宝玉，她说：

“你的儿子，我也不该管你打不打……”

第79回，贾赦择孙绍祖为“东床娇婿”：

亦曾回明贾母。贾母心中却不十分称意，想来拦阻亦未必听，儿女之事自有天意前因，况且他是亲父主张，何必出头多事，为此只说“知道了”三字，余不多及。

这里，尽管不同意迎春的这门婚事，但是，贾母并没有发表反对的意

[1] 汤一介．“孝”作为家庭伦理的意义．北京大学学报：哲学社会科学版，2009（4）．

见，而是给予了默许。这即是尊重贾赦家长权的体现。应该讲，这是一种很明智的自我定位。在此，或许有许多红楼爱好者在内心情感上会抱怨贾母，为什么不出面阻止这门婚事，从而避免迎春悲剧的发生？说实话，我能理解这种抱怨，但是，我们要清楚，传统社会中，子女的婚事，父亲是最重要的主婚人，贾母的主婚权力仅是形式意义的。对此，滋贺秀三先生认为："什么样的人应该成为主婚即关于谁有为男女选择配偶的优先权……在祖父母、父母相互之间，祖父应该比祖母、父应该比母更优先。这是毫无疑问的。据认为，在祖父与父亲之间，虽然在形式上确立祖父的地位，而且充分地尊重其意向；但是，当时的人们却认为实质的且直接的责任与权限属于父亲。"[1]即便祖父尚且如此，作为祖母的贾母，又能如何？第96回，有关宝玉的婚事，贾母向贾政道：

"你若给他们办呢，我自然有个道理，包管都碍不着。姨太太那边我和你媳妇亲自过去求他。……"[2]

可见，贾母非常清楚，如果贾政缺席或表示反对，那么，宝玉的婚事是办不成的。这些都体现了贾母对儿子家长权，或父权的某种尊重，这也是"三从四德"的要求。

真正对贾母的家庭权威构成挑战的有两次事件，一是贾政笞子；二是鸳鸯事件。而这两次事件中，贾母发火、生气，严厉地批评儿子，诉诸的都是"孝"，而不是家长权。应该讲，贾政责打宝玉，是老子打儿子，有着充分的理由，且贾政打着"光宗耀祖"的旗号，这个理由同样强势，那么，贾母作何反应呢：

一句话未了，只听窗外颤巍巍的声气说道："先打死我，再打死他，岂不干净了！"

……

贾母听说，便止住步喘息一回，厉声说道："你原来是和我说话！我倒有话吩咐，只是可怜我一生没养个好儿子。却教我和谁说去！"

[1] 滋贺秀三. 中国家族法原理. 北京：法律出版社，2003：379.

[2] 在薛宝钗的婚事上，我们同样看到，寡居的薛姨妈对薛蟠家长权的尊重。即便此时薛蟠身在异地监狱之中，她还是指派薛蝌前去征求薛蟠的意见。

……

贾母便冷笑道："你也不必和我使性子赌气的。你的儿子，我也不该管你打不打。我猜着你也厌烦我们娘儿们。不如我们赶早儿离了你，大家干净！"说着便令人去看轿马，"我和你太太宝玉立刻回南京去！"

……

贾母又叫王夫人道："你也不必哭了。如今宝玉年纪小，你疼他，他将来长大成人，为官作宰的，也未必想着你是他母亲了。你如今倒不要疼他，只怕将来还少生一口气呢。"

……

贾母冷笑道："你分明使我无立足之地，你反说起你来！只是我们回去了，你心里干净，看有谁来许你打。"一面说，一面只令快打点行李车轿回去。贾政苦苦叩求认罪。

"先打死我，再打死他""只是可怜我一生没养个好儿子""我猜着你也厌烦我们娘儿们""他将来长大成人，为官作宰的，也未必想着你是他母亲了"，很明显，在事件的处理上，贾母并没有把自己摆在一个居高临下的位置上，去批评儿子，相反，她刻意低调，事实上是把自己置于一种弱者的位置上来处理的，而她的这些指责、讽刺、反话，都围绕着一个中心概念即"孝"来展开，而母亲的这种批评，成为贾政（包括任何一个儿子）不能承受之重，除了苦苦叩求认罪，没有其他的途径。

第47回，贾赦意欲强娶鸳鸯，理由也很充分，如邢夫人说的：

"大家子三房四妾的也多，偏咱们就使不得……就是老太太心爱的丫头，这么胡子苍白了又作了官的一个大儿子，要了作房里人，也未必好驳回的。"

而这件事情的处理，贾母同样诉诸的是"孝"，她对邢夫人说：

"有鸳鸯那孩子还心细些，我的事情他还想着一点子，该要去的，他就要来了，该添什么，他就度空儿告诉他们添了。……也并不指着我和这位太太要衣裳去，又和那位奶奶要银子去。……我有了这么个人，便是媳妇和孙子媳妇有想不到的，我也不得缺了，也没气可生了。这会子他去了，你们弄个什么人来我使？"

在此，贾母并没有指责贾赦纳妾的想法，通过夸赞鸳鸯，她含蓄地表达了这样一个意思：由于有了鸳鸯的照顾，使她诸事顺妥，从而减轻了儿子、儿媳“尽孝”的责任，或者，在某种程度上，鸳鸯是在替代她的这些儿子、儿媳尽孝。这样就意味着，要把鸳鸯从她的身边弄走，那就是“不孝”。贾母当然不会把这个意思讲得很通透，毕竟，一个屋檐下过日子，有些话讲得太直白反而不好。

这两件事情的处理都理所当然地以贾母的胜利告终。由此，尽管有“男尊女卑”“三从四德”存在，可是基于孝道伦理，这并没有影响到贾母在整个家族中的地位。而围绕着事件的处理，既反映了老太太的聪明、睿智，也反映了那个年代的家族权力生态。进一步地，在同儿子的权力博弈中，贾母之所以胜利，是因为，同“男尊女卑”这一文化原则相比，“孝”是更高的原则，正所谓“百善孝为先”，它在一定程度上排除和削弱了“男尊女卑”“三从四德”对女性家庭地位的消极影响。由此，“中国妇女的地位，尤其是在法律上的地位，决不能简单地、笼统地以‘男尊女卑’的公式化的概念来理解。‘男尊女卑’的确是中国传统社会的大格局和基本原则，但要真正了解中国妇女的社会与法律上的地位，还需进一步把握儒家‘孝’的文化逻辑及‘长幼有序’的礼教观。”[1]

中国的文化史上，类似“孟母三迁”“岳母刺字”这样的贤母教子、训子的故事不胜枚举。在太平天国前后，驻中国的英国官方译员汤姆士·泰勒·迈多士对中国妇女“母权”的崇高，有过亲身的体验，他的评论甚为精辟：

中国妇女仍较盎格鲁·撒克逊人更为男子的奴隶，但由于儒家孝顺父母的原则，缓和了这种奴隶性，使明知真正的理由在逃避一些公务上的困难，也不敢拒绝身为独子的官员，以照顾年迈寡居的母亲为由告假；另一方面，一个政府官员（就像我们所可能做的），却不敢因照顾病痛中的妻子，或拜访由于公务而长久分离的亲友而告假。外国官员对配偶的关心，多少影响公务和责任的情形，令中国官员们觉得比什么都更惊奇和有趣。

[1] 黄嫣梨. 中国传统社会的法律与妇女地位. 北京大学学报，1997（3）：103.

中国人极少将极熟识的朋友介绍给自己的妻子，这并不是一种恭维的举动；而介绍给母亲却很常见。被介绍的人要向这位妇人叩头，也就是说跪在她的面前，并重复地以前额碰地。做儿子的并不阻止，只是以下跪和叩头向他的朋友答礼。就这样，在中国常可见到两个居高位，有着灰白胡子的男子，为尊敬一个和自己同一阶层的女子而叩头。一个做母亲的在县官面前控告自己儿子时，不必细究其子何以冒犯长上，（其子）就会受到黑奴在美国鞭笞室中相似的责罚。读者或会得到这样的结论：认为在中国这种社会和法律上的母权，会普遍地提高妇女的地位；事实上也是如此，虽然她们在自身婚姻上，都只是被动的工具而已。❶

事实上，荣府里所展现的家族生态，既是对中国“孝”文化的充分展现，也是对“母权”的生动反映。《红楼梦》中，几乎每一页都有关于晚辈对贾母尽心孝道的精致描写。

第22回，写道：

到晚间，众人都在贾母前，定省之余，大家娘儿姊妹等说笑时，贾母因问宝钗爱听何戏……

第24回，写道：

宝玉奉贾母之命，问候贾赦。见了贾赦，不过是偶感些风寒，先述了贾母问的话，然后自己请了安。贾赦先站起来回了贾母话，次后便唤人来……

第47回，经历鸳鸯事件：

贾赦无法，又含愧，自此便告病，且不敢见贾母，只打发邢夫人及贾琏每日过去请安。只得又各处遣人购求寻觅……

第70回，写道：

这日众姊妹皆在房中侍早膳毕，便有贾政书信到了。宝玉请安。将请贾母的安禀拆开念与贾母听，上面不过是请安的话，说六月中准进京等语。其余家信事务之帖，自有贾琏和王夫人开读。

---

❶ 原文见迈多士（Meadows）于1856年刊行的《中国人及其叛变》（The Chinese and Their Rebellions）一书. 转引自黄嫣梨. 中国传统社会的法律与妇女地位. 北京大学学报，1997（3）：109.

第71回，写道：

贾政回京复命，因是学差，故不敢先到家中。珍、琏、宝玉头一天迎出一站去，接见了。贾政先请了贾母的安，命都回家伺候。

第75回，写道：

贾母见自己的几色菜已摆完，另有两大捧盒内捧了几色菜来，便知是各房另外孝敬的旧规矩。

贾珍夫妻至晚饭后方过荣府来。只见贾赦贾政都在贾母房内坐着说闲话，与贾母取笑。贾琏，宝玉，贾环，贾兰皆在地下侍立……

此外，在《红楼梦与中国旧家庭》一书中，萨孟武先生诙谐地指出，“红楼梦记事不忘吃饭”，而一次次的吃饭，我们透过一次次“贾珠之妻李氏捧饭。熙凤安箸，王夫人进羹”等场景，都会深切地体会到，孝的观念融入在这个家庭的每一处细节。❶

由上述贾府里这些做法，我们看到，“孝”不仅是一种意识形态，或伦理观念，它还表现为一套系统性的、真切的制度。如果说，像晨昏定省、节日陪亲等，这算是家族法、是民间社会的一种“小传统”的话，那么，传统社会里，基于政权的稳固及社会治理的需要，各个朝代大都推崇以“孝”治天下。❷这是因为，孝的意义不局限于家庭，它还具有突出的社会控制功能。孔子曰：“其为人也孝弟，而好犯上者，鲜矣；不好犯上，而好作乱者，未之有也。”由此，历代要么“融孝于法”，要么“屈法

---

❶ 第28回，为了讨黛玉开心，宝玉在她面前发誓，道：“我心里的事也难对你说，日后自然明白。除了老太太，老爷，太太这三个人，第四个就是妹妹了。要有第五个人，我也说个誓。”这里，宝玉一定是要把老太太、老爷、太太排在林妹妹前面的，也只有这样，才算孝，才符合传统的伦理标准。由此看来，感性的宝玉并没有被爱情冲昏头脑。再如第35回，玉钏、莺儿一同来到宝玉的房间，“玉钏便向一张杌子上坐了，莺儿不敢坐下。”同为丫鬟，为何会有如此不同的表现呢？我想，玉钏坐下，并不是因为姐姐金钏的事情，借此来表达对宝玉的不满，而是因为她的身份——是宝玉之母王夫人的丫鬟，而莺儿是不具有这样的身份的。其间贯穿的生活逻辑，还是孝道。这个道理，同样可以用来解释，为什么作为贾琏的妾，秋桐表现得格外强势。

❷ 例如，第16回，我们看到，元春省亲，本身就是这种理念的运作结果。贾琏道：“如今当今贴体万人之心，世上至大莫如‘孝’字，想来父母儿女之性，皆是一理，不是贵贱上分别的。当今自为日夜侍奉太上皇、皇太后，尚不能略尽孝意，因见宫里嫔妃才人等皆是入宫多年，抛离父母音容，岂有不思想之理？……”

申孝”，使孝在国家制定法层面上到了最大程度的体现和发扬，这应该是一种“大传统”，就小说本身而言，大致涉及以下制度。

（1）别籍异财禁止

第3回，“林黛玉进贾府”，我们看到，荣国府里，住着贾赦、贾政兄弟和贾母，贾政居于正室：

……仪门内大院落，上面五间大正房，两边厢房鹿顶耳房钻山，四通八达，轩昂壮丽。……是正经正内室，一条大甬路，直接出大门的。进入堂屋中，抬头迎面先看见一个赤金九龙青地大匾，匾上写着斗大的三个大字，是“荣禧堂”。

而贾赦的住所在“一黑油大门中”“是荣府中花园隔断过来的”，虽然“悉皆小巧别致”，却“不似方才那边轩峻壮丽”。这里，同贾政相比，贾赦的住所简直要算“蜗居”；第105回，荣府被抄，贾政道：“犯官祖父遗产并未分过；惟各人所住的房屋有的东西便为己有”。很明显，荣府是一种“同居共财”的生活模式。

那么，为什么贾赦、贾政兄弟不分家析产呢？原因即存在“别籍异财禁止”的制度。传统的典籍《礼记》中就有“父母在不有私财”的话。由此扩展，父母健在而别立户籍、分异财产，不仅有亏养之道，且大伤孝慈之心，唐、宋时处徒刑三年。明、清则改为杖刑一百。祖父母父母死后子孙虽无此种限制，但丧服未满仍不得别籍异财，否则也不能逃避法律制裁。[1]此处，立法的原意就是“恶其有忘亲之心”。应该讲，这种生活模式，存在诸多弊端，不但容易引发家庭之间的矛盾，还由于产权不明晰，而易导致家族管理过程中产生“公地的悲剧”。[2]然而，即便如此，由于反映了“孝”的内涵和价值，“别籍异财禁止”一直是一项非常稳定的制度，且得到民间传说、故事的支持。第94回，怡红院里，海棠早发，大家不知何故，参不透是吉是凶，林黛玉就讲了这么一个应景的故事：

---

❶ 瞿同祖. 中国法律与中国社会. 北京：商务印书馆，2010：18.

❷ 对于这一观点的更充分介绍，参见张未然《法意·红楼：一个法律人的“读红”札记》，中国政法大学，2012年版。

当初田家有荆树一棵，三个弟兄因分了家，那荆树便枯了。后来感动了他弟兄们仍旧归在一处，那荆树也就荣了。可知草木也随人的。如今二哥哥认真念书，舅舅喜欢，那棵树也就发了。[1]

（2）为亲者讳

第54回，“史太君破陈腐旧套”一节，说书的女先儿给大家讲《凤求鸾》的故事，里面的人物和凤姐重名，都叫王熙凤：

“这书上乃说残唐之时，有一位乡绅，本是金陵人氏，名唤王忠，曾做过两朝宰辅。如今告老还家，膝下只有一位公子，名唤王熙凤。”众人听了，笑将起来。贾母笑道：“这重了我们凤丫头了。”媳妇忙上去推他，“这是二奶奶的名字，少混说。”贾母笑道：“你说，你说。”女先生忙笑着站起来，说：“我们该死了，不知是奶奶的讳。”

避讳，是一门学问，内容非常广泛，有为君讳、为尊讳、为亲讳、为师讳等，不一而足。[2]例如，林之孝的女儿本名林红玉，因为冒犯了宝玉名字中的“玉”字，遂改名叫小红。第80回，香菱一不留神说出了“桂花”二字，竟被宝蟾指责：“要死，要死！你怎么直叫起姑娘的名字来了！”因为这触犯了主子奶奶夏金桂的名讳。

第2回，贾雨村和冷子兴聊天，谈及林黛玉，贾雨村道：

“怪道这女学生读至凡书中有‘敏’字，皆念作‘密’字，每每如是，写字遇着‘敏’字，又减一二笔，我心中就有些疑惑。今听你说的，是为此无疑矣。……”

这里，因为母亲的名字谓“敏”，黛玉在写字的时候，为了表达对母亲的尊敬，就不能写这个字，而是用“密”字来代替。这就是“为亲者讳”的做法。

传统的社会里，“犯讳是任官事项中当考虑的一条件。”[3]基于“孝”

---

[1] 按照前80回对林黛玉性格的刻画，我们相信，她是讲不出这样的故事的。从性格来说，这个故事更适合薛宝钗来讲。

[2] 关于“忌讳”的更多介绍，参见李敖《避讳：非常不敢说》《独白下的传统》人民文学出版社，1989版。

[3] 瞿同祖. 中国法律与中国社会. 北京：商务印书馆，2010：100.

的要求，如果将要任职的部门犯了父祖的名讳，那么，当事人就不能到该部门任职。例如，父亲名为“常”，儿子就不能担任“太常”之类的官职。在此，父亲的名讳与官职的名称相冲突。唐代，贾曾云被授予“中书舍人”的职位，他以父亲的名字为“忠言”这个原因，两度请辞。此外，赴任的地名也不能够与父祖的名讳相冲突。唐代，冯宿因为父亲的名字为“子华”，请辞华州刺史。宋代，范祟被任命为鄂州的官员，可是他的父亲名崿，因此辞官不就。历史上，这类的例子不胜枚举。古人对犯讳的事是极端审慎的，否则便要被旁人加以弹劾了。“如己不辞而冒荣居之，一经发觉，是要免所居官，并处徒刑一年的。”[1]

（3）代刑

第47回，因为鸳鸯事件，邢夫人、贾琏在贾母那里触了霉头，贾琏向邢夫人抱怨道：

“都是老爷闹的，如今都搬在我和太太身上。”

邢夫人道：“我把你没孝心雷打的下流种子！人家还替老子死呢，白说了几句，你就抱怨了。你还不好好的呢，这几日生气，仔细他捶你。”

这里，邢夫人说的“人家还替老子死呢”，就是所谓的“代刑”。这一制度通常是，一个人犯了罪，要被追究法律责任，那么，他（她）的儿孙请求替代执行。现代法治的基本原则是责任自负，因此，在今天，这种代刑的做法早已被废止。而在传统社会，这一做法却人行其道、屡见不鲜。最有名的例子莫过于“缇萦救父”。[2]应该讲，“代刑”并不是一项制定法，传统的法律典籍里并没有规定这一制度，不过，因为历代的政府都倡导孝道、伦常，由此，子女替父母承担法律责任被视为“孝行”“义举”，成为一种值得赞扬、鼓励的精神，因此，尽管缺乏制定法的依据，它却属

[1] 瞿同祖. 中国法律与中国社会. 北京：商务印书馆，2010：100.

[2] 汉文帝四年中，人上书言意受赂。以刑罪传西之长安。意有五女，随而泣。意怒，骂曰：“生子不生男，缓急无可使者。”于是少女缇萦伤父之言，乃随父西之长安。上书曰：“妾父为吏，齐中称其廉平，今坐法当刑。妾切痛死者不可复生，而刑者不可复续，虽欲改过自新，其路莫由，终不可得。妾愿入身为官婢，以赎父刑罪，使得改过自新也。”上闻而悯其意，此岁即除刑肉法。（选自《史记·扁鹊仓公列传》）

于法外的权力——皇权的一种自由裁量事项，犯罪人的子孙一旦提出代刑的请求，主政者往往感动其孝亲之心，那么，犯罪人原本要承担的责任往往会被加以赦免或减轻。这无疑会产生一种恶意激励。

第106回，贾府被查抄，搜出好多借票，北静王府的长史对贾政道：

“惟抄出借券令我们王爷查核，如有违禁重利的一概照例入官，其在定例生息的同房地文书尽行给还。贾琏着革去职衔，免罪释放。”

这里，长期放高利贷、违禁取利的是王熙凤，而为此承担责任的却是贾琏。之所以如此，是因为执法官员责任认定不明导致的，和我们所说的“代刑”存在根本上的差异。

（4）告亲老

第96回，贾政被放了外任，贾母哽咽着说道：

“我今年八十一岁的人了，你又要做外任去，偏有你大哥在家，你又不能告亲老。你这一去了……”

传统社会里，儿子外出做官，父母不会跟随。因为那个年代，子女较多，一般情形之下不会发生“空巢老人”的社会问题，但是，如果祖父母、父母年老或疾病，家中又没有人侍奉，那么，这种情况下，作为儿子的当事人就应该居家侍亲，不能够再去外地做官。此即“告亲老”制度。如果当事人罔顾“亲老”这一事实，“官迷心窍”地一心赴任，就会面临严苛的法律责任。“唐、宋律不仅免所居官，而且处一年徒刑，便是任官之时亲未老疾，其后老疾，亦须辞官归家侍养，否则亦按违令问罪。明、清的处分较轻，只杖八十，亦无去官之文。”❶

（5）丁忧

朝廷官员的父母亲死去，无论此人任何官何职，从得知丧事的那一天起，必须停职守制，这叫丁忧。丁忧的人不准为官，如无特殊原因，国家也不可以强招丁忧的人为官。

第110回，写贾母之丧：

从荣府大门起至内宅门扇扇大开，一色净白纸糊了，孝棚高起，大门

---

❶ 瞿同祖. 中国法律与中国社会. 北京：商务印书馆，2010：20.

前的牌楼立时竖起，上下人等登时成服。贾政报了丁忧。……

那么，官员违背丁忧制度的责任是什么呢？明、清法律规定，“官吏父母死应丁忧而诈称祖父母、伯叔、姑、兄姊之丧不丁忧者，杖一百，罢职役不叙，若丧制未终而冒哀从仕者亦罢职、杖八十。”❶

丁忧制度的例外，称为“夺情”。它的意思是，因特殊原因，国家强招丁忧的人为官。历史上最有名的夺情事件，是明代万历年间的张居正“夺情”事件。❷

（6）居丧娱乐禁止

传统社会，本着孝道伦理，父祖之丧是极端重要的事情，国家层面上有“丁忧”的规定，而就家庭成员而言，在父母丧期内，子女一切享受和娱乐行为都被视为不孝的行为。《大清律例》的“十恶”条、“匿父母夫丧”条都严禁“居父母丧身自嫁娶”，在此期间，“违律嫁娶”是无效的婚姻，必须解除婚姻关系，“各离之”且“丧制未终，释服从吉、忘哀作乐及参顶筵宴者，杖八十。”

第46回，鸳鸯冷笑道：

“老太太在一日，我一日不离这里，若是老太太归西去了，他横竖还有三年的孝呢，没个娘才死了他先纳小老婆的！”

第62回，香菱在和几个丫鬟玩闹时，弄脏了新穿的石榴裙，宝玉道：

“我有个主意：袭人上月做了一条和这个一模一样的，他因有孝，如今也不穿。竟送了你换下这个来，如何？”

第76回，尤氏陪贾母中秋赏月，并说要陪贾母通宵。贾母笑道：“使

---

❶ 瞿同祖. 中国法律与中国社会. 北京：商务印书馆，2010：102.

❷ 《明史纪事本末·江陵柄政》：“己卯，张居正父丧讣至，上以手谕宣慰……然亦无意留之。所善同年李幼孜等倡夺情之说，于是居正惑之，乃外乞守制，示意冯保，使勉留焉。”据史书记载张江陵丁忧是与冯保串通好：“大珰（大宦官）冯保，挟冲（幼）主，操重柄，江陵（张居正）素卑事之。新郑（高拱）既逐，（冯）保德（感激）江陵甚，凡事无不相呼应如桴鼓。江陵闻父讣，念事权在握，势不可已，密与保谋夺情之局已定，然后报讣。”当时有许多政治人物出于政治上的原因，抗议“夺情”，都被皇帝一一批驳，反对派遭到严惩，甚至动用了“廷杖”的刑法，许多人被打得皮开肉绽，终身残疾。张居正自此事件后，更加偏恣，《明史》载“居正自夺情后，益偏恣。其所黜陟，多由爱憎。左右用事之人多通贿赂。”（选自百度百科）

不得，使不得。你们小夫妻家，今夜不要团圆团圆，如何为我耽搁了。”尤氏红了脸，笑道：

“老祖宗说的我们太不堪了。我们虽然年轻，已经是十来年的夫妻，也奔四十岁的人了。况且孝服未满，陪着老太太顽一夜还罢了，岂有自去团圆的理。”

上述三例，鸳鸯说“三年孝”，袭人居丧期间不穿吉服，尤氏很明了地表达了居丧期间夫妻间性生活禁止的观点，都是符合当时的制度要求的。

第65回，贾琏私娶尤二姐，

“至次日五更天，一乘素轿，将二姐抬来。……一时，贾琏素服坐了小轿而来，拜过天地，焚了纸马。”

我们知道，婚娶是一件喜庆的事情，按照礼俗的规定，一应物品、服装都应该是要用红色的，且场面须热烈、隆重。那么，为何抬尤二姐的轿子是“素轿”，贾琏穿的衣服是“素服”，且时间选择在“五更天”呢？之所以如此隐秘、低调、违背习俗，我想，贾琏应该很清楚，自己“国孝、家孝在身”，和尤二姐之间的结合是违背礼法的。❶因此，他刻意地用“素轿”，穿“素服”，且选在天刚刚放亮的时刻，完成和尤二姐的婚事。意在表明，他在做这件事情的时候，已经充分考虑到了有孝在身这一因素，且主动地采取了一些相应的措施。

如果说，贾琏的这些做法有规避法律的嫌疑的话，那么，父亲贾敬死后，贾珍的一些做法则是公然违法的。第64回，写道：

贾珍贾蓉此时为礼法所拘，不免在灵旁籍草枕块，恨苦居丧。人散后，仍乘空寻他小姨子们厮混。

贾敬的丧礼甫一结束，贾珍就和尤二姐、三姐纵酒淫乐；第75回，贾珍恨苦居丧，无聊之极，便生了个破闷之法，以习射为由，行赌博之实：

原来贾珍近因居丧，每不得游顽旷荡，又不得观优闻乐作遣。无聊之

❶ 有趣的是，第68回，王熙凤在去见尤二姐的时候，“头上皆是素白银器，身上月白缎袄，青缎披风，白绫素裙。”之所以如此打扮，她意在提醒对方，在国孝、家孝期间同贾琏结合的违法性。

极，便生了个破闷之法。日间以习射为由，请了各世家弟兄及诸富贵亲友来较射。因说：“白白的只管乱射，终无裨益，不但不能长进，而且坏了式样，必须立个罚约，赌个利物，大家才有勉力之心。”……如今三四月的光景，竟一日一日赌胜于射了……

由此，我们联想到第63回，贾珍星夜驰回奔丧，“从大门外便跪爬进来，至棺前稽颡泣血，直哭到天亮喉咙都哑了方住”的一幕，是非常讽刺的。

（7）归葬

归葬，即将尸体运回故乡埋葬。死后归葬的最重要理论依据出自《礼记·檀弓》，曰：“太公封于营丘，比及五世，皆反葬于周。君子曰：乐，乐其所自生，礼，不忘其本。古之人有言曰：‘狐死正丘首，仁也。’”这里的太公，即指姜太公，他的封地是齐国。他死后及他的后世共五代人都葬在周。这一做法对后世影响非常大，并衍生出“落叶归根”的民族共识。[1]如果父母死在外地，子女将其尸体运回旧墓埋葬，也渐渐成为子女必尽的义务，是一种孝行的表现。《红楼梦》里有大量的归葬描写：

第13回，贾瑞归葬：

当下，代儒料理丧事，各处去报丧。三日起经，七日发引，寄灵于铁槛寺，日后带回原籍……

第14、16回，林如海归葬。林如海病逝在扬州任所，贾琏护送黛玉前往奔丧，继而完成了将亡灵归葬的任务：

（贾琏）带了林姑娘同送林姑老爷灵到苏州去，……林如海已葬入祖坟了，诸事停妥，贾琏方进京的。

第64回，贾敬归葬：

又过了数日，乃贾敬送殡之期，贾母犹未大愈，遂留宝玉在家侍奉。凤姐因未曾甚好，亦未去。其余贾赦、贾琏、邢夫人、王夫人等率领家人仆妇，都送至铁槛寺，至晚方回。贾珍尤氏并贾蓉仍在寺中守灵，等过百

---

[1] 张扬导演的电影《落叶归根》，由赵本山主演，讲述了民工老赵为使好友老刘死后“落叶归根”，一路上历尽艰难将老刘尸体运回老家的故事。

日后，方扶柩回籍。家中仍托尤老娘并二姐三姐照管。

第96回，写王子腾归葬：

贾琏请了安，将到十里屯料理王子腾的丧事的话说了一遍，便说："有恩旨赏了内阁的职衔，谥了文勤公，命本宗扶柩回籍，着沿途地方官员照料。昨日起身，连家眷回南去了……"

第116回，写贾母、秦可卿、林黛玉归葬。贾政找来贾琏，商量道：

"我的主意是定了，只为大爷不在家，叫你来商议商议怎么个办法。你是不能出门的。现在这里没有人，我为是好几口材都要带回去的，我一个怎么能够照应，想起把蓉哥儿带了去。况且有他媳妇的棺材也在里头。还有你林妹妹的，那是老太太的遗言说跟着老太太一块儿回去的……"❶

应该指出，归葬的方式有两种：一是火化后归葬；一是扶柩归葬，而后者的方式需要耗费大量成本。第116回，就贾母归葬问题，贾政商量贾琏，贾琏道：

"老爷的主意很好，只是这件事也得好几千银子。"

由此，贾家败落至斯，也要扶柩归葬。这是因为，扶柩归葬被认为是最能体现子女孝心的。明朝、清朝政府都禁止焚烧尸体，认为这种处理尸体的方式是"不孝"的表现。《大清律例》规定：

旗民丧葬概不许火化，除远乡贫人不能扶柩归里，不得已携骨归葬者，姑听不禁外，其余有犯，照违制律治罪，族长及佐领等隐匿不报，照不应轻律分别鞭责议处。

第78回，晴雯含恨而死，王夫人闻言传命：

"即刻送往外头焚化了罢。"

于是晴雯被立刻入殓，抬到城外化人场去了。晴雯身后的"焚化"厄运，进一步反映了她命运的悲惨。

综上，借由贾母的地位，我们考察了传统社会里的孝道伦理。而贾母在贾府的地位，有助于我们深化对传统社会中女性地位的认识和理解。一

---

❶ 归葬的做法，不但世俗社会里的人须要遵守，甚至出家人也不例外。第18回，在介绍妙玉时，道："他师父极精演先天神数，于去冬圆寂了。妙玉本欲扶灵回乡的"。

段时间里，我们总是被灌输这样的一种观点：万恶的旧社会里，由于“男尊女卑”“三从四德”等不平等的、落后的观念存在，广大的女性受到普遍的歧视，她们置身无边的黑暗之中，毫无权利可言，身心备受摧残。这种观点，我们非常熟悉，几乎成为一种不假思索的应然。然而，事实似乎并非如此，我们看到，由于孝道伦理、长幼有序等观念的存在和流行，传统社会里的女性并非普遍地处于一种“水深火热”“女不聊生”的生活境遇。例如，我们着重分析的贾母，即使过着“夫死从子”的生活，但这并不影响她在家庭中的地位。在此，如果有人觉得，贾母只是一个个例的话，那么，我们不妨沿着“三从”的维度扩展开来，简要地考察一下那个时代女性的人生轨迹。

传统社会里，女孩未嫁，被称为“在室女”，按照“三从”的要求，须“在家从父”。我们看到，红楼梦里所展示的，这几乎是女性一生之中最美好的时光。她们不大可能因为自己的性别，而遭受父母的冷遇和偏见。例如，贾敏，林黛玉的母亲，第3回，贾母见到黛玉，说：

“我这些儿女，所疼者独你母亲，今日一旦先舍我而去了，连面也不能一见，今见了你，我怎不伤心！”

很明显，作为女孩，贾敏没有受到冷落，相反，却得到了母亲的偏爱。进一步地，能不能这样认为：贾母的这句话只是一种如戈夫曼说的“印象整饰”，仅仅是对黛玉丧母的一种心理安慰吗？答案是否定的，第74回，言及黛玉母亲，王夫人对凤姐叹道：

“你说的何尝不是，但从公细想，你这几个姊妹也甚可怜了。也不用远比，只说如今你林妹妹的母亲，未出阁时，是何等的娇生惯养，是何等的金尊玉贵，那才象个千金小姐的体统。如今这几个姊妹，不过比人家的丫头略强些罢了。”

由此，我们可以肯定，黛玉的母亲深得贾母的宠爱，且在贾府的地位极高。再者，贾府三艳、林黛玉、薛宝钗、甄英莲、张金哥……这些闺中少女，无一不得到长辈们的关心、疼爱。[1]大观园，是按照皇家规格建造的，据第23回交代，按照元春的本意，是要给“家中现有几个能诗会赋的姊妹”居住的，只是考虑到“宝玉自幼在姊妹丛中长大，不比别的兄弟，若不命他进去，只怕冷落了他，未免贾母、王夫人心上不喜”，这么说来，宝玉之所以能够在大观园中分得怡红院，只不过是搭了家里女生的“顺风车”而已。第51回，怕小姐们冬天里“长途跋涉”去贾母处吃饭受凉，凤姐儿和贾母王夫人商议决定，“挑两个厨子女人在那里，单给他姊妹们弄饭。”由此可见，这些“在室女”在家庭中所受到的优待。进一步地，这些未出嫁的小姐，在家庭里的尊贵是为人所共知的。第55回，管家婆子对平儿道：

“我们并不敢欺蔽小姐。如今小姐是娇客，若认真惹恼了，死无葬身之地。”

幸福的家庭都是相似的，而不幸的家庭则各有各的不幸。以上我们只是列举了贵族少女出嫁前的状况，那么，那些贫寒的家庭中，在室女是什么样的状况呢？应该承认，这些少女可能会非常不幸，如袭人、芳官、龄官等，她们都是被父母所卖，变身为奴。然而，之所以如此，主要是出于生活维系的需要，残酷一点说，是一种“生活理性”使然。史料中常载：“贫民乏食，鬻卖妻子以自求活”，这类似于一种家庭层面的“紧急避险”行为，否则，就会有全家都要饿死的结果。而只要没有这种窘迫，即便平民家的女孩，也自然能够得到父母的关爱。例如，第19回，袭人和宝玉谈到自己的表妹，说：

“他虽然没这样造化，倒也是娇生惯养的，我姨爹姨娘的宝贝。如今十七岁，各样的嫁妆都齐备了，明年就出嫁。”

此外，须要指出，即便家庭成员中有同辈分的男性，基于长幼的名分，女性也不会必然地处于卑下的位置。第20回介绍，宝钗素知贾府的规矩，“凡做兄弟的，都怕哥哥。”这即是长幼的名分，它同样适用于异性之

---

[1] 严格说来，后来进园的邢岫烟可能算是一个例外，第57回，详细地介绍了她生活上的窘境：在父母、姑姑邢夫人这里，她并没有得到多少关爱；她身上的一些佩饰，来自于探春接济；为了维持日常的生活，她甚至当掉了棉衣。

间。在这一原则下，“姊”“母”是“尊”者，“弟”“子”是“卑”者；纵使“弟”与“子”已属贵爵高官，此“弟”与“子”仍是居于卑者的地位。[1]由此，我们看到，第23回，宝玉被贾政叫到屋里问话，宝玉进来，

“只见贾政和王夫人对面坐在炕上说话，地下一溜椅子，迎春、探春、惜春，贾环四个人都坐在那里。一见他进来，惟有探春和惜春，贾环站了起来。”

这里，作为弟弟、妹妹，宝玉进来，探春、惜春及贾环都必须要站起来的，而作为姐姐的迎春却不必起身。

女孩嫁为人妇，成为“已嫁妇”，就要“既嫁从夫”，这一阶段，女性的地位多少要视情况而定。具体地说，已嫁妇在婆家的地位很大程度上取决于娘家的综合实力。第57回，紫鹃对黛玉说：

“……公子王孙虽多，那一个不是三房五妾，今儿朝东，明儿朝西？要一个天仙来，也不过三夜五夕，也丢在脖子后头了，甚至于为妾为丫头反目成仇的。若娘家有人有势的还好些，若是姑娘这样的人，有老太太一日还好一日，若没了老太太，也只是凭人去欺负了。”

由此，足可见娘家的势力对已嫁妇的影响。这也就解释了，王夫人、王熙凤在贾府之所以有地位，很大程度是因为她们王家本身就是豪门，其在政治、经济方面的力量一点也不逊色于贾府。我们知道，金陵王家，同贾、薛、史家一起，并列四大豪门，且独揽外贸，富甲江南；王夫人的兄弟、凤姐儿的叔叔——王子腾一直身居军界高位；第72回，王熙凤讥讽贾琏道：

“我们王家可那里来的钱，都是你们贾家赚的。别叫我恶心了。你们看着你家什么石崇邓通，把我王家的地缝子扫一扫，就够你们过一辈子呢。说出来也不怕臊！现有对证；把太太和我娘家的嫁妆细看看，比一比你们的，那一样是配不上你们的！”

反观邢夫人、尤氏，同王夫人、凤姐儿比，她们的个人能力并不

[1] 黄嫣梨. 中国传统社会的法律与妇女地位. 北京大学学报，1997（3）：108.

差。[1]然而，主要是因为娘家没有多少背景，甚至像尤氏的母亲尤老娘，还要依赖女婿贾珍的接济过活，那么，她们自然而然在婆家就没有地位。当然，更糟糕的情况是所遇非人，像迎春，婚后不久便被家暴致死。由此，民间的谚语“男怕站错行，女怕嫁错郎”，实在是一句融汇着人生智慧的断语。

“夫死从子”的情况，以贾母为例，我们已经充分地论述过了，基于孝道伦理，这里的“从”，更主要的意思是“跟从”，而不是也不大可能是“服从”。或许，把贾母的现在视为自己的未来，正是支持李纨们隐忍的一根稻草吧。

---

❶ 以尤氏为例，普遍的人都认为她懦弱无能，但是，细读之后，我感觉她还是非常有能力的一个人。第10回，因为“学堂事件”，在和秦钟的争执中，金荣吃了亏，璜大奶奶来宁府兴师问罪，意外得知秦可卿病情，故隐忍没有发作，她的种种表现，尤氏一眼看穿。第16回，贾元春选为贵妃，陪同贾母进宫的，除了邢夫人、王夫人，就是尤氏。第57回，贾母给薛蝌和邢岫烟保媒，亲自指定尤氏做主亲，代行媒人之职。吩咐道：“咱们家的规矩你是尽知的，从没有两亲家争礼争面的。如今你算替我在当中料理，也不可太啬，也不可太费，把他两家的事周全了回我。”第63回，贾敬殡天，面对突发重大事件，尤氏没有一丝慌乱，“锁道士、飞马报信、停尸铁槛寺、开丧破孝、做道场”处理的按部就班、非常妥当。

财产问题

贾不假，白玉为堂金作马。
阿房宫，三百里，住不下金陵一个史。
东海缺少白玉床，龙王来请金陵王。
丰年好大雪，珍珠如土金如铁。

（《红楼梦》第4回）

《红楼梦》中，贾、王、史、薛四大家族累积了大量的财富，其子孙过着穷奢极欲的生活。第16回，言及省亲话题，贾琏的奶妈赵嬷嬷和凤姐有这样一段对话：

赵嬷嬷道："……咱们贾府正在姑苏扬州一带监造海舫，修理海塘，只预备接驾一次，把银子都花的淌海水似的……"凤姐忙接道："我们王府也预备过一次。那时我爷爷单管各国进贡朝贺的事，凡有的外国人来，都是我们家养活。粤、闽、滇、浙所有的洋船货物都是我们家的。"赵嬷嬷道："那是谁不知道的？如今还有个口号儿呢，说'东海少了白玉床，龙王来请江南王'，这说的就是奶奶府上了。"

如果说，开头的"护官符"还有些文学色彩的夸张的话，那么，赵嬷嬷同凤姐的这段对话，写实性地反映了以贾家为代表的四大家族所拥有的巨额财富。接下来，我们要探讨的问题是，面对巨额的财富，像贾府这样传统社会里的大家族，实施什么样的财产制度？它有哪些基本的特点？进一步地，基于每个人在家族之中的身份差异，他（她）们各自拥有什么样的财产性权利？

1. 同居共财

由前述“孝道伦理”一文，我们清楚，基于“别籍异财禁止”的法律原则，传统社会中的家族，实施一种类似“家族共产”的财产制度，即过着“同居共财”的生活。第105回，贾府被抄时，贾政言道：

“……但犯官祖父遗产并未分过，惟各人所住的房屋有的东西便为己有。”

贾政的这句话，应该是说明荣府财产制度的最直接证据了。所谓同居共财，“是个显著的法律化的概念，而绝不是指在同一个家屋中居住这样的事实”。[1]它是指“收入、消费以及保有资产等涉及各方面的共同计算关系，即以每个人的勤劳所得和由共同资产所得的收益为收入、支出每个人的生活万端，死者的葬祭也作为重要的一项包括在内的费用。若有剩余则作为共同的资产加以贮存，如果出现不足则坐吃资产以保全性命的那样一种维持共同会计的关系。”[2]据此，我们看到，荣府的日常生活里，确实存在这样一种“维持共同会计的关系。”例如，第35回，宝玉因遭父亲笞挞，大病一场，想吃莲蓬汤，凤姐儿遂即“吩咐厨房里立刻拿几只鸡，另外添了东西，做出十来碗来。”并道：

“今儿宝兄弟提起来，单做给他，老太太、姑妈、太太都不吃，似乎不大好。不如借势儿弄些大家吃，托赖连我也尝个新儿。”

贾母听了，笑道：“猴儿，把你乖的！拿着官中的钱你做人。”

第36回，感动于袭人的一片“赤胆忠心”，王夫人决定给袭人涨工资，对凤姐道：

“……把我每月的月例二十两银子里，拿出二两银子一吊钱来给袭人。以后凡事有赵姨娘周姨娘的，也有袭人的，只是袭人的这一分都从我的分例上匀出来，不必动官中的就是了。”

---

❶ 滋贺秀三. 中国家族法原理. 北京：法律出版社，2003：56.

❷ 滋贺秀三. 中国家族法原理. 北京：法律出版社，2003：63.

这里，贾母、王夫人口里所说的“官中的”，即是指整个荣府（包括贾赦、贾政两房）共有的公共资产，它为大家所有，供大家分享。就其收益看，除了祖辈因军功而世袭的财政补贴，还有地租收入。例如，第53回，前来宁府进贡的佃户乌进孝，对贾珍道：

“爷的这地方还算好呢！我兄弟离我那里只一百多里，谁知竟大差了。他现管着那府里八处庄地，比爷这边多着几倍，今年也只这些东西，不过多二三千两银子，也是有饥荒打呢。”

主要依靠这些收益、进项，“官中的”资产要支出荣府里“每个人的生活万端”。衣食住行之外，还包括了主子、奴仆的“月钱”，[1]亲友间的人情来往，突发重大事件的处理（如因元妃省亲而兴建大观园），张道士、马道婆一般人的供养、宫里头夏太监等人的勒索，等等。此外，“官中的”资产也须为家族的公共事务买单，如第9回，金荣之母教育儿子道：

“若不是仗着人家，咱们家里还有力量请的起先生？况且人家学里，茶也是现成的，饭也是现成的。你这二年在那里念书，家里也省好大的嚼用呢。”

按照金荣之母的说法，贾府兴办的义学里有吃有喝，条件还是不错的，而由此而产生的耗费，当然是由“官中的”支付。

作为一种生活方式，在崇尚个体独立、自由的现代社会，“同居共财”的生活模式是非常鲜见的。然而，传统社会之中，一个家族或家庭，“同居共财”的形成则是再自然不过的事情。例如，作为儿子，甫一出生就同自己降临的这个家庭形成同居共财的关系；作为妻子，因为结婚这一法律事实，就会理所当然地和丈夫之间，以及丈夫所依存的家族之间产生

[1] 关于月钱较为集中的描写，见第45回，凤姐给李纨算了一笔账：“亏你是个大嫂子呢，把姑娘们原交给你带着念书，学规矩针线的，他们不好，你要劝，这会子他们起诗社，能用几个钱，你就不管了？老太太、太太罢了，原是老封君。你一个月十两银子的月钱，比我们多两倍银子，老太太、太太还说你是寡妇失业的，可怜不够用，又有个小子，足的又添了十两，和老太太、太太平等，又给了你园子地，各人取租子，年中分年例，又是上上份儿，你娘们主子，奴才总共没十个人，吃的穿的仍旧是官中的。一年总共下来四五百两银子……”

"同居共财"的关系。而另一方面，一旦形成"同居共财"的关系，那么，这种生活方式就会一直持续下去。这是因为，"同居共财在自然性上是不可解消的关系，也就是说，家族成员的死亡，特别是连父亲的死亡也，不成为共财关系解消的原因。死亡只是意味着从共财集团中去掉一个人，而在残存成员之间继续从前那样的关系。"[1]第29回，贾母赴清虚观打醮，张道士对贾珍道：

"当日国公爷的模样儿，爷们一辈的不用说，自然没赶上，大约连大老爷、二老爷也记不清楚了。"

由此可知，贾母的丈夫很早就过世了，贾母实和李纨一样，都是青春寡居。然而，这一变故并没有给他们的家庭生活方式带来任何冲击或影响。虽然丈夫死去，贾母和两个儿子仍然延续着"同居共财"的生活。与荣府有类似情况的，还有薛家。

进一步地，按照滋贺秀三先生的归纳，同居共财大致可分为直系亲和旁系亲两种类型。以宁府为例，由于父亲贾敬健在，因此，宁府是"父家长型的家"，属于"直系亲的同居共财"模式，而荣府，由于父亲早亡，贾母及两个儿子构成家庭的主体，虽属母子同居之家，却又兼具旁系亲的"复合型"特点。对于后者而言，持续地维系同居共财的模式，实属不易。我们看到，荣府之中，贾赦、贾政兄弟之间的不和是显而易见的。两房之间的暗战、杀伐，从来没有止歇。几乎如同宝玉、黛玉之间的爱情一样，成为了贯穿整个故事的另一条线索。[2]对此，第75回，探春说道：

"咱们倒是一家子亲骨肉呢，一个个不象乌眼鸡似的？恨不得你吃了我，我吃了你！"

这样一种家族生态或氛围的形成，与同居共财的财政模式有密切的关系。因为，"人们动不动地和他人相比较而认准自己境遇不佳，容易怀有不公平之感。如果这种感觉日渐增加，即会产生家庭的不和或造成家规的

---

❶ 滋贺秀三. 中国家族法原理. 北京：法律出版社，2003：69.

❷ 关于荣府之中矛盾的更多介绍，参见张未然《法意红楼：一个法律人的"读红"札记》，中国政法大学出版社，2012年版。

松弛。”[1]我们有理由认为，在长期的同居共财的生活之中，贾赦一房一定是感受到了不公正的对待。例如，第53回，贾珍对乌进孝道：

“正是呢，我这边都可，已没有什么外项大事，不过是一年的费用费些。我受些委屈就省些。再者年例送人请人，我把脸皮厚些，可省些也就完了。比不得那府里，这几年添了许多花钱的事，一定不可免是要花的，却又不添些银子产业。这一二年倒赔了许多，不和你们要，找谁去！”

如贾珍所说，主要是因为元春升为贵妃，荣府之中添了很多花钱的事情，然而，以贾赦一房的立场来看，这主要是贾政那边的事务，而所需的花费却是“官中的”，很明显，这样一种财政体制，会导致其福利水平的整体降低，这当然是有失公平的了。第75回，贾母带领儿孙中秋赏月，期间，贾赦讲了一个“母亲偏心”的笑话，把他对家族制度的不满委婉、含蓄地表达出来：

这次在贾赦手内住了，只得吃了酒，说笑话。因说道：“一家子一个儿子最孝顺。偏生母亲病了，各处求医不得，便请了一个针灸的婆子来。婆子原不知道脉理，只说是心火，如今用针灸之法，针灸针灸就好了。这儿子慌了，便问：‘心见铁即死，如何针得？’婆子道：‘不用针心，只针肋条就是了。’儿子道：‘肋条离心甚远，怎么就好？’婆子道：‘不妨事。你不知天下父母心偏的多呢。’”众人听说，都笑起来。贾母也只得吃半杯酒，半日笑道：“我也得这个婆子针一针就好了。”贾赦听说，便知自己出言冒撞，贾母疑心，忙起身笑与贾母把盏，以别言解释。贾母亦不好再提，且行起令来。

正所谓：树倒猢狲散。贾母之于荣府，恰像一棵大树，有这棵树在，这个家族还能维系表面上的和睦，实施同居共财的财产制度，生活在一起，而一旦这棵大树倒下了，那么，“赫赫扬扬”的荣府就会顷刻间解体，不复存在。或许，这就是第22回里，贾母说的“猴子身轻站树梢”的谜语的隐喻吧。事实上，由“同居共财”终至“分家析产”，这也是传统社会里家族生活的大势所趋。正如滋贺秀三先生所指出的：“虽说维护尽

[1] 滋贺秀三. 中国家族法原理. 北京：法律出版社，2003：70.

可能长期的同居共财被当作人们的理想并在道德上受到称扬的情况是事实，但另一方面，家族从多数来说终究要分家的情况就如同树若要成长的话就要分枝的情况一样，作为人类自然会采取的行动是被加以肯定的。”❶

2. 特有财产

同居共财的制度，要求“每个人的劳动所得全部放进为了全体成员利益的单一的会计即家计中”“这是构成同居共财这样的概念的核心。”❷但是，作为这一原则的例外，某些财产由于自身的特殊性，常常被区别对待。这里，结合小说的情节，我们主要围绕两类特有财产展开，一是官俸；二是女性的随嫁财产。

官俸，作为个体的劳动所得，按照同居共财的原则，放进“官中”似乎是理所当然。“因为官俸也无非是将应该是家庭全体之一员的劳动时间投在别处产生的收入”。❸但是，须要注意的是，“因为官俸至少不是由家产提供资本而从事经营的营利，即使劳动时间确实从家里被拿了出去，但所做的工作在本质上也与通常的劳动相差悬殊，而且其带来的利益的绝对数额也屡屡相差很大等，”❸由此，在家族生活之中，官俸受到了特别的对待。那么，在同居共财的原则下，官俸被如何来定位呢？按照滋贺秀三先生的考察，“就家族之类的习惯看，并无固定的原则。既有官俸应该属于家产的规定，也有非强制性规定，但是奖励官俸的取得这一方自发地将官俸放入家产中。”❸由此，荣府里的“共同的会计关系”，很可能是包括了贾赦、贾政等人的俸禄的。也即，贾赦、贾政等人的俸禄，应该属于荣府里“官中的”收益之一。然而，须注意的是，贾赦、贾政等人的官俸，数额并不多，其为家族带来的利益的绝对数额与通常的劳动相差并不大。究其原因，在当时的社会，官俸本身并不是一项可观的经济收益。

有学者指出，封建官吏的俸禄作为一种制度，自战国、秦汉时期统治

❶ 滋贺秀三. 中国家族法原理. 北京：法律出版社，2003：70、71.

❷ 滋贺秀三. 中国家族法原理. 北京：法律出版社，2003：57.

❸ 滋贺秀三. 中国家族法原理. 北京：法律出版社，2003：407.

集团在给酬方式上加以变革使之确立以来，比较而言，清代的职官俸禄标准可以说是历代最低的。具体到清代官员的俸禄情况，可参看清代官员俸禄一览表[1]：

品级 俸禄	一品	二品	三品	四品	五品	六品	七品	八品	正九品	从九品及未入流
每年俸银（两）	180	155	130	105	80	60	45	40	33.114	31.52
京官俸米（石）	90	77.5	65	52.5	40	30	22.5	20	16.557	15.75

据此，我们不妨以贾政为例，计算一下的他的年工资收入水平。虽然“自幼酷喜读书”，但贾政并没有参加科举考试，而是受了祖辈的恩泽，被皇帝特赐“一个主事之衔”，后陆续升为员外郎、郎中。按照清代官制，主事为从七品，员外郎为从五品，郎中为正五品（顺便说明：林如海，探花出身，官至巡盐御史，从三品；李守中，李纨之父，国子监祭酒，从四品。由此，也可看出贾政为官的平庸）。即便按照后者计算，贾政的年工资收入，不过俸银八十两，俸米四十石。而当时的社会物质生活水平如何呢？第39回，众人在大观园吃蟹、作诗，刘姥姥道：

“这样螃蟹，今年就值五分一斤。十斤五钱，五五二两五，三五一十五，再搭上酒菜，一共倒有二十多两银子。阿弥陀佛！这一顿的钱够我们庄家人过一年了。”

由此，贾政的工资收入，在刘姥姥这样的低收入群体而言，应该是很可观的了，即便对一般官吏而言，也可以生活度日，然而，对“生齿日繁、事务日盛”又奢靡浮华的贾府而言，贾政这点可怜的工资连贾母、王夫人、李纨等人的月钱都难以支付，对整个家族而言，无异于杯水车薪、几乎可以到了忽略不计的程度。事实上，细细读来，小说里有多处情节，

[1] 赵慧峰，杨爱琴. 清代的职官俸禄与廉政. 中州学刊，1997（4）：150.

均暗示或反映了清代官员俸禄偏低这一特点。例如，第53回，贾珍对儿子贾蓉道：

“除咱们这样一二家之外，那些世袭穷官儿家，若不仗着这银子，拿什么上供过年？”

第92回，冯紫英至荣府推销宝贝：

贾政道：“不用全打开，怕叠起来倒费事。”詹光便与冯紫英一层一层折好收拾。冯紫英道：“这四件东西价儿也不很贵，两万银他就卖。母珠一万，鲛绡帐五千，《汉宫春晓》与自鸣钟五千。”贾政道：“那里买得起。”冯紫英道：“你们是个国戚，难道宫里头用不着么？”贾政道：“用得着的很多，只是那里有这些银子。”

这里，贾政颇有自知之明，面对冯紫英的热情，显得很不自信，丝毫没有高收入群体的口吻。

第99回，“放了外任”的贾政拜客，由于没有足够的资金来维系日常花费，他出行的场面是什么情况呢？

隔一天拜客，里头吩咐伺候，外头答应了，停了一会子，打点已经三下了，大堂上没有人接鼓。好容易叫个人来打了鼓。贾政踱出暖阁，站班喝道的衙役只有一个。贾政也不查问，在墀下上了轿，等轿夫又等了好一回。来齐了，抬出衙门，那个炮只响得一声，吹鼓亭的鼓手只有一个打鼓，一个吹号筒。贾政便也生气说：“往常还好，怎么今儿不齐集至此。”抬头看那执事，却是搀前落后。勉强拜客回来，便传误班的要打，有的说因没有帽子误的，有的说是号衣当了误的，又有的说是三天没吃饭抬不动……

你能想象，一个五品官员的出行，竟是这样滑稽、狼狈的场面吗？

第103回，王夫人不加掩饰地跟贾琏道：

“自从你二叔放了外任，并没有一个钱拿回来，把家里的倒掏摸了好些去了。”

综上分析看来，官俸，虽然这是一项较为稳定的收益，但是，它不大可能像地租那样，成为荣府可供耗费的公共资产的主要来源。

妻之随嫁财产的特殊性在于，它“既不是资产的利润，也不是劳动

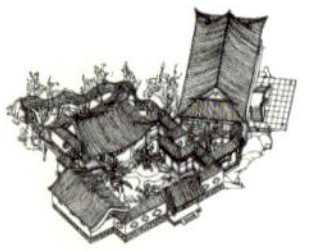

的等价报酬，而是无偿送来的财产。”[1]我们看到，红楼中的主子、奶奶，几乎每个人都有数量可观的随嫁财产。[2]例如，第72回，凤姐对贾琏道：

“我们王家可那里来的钱，都是你们贾家赚的。别叫我恶心了。你们看着你家什么石崇邓通，把我王家的地缝子扫一扫，就够你们过一辈子呢。说出来的话也不怕臊！现有对证：把太太和我的嫁妆细看看，比一比你们的，那一样是配不上你们的。”

第75回，邢大舅向贾珍抱怨姐姐邢夫人，道：

“老贤甥，你不知我邢家底里。我母亲去世时我尚小，世事不知。他姊妹三个人，只有你令伯母年长出阁，一分家私都是他把持带来……”

那么，在同居共财的体制下，这些“随嫁财产”的法律地位如何呢？是要无私地拿出来，奉献给整个家族，还是像现在婚姻法的规定，将其视为是女性的婚前个人财产，从而成为妻的“私房”或“体己”呢？对此，唐代的法律规定：“妻家所得之财、不在分限。”意思即，一个家族在分家析产时，妻的随嫁财产，不属于分割对象。由此，对妻之随嫁财产，同居共财的制度给予了区别对待。值得注意的是，对于女性随嫁财产的法律地位，清代的法律并无特别说明。对此，滋贺秀三认为：“承认之为该夫妇的特有财产，夫及其兄弟在家产分割之际，将之从分割对象中除外。这曾是自古以来的定法。虽然在明清时代的立法中未发现同样的规定，但是它也作为理所当然的东西，一定是因为没有感觉到有特别规定的必要。”[3]进一步地，我们还须注意，女性的随嫁财产，“作为特别财产被区别的是对于夫和其父母兄弟之家，绝不是对于夫个人。随嫁财产是该夫妻一体的财产，即形成‘房’之财产。由于家产分割，‘房’作为新家独立，夫因分割取得的家产份额，与从来都是‘房’之财产的妻之随嫁财产合并在一起，就形成了新家的家产。在这个阶段，而且对此后的子孙关系上，随嫁

[1] 滋贺秀三. 中国家族法原理. 北京：法律出版社，2003：412.

[2] 例外的是贾珍之妻尤氏。她的家境一般，甚至，其母亲、妹妹都要靠贾珍的接济过活。

[3] 滋贺秀三. 中国家族法原理. 北京：法律出版社，2003：411.

财产的特殊性基本上消灭。”[1]

由此，我们清楚，邢夫人、王夫人、凤姐等人的随嫁财产，既不会算作家族里“官中的”一项收益或来源，也不大可能成为自己的私产或“体己”，而是本着“夫妻一体”的原则，与夫之财产合并，成为他们的“房”之财产。那么，自然而然地，与丈夫婚姻关系的状况，会成为引发女性随嫁财产性质变化的决定性因素。对此，按照传统的法律，可以分为这样以下几种状况。

（1）女性有权利得到随嫁财产的情况。

A. 丈夫一方有明显过错而被判决离婚的情况下，随嫁财产必须返还女方。明、清律规定：

非理殴子孙之妇，及乞养异姓子孙，致令废疾者，杖八十；笃疾者，加一等，并令归宗，子孙之妇，追还嫁妆，仍给养赡银一十两；乞养子孙拨付合得财产养赡……

B. 如果双方均没有过错，基于“和离”的情形，导致婚姻关系终止，那么，随嫁财产也应该归还女方。清朝康熙年间的立法规定：

凡有夫与妻不和离异者，其女现在之衣饰嫁妆，凭中给还。若两家争斗，照律治罪。

（2）女性无权得到随嫁财产的情况。

A. 基于女方的过错，导致婚姻关系终止。这种情形下，女方无权要求返还随嫁财产。“有确凿的情况证明妻有通奸等显著的罪过而离婚时，只要夫发出一纸休书，就能够无条件地将妻赶走，不必归还随嫁财产。”[2]

B. 夫死改嫁，则女性对随嫁财产的权利无权主张。则按照明、清时的立法：

其改嫁者，夫家财产及原有妆奁、并听前夫之家为主。

[1] 滋贺秀三. 中国家族法原理. 北京：法律出版社，2003：419.

[2] 滋贺秀三. 中国家族法原理. 北京：法律出版社，2003：425.

3. 继承

第75回，众人中秋节赏月，贾赦出人意料地褒奖贾环：

“这诗据我看甚是有气骨。想来咱们这样人家，原不比那起寒酸，定要‘雪窗荧火’，一日蟾宫折桂，方得扬眉吐气。咱们的子弟都原该读些书，不过比别人略明白些，可以做得官时就跑不了一个官的。何必多费了工夫，反弄出书呆子来。所以我爱他这诗，竟不失咱们侯门的气概。”因回头吩咐人去取了自己的许多玩物来赏赐与他。因又拍着贾环的头，笑道：“以后就这么做去，方是咱们的口气，将来这世袭的前程定跑不了你袭呢。”

这里，贾环不过是写了首还算过得去的诗作，贾赦就引申地谈到未来的“世袭的前程”，而荣府里“文采精华、见之忘俗”的三小姐探春精明能干，在大观园里“兴利除宿弊”，为挽救家族的颓势而殚精竭虑，且做出了一系列有益的、建设性的努力，却并没有引起荣府里男人们的关注。显然，这涉及传统社会里，男女继承权利的差异问题。

如上所述，传统社会的家族之中，因为同居共财制度的存在，“父亲和儿子们结成了宿命性的同居共财关系，而且同居共财关系不因人的死亡而消解”，即便父亲死亡，仅仅是意味着缺少了一个共财关系人而已，财产一如既往地为儿子继续保有。由此，传统中国的继承法，只不过是“家产分割法”“在普遍的意义上的可以称为遗产继承法的内容是不曾存在过的。”[1]或许是考虑到这个特点，在言及传统中国的继承问题时，滋贺秀三先生没有使用“继承”这一法律概念，而是耐人寻味地使用了“承继”这一事实性的词汇。

那么，为什么家族财产的继承权一定专属于儿子，而不容许女儿分享呢？这可能和一种朴素的哲学观念有关：“父子是分形同气这一思想构成了中国人继承观念的根柢。父亲和儿子既是现象上的分开的个体，又是在本源上的一个生命的连续，祖先的生命在子孙之中继续生存、继续扩大的

---

[1] 滋贺秀三. 中国家族法原理. 北京：法律出版社，2003：89.

情况是事情的本质性的实体，是应该使其实现的基本型价值。”[1]基于这种“父子一体”的观念，“祖先的积蓄当然由作为其生命之继续的子孙来享受。”[1]这应该也是女儿之所以不能分享继承权的理由。因为，从来都是“父子一体”的说法，而没有“父女一体”的观念或认识。民间社会里，一直有所谓延续家族血脉、香火的说法，这里血脉、香火，是不包括女儿的。之所以如此，我想，这应该和传统的阴阳观念有一些关系吧。第31回，湘云和翠缕就有一段“阴阳”之论：

……翠缕道：“这糊涂死了我！什么是个阴阳，没影没形的。我只问姑娘，这阴阳是怎么个样儿？”湘云道：“阴阳可有什么样儿，不过是个气，器物赋了成形。比如天是阳，地就是阴，水是阴，火就是阳，日是阳，月就是阴。”翠缕听了，笑道：“是了，是了，我今儿可明白了。怪道人都管着日头叫‘太阳’呢，算命的管着月亮叫什么‘太阴星’，就是这个理了。”……

男性为阳，女性为阴。由此，阴阳的学说为“父子一体”观念提供了理论上的有力支撑，直接地否定了“父女一体”的可能性，从而把女性排除在家族财产继承人之外。作为一个传统社会家族里的未婚女子，她“对于家产没有施与任何形式的必然的、总括性的权利，即直至嫁往别人家为止，此期间可以说未婚女子只不过是暂时被娘家养着。从这个意义上，可以将其称为家之附从人员。”[2]甚至，民间社会里，一直有把女儿视为“客人”的说法。第55回，领教了探春的治家风格，荣府里的管家婆子对平儿道：

“我们并不敢欺蔽小姐。如今小姐是娇客，若认真惹恼了，死无葬身之地。”

我想，再娇贵的客人，也不会成为主人。客人是暂住的，不会久居。恰如女儿的“女大当嫁”。“娇客”的说法，也印证了滋贺秀三先生“附从人员”的判断。“相对于儿子总括性的承继家产，女儿对于家产可期待的

---

[1] 滋贺秀三. 中国家族法原理. 北京：法律出版社，2003：92.

[2] 滋贺秀三. 中国家族法原理. 北京：法律出版社，2003：353.

是：‘吃饭’即养育到结婚为止，‘受柜’即限于所谓的随嫁财产。用不着期待特别的立法，中国人传统的法意识无疑就是以自然之理为原则的。”[1]于是，我们看到，不管贾探春、薛宝钗如何出色和优秀，也不论薛蟠、宝玉、贾环等一干人如何“潦倒不通事务”、难掌家计，然而，承继家族财产的，注定是这些“须眉浊物”的儿子，而不会是冰雪聪明的女儿。女儿对家族财产的权利，仅是那份随嫁财产而已。需要说明的是，既然对于家族财产，女儿不享有继承的权利，那么，对于家族债务，女儿也没有偿还的义务呢？“父欠债子当还”的谚语，其中，这个“子”，是专指儿子的，而不包括女儿。这样一种制度上的安排，与我们今天所熟知的“权利与义务一致性”的说法大致是吻合的。

第36回，凤姐向王夫人汇报道：

“袭人原是老太太的人，不过给了宝兄弟使。他这一两银子还在老太太的丫头分例上领。如今说因为袭人是宝玉的人，裁了这一两银子，断然使不得。若说再添一个人给老太太，这个还可以裁他的。若不裁他的，须得环兄弟屋里也添上一个才公道均匀了。”

第55回，探春跟气急败坏的赵姨娘道：

“凡爷们的使用，都是各屋领了月钱的。环哥的是姨娘领二两，宝玉的是老太太屋里袭人领二两，兰哥儿的是大奶奶屋里领……”

“也不但袭人，将来环儿收了外头的，自然也是同袭人一样。”

许多人都注意到，因为“没有生在太太的肚子里”，贾环在荣府不怎么受人待见。[2]可是，凤姐、探春的话，反映了在家族日常生活的治理上，至少在表面上，作为荣府里庶子的贾环，和作为嫡子的宝玉一样，享受着平等的权利和待遇。这种观念当然也表现在继承领域。传统社会里，儿子的类别大约可以分为三种，第一种是正妻所生之子，这是嫡子。第二种由不是正妻但相应地在正常关系的范围的妾、婢所生之子，这是庶子。第三种由违法关系所生的子，也就是“奸生之子”。关于他们各自的继承

[1] 滋贺秀三. 中国家族法原理. 北京：法律出版社，2003：361.

[2] 关于贾环的更多情况，参见张未然《法意·红楼：一个法律人的“读红”札记》，中国政法大学出版社，2012年版。

权利，明清时代的立法有这样的规定：

凡嫡庶子男，除有官荫袭，先尽嫡长子孙，其分析家财田产，不问妻、妾、婢生，止依子数均分；奸生之子，依子数量半分；如无别子，立应继之人为嗣，与奸生子均分；无应继之人，方许承绍全分。

由此，就家族的财产继承而言，嫡子和庶子的继承权利是完全平等的，受到区别对待的仅是“奸生之子”。

基于现代法学的知识，我们清楚，法定权利和现实权利之间是存在一定距离的。法律的规定往往很难原原本本地在生活中实现。虽然法律上确立了嫡子、庶子“均分”的原则，但是，现实生活里，庶子的平等继承权未必能够得到人们充分的尊重。例如，上述我们提到的，女性的随嫁财产，就不大可能为庶子所继承。

按前所述，女性婚后，其随嫁财产与丈夫的财产混合，形成“房”之财产，其特殊性也随之消失。由此，在理论上，随嫁财产当然属于儿子们均分的范畴。然而，社会生活却有着自己的逻辑。康熙朝状元、翰林院侍讲彭定求在为诸子分家时，分给嫡出的两个儿子各200亩土地，庶出的三个儿子各120亩。他解释分配不均的原因说：按照法律规定，田产应嫡庶均分，但因已故嫡妻李安人有奁田在内，嫡出的两子并非无故多分。[1]这里，作为状元、翰林，彭定求当然清楚“嫡、庶均分”的法律原则，可是，他还是预先将妻之随嫁财产在全部的家产中单列出来，只在嫡子间进行分配，使其排除在嫡、庶均分的范畴之外，也在事实上否定了庶子对嫡母随嫁财产的继承权。由此，妻之随嫁财产不大可能无差别地在诸子间均分，而往往被传给妻之子独占。由第75回，凤姐和贾琏的对话，我们得知，王夫人的随嫁财产，应该是一笔庞大的数目，作为庶子的贾环，他能期待分一杯羹吗？

---

[1]《彭氏宗谱》，影印本。转引自毛立平：清代妇女嫁妆支配权的考察. 史学月刊，2006(6)：103.

4. 户绝

户绝，是继承人缺失的一种状态。由前述我们清楚，未婚女子，实质上是家庭中的“附从人员”，无法担负起传宗接代、延续家族香火的任务。因而，这里的继承人缺失，即指没有儿子。一个家庭之中，丈夫死亡，妻子也死亡或改嫁，没有儿子，即便有女儿，这个家庭也被视为户绝。第79回，香菱向宝玉介绍夏金桂的家世，道：

“他家本姓夏，非常的富贵，其余田地不用说，单有几十顷地独种桂花，凡这长安城里城外桂花局俱是他家的，连宫里一应陈设盆景亦是他家贡奉，因此才有这个浑号。如今太爷也没了，只有老奶奶带着一个亲生的姑娘过活，也并没有哥儿兄弟，可惜他竟一门尽绝了。”

这里，香菱说桂花夏家“一门尽绝”，即户绝，严格地讲，这种说法是有失准确的。传统社会里，“由于妻子是代表丈夫人格的人，就算丈夫死亡而无子，只要有妻子，一家的命脉就没有断绝。即不是户绝。”[1]虽然夏金桂的父亲去世，家中也没有儿子，但其母亲尚在，因此，严格说来，夏家的情况并非处于标准的户绝的状态，符合户绝条件的是林黛玉一家。我们知道，林如海夫妇先后死亡，且膝下无子，只有女儿黛玉，这样一种家庭状态，属于典型的户绝。“花谢花飞飞满天，红消香断有谁怜？”林黛玉无尽的愁怨悲苦之中，注定夹杂着家世飘零的感叹。

立嗣是户绝的救济措施。夏家就通过立嗣来延续家族命脉。第91回，在夏金桂处，薛姨妈无意之中遇见夏三：

金桂道：“太太请里头坐。没有外人，他就是我的过继兄弟，本住在屯里，不惯见人，因没有见过太太。今儿才来，还没去请太太的安。”薛姨妈道：“既是舅爷，不妨见见。”金桂叫兄弟出来，见了薛姨妈，作了一个揖，问了好。薛姨妈也问了好，坐下叙起话来。薛姨妈道：“舅爷上京几时了？”那夏三道：“前月我妈没有人管家，把我过继来的。前日才进京，今日来瞧姐姐。”

[1] 滋贺秀三. 中国家族法原理. 北京：法律出版社，2003：323.

此处，夏三是由夏母选定的嗣子，这种在被继承人死亡后由寡妻来选定人选，进行的立嗣，称为“立继”；若夫妇均死亡，由亲属合议的立嗣称为“命继”。这两种途径产生的嗣子，他们对家庭财产的继承权利是不一样的。例如，夏三，这种通过“立继”的程序而确立的嗣子，可以继承夏家的全部财产。即“在立继的情况下，就全部财产应该被嗣子包括性地承继来说是毫无置疑余地的。”而通过命继方式选定的嗣子，最大限度不过取得家产的三分之一。[1]

就林家而言，立继、命继的情形均不存在，那么，问题是，在户绝的情况下，作为女儿的黛玉对家产享有什么样的权利呢？明清时期的立法规定：

户绝财产，所有亲女承受。无女者，听地方官详明上司，酌拨充公。

在此，法律虽然承认女儿对户绝财产的权利（唐、宋时期的法律均认可应归属女儿），但是，女儿要实现这一权利，须满足一项前置性条件，即“果无同宗应继之人”，其立法意图在于，在户绝的情况下，“应该尽可能立个嗣子以谋求家的存在，在没有适格者致使这件事成为不可能的时候才应该采取清算家产，授予女儿这样的措施。”[2]由此，即便在户绝的情况下，女儿也不见得能够继承家产。作为户绝财产，“至少作为清朝以后社会上的实际情况，在这时应该注意不一定给女儿财产。”[3]具体到林黛玉这一个案，林家宗族并非像贾母说的那样，“都死绝了”，这只是她哄宝玉开心的权宜之词罢了。由第2回“冷子兴演说荣国府”，我们清楚，尽管“林家支庶不盛，子孙有限”，但林如海还是有几门堂族的。既然如此，对于林如海的丰厚家产（林如海为盐官，在那个时代，这被公认为是一个有着丰厚回报的职位），并非找不出一个“同宗应继之人”。据此，一旦前置性条件不存在，那么，黛玉不见得能够实现家产的继承。诉诸普通人的情感，这一定不是林如海所乐见的。那么，在法律层面上，林黛玉进贾府，就很容易被演绎成为一场规避法律、资产转移的行为。小说里，有几处情

[1] 滋贺秀三. 中国家族法原理. 北京：法律出版社，2003：323.

[2] 滋贺秀三. 中国家族法原理. 北京：法律出版社，2003：322.

[3] 滋贺秀三. 中国家族法原理. 北京：法律出版社，2003：329.

节显得颇为微妙，例如：第72回，言及外祟的勒索，贾琏向凤姐道：

“昨儿周太监来，张口一千两。我略应慢了些，他就不自在。将来得罪人之处不少。这会子再发个三二百万的财就好了。”

第75回，甄家被抄，往荣府转移财物：

话说尤氏从惜春处赌气出来，正欲往王夫人处去。跟从的老嬷嬷们因悄悄的回道：“奶奶且别往上房去。才有甄家的几个人来，还有些东西，不知是作什么机密事。奶奶这一去恐不便。”尤氏听了道：“昨日听见你老爷说，看邸报甄家犯了罪，现今抄没家私，调取进京治罪。怎么又有人来？”老嬷嬷道：“正是呢。才来了几个女人，气色不成气色，慌慌张张的，想必有什么瞒人的事情也是有的。”

我们清楚，至贾政辈，贾府已属末世，“外面架子虽未甚倒，内囊却也尽上来了。”那么，此种情况下，贾府有什么样的机遇或可能一下子发“三二百万的财”呢？由此，贾琏的这句话是非常耐人寻味的。由第75回的情节，我们得知，甄家被抄之际，确有向贾府转移资产。那么，贾府能冒着巨大的政治风险，为甄家资产提供庇护，就没有理由把自家女婿的要求拒之门外吧。这样看来，林黛玉入贾府的背后，还隐藏着资产转移的秘密，一个父亲为女儿的将来打算的良苦用心。尽管证据不那么确凿，至少，这应该算是一项“合理怀疑”吧。

男婚女嫁

“一个是阆苑仙葩，一个是美玉无瑕。若说没奇缘，今生偏又遇着他；若说有奇缘，如何心事终虚化？……”一曲《枉凝眉》，道尽了宝、黛苦恋的辛酸。人们在欷歔这段爱情悲剧的同时，对那个时代尤其是那个时代的婚姻制度产生了深刻怀疑。这里，我们视野放宽，以小说中的情节为经验型素材，结合当时的法律规则，来全面、真切地认识和了解传统社会的婚姻制度。

1. 婚龄

早婚的规定是传统婚姻制度的一项重要内容。俗话说：男大当婚，女大当嫁。这个规则今天仍然适用。然而，若做一个比较的话，传统和现代，这里“大”标准是不一样的，今天，一个二十五六岁的未婚男、女，并不算“大”，而按照传统社会的婚龄，这已经算很“大”了，以至于要划到“剩”的范围之中。《钦定大清通礼》中，对男女的结婚年龄有这样的规定：“男年十六以上，女年十四以上，身及主昏者，无期以上服，皆可行。”[1]意思是，青年男女，只要不违背服丧期间的禁止性规定，到此年龄，就可以结婚。以此，我们来考察一下小说中的描写：

第6回，言及王熙凤，刘姥姥说：

“这凤姑娘今年大还不过二十岁罢了，就这等有本事，当这样的家，

[1] 郭松义. 伦理与生活：清代的婚姻关系. 北京：商务印书馆，2000：180.

可是难得的。”

这里，按照刘姥姥的说法，凤姐的年龄也就二十岁的样子，此时她不但已经结婚，而且还生育了女儿巧姐。

第22回，就如何给宝钗过生日这一问题上，凤姐商量贾琏，言道：

“……但昨儿听见老太太说，问起大家的年纪生日来，听见薛大妹妹今年十五岁，虽不是整生日，也算得将笄之年。老太太说要替他作生日。想来若果真替他作，自然比往年与林妹妹的不同了。”

这里的“将笄之年”是需要留意的。按照传统的礼法，男曰“加冠”，女曰“及笄”，男子“加冠而婚”，女子“及笄始嫁”。笄，即簪子。“将笄之年”具体是指女孩子到了十五岁。此时，按照礼法，要给女孩子举行一个名曰“受笄”的成人仪式：在十五岁之前，她们只能梳小辫、打丫髻，或者散发覆额。而在受笄礼上，要改变幼年的发式，将头发绾成一个髻，然后用一块黑布将发髻包住，随即以簪插定发髻。表示女子成年，可以结婚。对传统社会的女孩子而言，这一时刻无疑是重要的，因此，王熙凤给宝钗过十五岁的生日，就显得格外慎重。

第29回，清虚观的张道士给宝玉提亲，道：

“前日在一个人家看见一位小姐，今年十五岁了，生的倒也好个模样儿。”

第72回，凤姐向贾琏介绍道：

“不是什么大事。旺儿有个小子，今年十七岁了，还没得女人，因要求太太房里的彩霞，不知太太心里怎么样，就没有计较得。”

第79回，薛蟠与夏金桂成亲，写道：

“原来这夏家小姐今年方十七岁，生得亦颇有姿色，亦颇识得几个字。”

由以上这些描写，我们看到，《红楼梦》中，男女之间谈婚论嫁，年龄大致在十五岁到十七岁（虚岁）这个范围，这也大致反映了那个时代的社会风貌及法律与生活之间的联系。需要注意的是，这个年龄专指结婚的年龄。至于聘定，也就是定亲的年龄，由于缺乏一个确定性的范围，现实生活中则一直有早聘的习俗。也即传统社会里，就婚姻关系而言，不但有早婚，而且还存在早聘。

两人在幼儿阶段订婚，十几年之后才结婚。这在我们今天来说，是难以想象的事情。然而，在传统社会里，这几乎是普遍存在的现象，这一做法的弊端非常明显：由于从定亲到结婚，跨度十几年的时间，期间人事沉浮，充满了不确定性因素，极易引发纠纷，从而给社会秩序带来困扰。基于此，早聘并没有得到国家法的支持。《清律》规定：

男女婚姻各有其时，或有指腹、割衫襟为亲者，并行禁止。

意思是家长为子女选聘，没必要太早，像指腹婚或在子女尚处于婴幼儿时期，割下孩子的衣服一角以此作为聘定信物的做法，应当禁止。由此，这在法律上明确否定了“指腹婚”的做法。然而，在强大的民间习惯面前，这条国家制定法几乎被虚置。事实上，民间一直有“娃娃亲”“指腹婚”的说法，如尤二姐与张华即是一例。第64回介绍：

却说张华之祖，原当皇粮庄头，后来死去。至张华父亲时，仍充此役，因与尤老娘前夫相好，所以将张华与尤二姐指腹为婚。后来不料遭了官司，败落了家产，弄得衣食不周，那里还娶得起媳妇呢。尤老娘又自那家嫁了出来，两家有十数年音信不通。今被贾府家人唤至，逼他与二姐退婚，心中虽不愿意，无奈惧怕贾珍等势焰，不敢不依，只得写了一张退婚文约。尤老娘与了二十两银子，两家退亲不提。

这里，尤老娘其实没有必要退给张家银子，来郑重其事地为二姐退婚，因为按照方才提及的规则，张华与尤二姐之间的婚约自始就是无效的。然而，有意思的是，围绕着张华与尤二姐之间的婚姻纠纷问题，几乎没有人提及“指腹婚禁止”这项规则，或者，从没有人怀疑过张华和尤二姐之间婚约的合法性，这是非常有意思的现象。我们看到，一项本来无效的婚约，尤老娘乖乖地退了银子；以存在“指腹婚”为把柄，第68回，王熙凤暗中指示张华，理直气壮告贾琏“杖财倚势，强逼退亲”；而受理该案件的察院起先驳回张华的诉讼请求，其理由并不是基于“指腹婚”的效力问题，而是“只说张华无赖，以穷讹诈”，之后受了凤姐的贿赂，又转而支持张华的请求，“……其所定之亲，仍令其有力时娶回。”这是非常荒唐、可笑的，这样的司法几乎行驶在没有法律航标的河流上；如果说察院在这里是“葫芦僧乱判葫芦案”的话，那么，见多识广、人生阅历丰富的贾母竟也对此没有丝毫的怀疑。第69回，听闻因为尤二姐，贾家惹上官司：

贾母听了，忙唤了尤氏过来，说他作事不妥，“既是你妹子从小曾与人指腹为婚，又没退断，使人混告了。”尤氏听了，只得说：“他连银子都收了，怎么没准。”……贾母道：“又没圆房，没的强占人家有夫之人，名声也不好，不如送给他去。那里寻不出好人来。”尤二姐听了，又回贾母说：“我母亲实于某年月日给了他十两银子退准的。他因穷急了告，又翻了口。我姐姐原没错办。”

可见，不论凤姐、察院，贾母、尤氏、尤二姐，包括贾珍、贾琏、贾蓉等一干人，大家的注意力都在尤二姐是否退婚这一问题上，而丝毫没有人怀疑过指腹婚本身的效力。这项规则真的具有法律效力的话，怎么可能是这样的结果呢？由此，国家法中，顺遂民情的早婚制度得到普遍的遵行，而同民意相违的早聘禁止制度却遭到了人们普遍的抵制。此处，我们体察到一种存在于制定法与习惯法之间的紧张关系。

2. 择偶

第29回，张道士给宝玉提亲，贾母道：

“……上回有和尚说了，这孩子命里不该早娶，等再大一大儿再定罢。你可如今打听着，不管他根基富贵，只要模样配的上就好，来告诉我。便是那家子穷，不过给他几两银子罢了。只是模样性格儿难得好的。”

起初读到这里，我总觉得，贾母的这番话并不真诚，言辞里颇多炫耀性的成分，来凸显宝玉在婚姻市场上的家族优越感。或许，此时宝玉年纪尚幼，婚娶还早，贾母只是玩笑式的随便这么一说而已。毕竟，清虚观也不是讨论宝玉婚事这样一个重大议题的恰当场所。然而，第84回，面对贾政，贾母极为正式把她的这个观点重新表达了一遍：

贾母又道：“提起宝玉，我还有一件事和你商量。如今他也大了，你们也该留神看一个好孩子给他定下。这也是他终身的大事。也别论远近亲戚，什么穷啊富的，只要深知那姑娘的脾性儿好模样儿周正的就好。”

按照贾母的说法，宝玉择偶的条件只是模样、性格，其他一概不论。

我想，这个标准未免过于理想化了，也是非常片面的，并不能够反映当时人们择偶的社会倾向。当时的社会上，择偶时更注重的标准或许不是贾母所说的性格、模样，而是要讲究“门当户对”，以及考虑诸多的制度限制。

清代著名清官于成龙在其亲书的“治家规范”中，谈到嫁娶原则时认为：“结亲惟取门当户对，不可高攀，亦不可就下”。[1]这里，他把“门第”作为择偶的首要标准，是非常有代表性的。我们看到，红楼梦中，在婚姻的选择上，门当户对的观念体现的非常充分：如“一荣俱荣、一损俱损”的四大家族、黛玉父母的结合、贾母本人“硬做保山”的薛蝌与邢岫烟的婚事，均是“门当户对”观念的具体实践。对此，书中还有更直接的描写：

第25回，王熙凤拿宝玉、黛玉开玩笑，凤姐笑道：

“你做梦！你给我们家做了媳妇，少什么?”指宝玉道：“你瞧瞧，人物儿，门第配不上？根基配不上？模样配不上？家私配不上？那一点还玷辱了谁呢?”

第72回，谈及来旺家小子和彩霞，凤姐对贾琏说：

“我想他两家也就算门当户对的，一说去自然成的，谁知他这会子来了，说不中用。”

第79回，关于迎春的婚事：

贾赦见是世交之孙，且人品家当都相称合，遂青目择为东床娇婿。

关于薛蟠的婚事，香菱对宝玉说：

“你哥哥一进门，就咕咕唧唧求我们奶奶去求亲。我们奶奶原也是见过这姑娘的，且又门当户对，也就依了。”

第99回，关于探春的婚事：

贾政看了，心想：“……他写书来问。我看起门户却也相当，与探春到也相配。”

由此，不论是大家素日里开玩笑，还是正式的婚姻缔结，门第、根基始终是择偶时需要考量的重要因素。相反，贾母注重的性格、模样倒是少

---

[1] 郭松义. 伦理与生活：清代的婚姻关系. 北京：商务印书馆，2000：58.

有提及。更甚至，在择偶时，有部分人太过注重门第，造成了“高不成、低不就”的局面，以致成为“剩女”“剩男”，小说里，傅秋芳就是一个例子。[1]

除了关注门第，人们在择偶对象的选择上，也要留意法律对此做出的限制或禁忌，具体地，清代的法律存在同姓不婚、良贱不婚、亲属不婚等诸多禁止性规定。同姓不婚是一个很久的传统禁忌，之所以有这样的限制，瞿同祖先生认为，除了伦常的关系外，还有生物上的理由。古人都相信同姓的结合，对于子孙是有害处的。这样结合，后代不会繁殖，甚至还有灾疾的危险。明、清的法律中规定，凡同姓为婚者各杖六十，离异。[2]“良贱不婚”的制度规定，也是民间讲究“门当户对”观念的一条重要依据。按照贾母的说法，宝玉的择偶标准，“只要模样配的上就好”，那么，晴雯就非常符合这两条标准。她是贾府里最美丽的丫鬟。贾母对她也非常中意，第78回，贾母道：

“……但晴雯那丫头我看他甚好，怎么就这样起来。我的意思这些丫头的模样爽利言谈针线多不及他，将来只他还可以给宝玉使唤得。……”

然而，我们能想象贾母允许宝玉娶晴雯为妻吗？基于良贱不婚的制度规定，这根本是不可能的事情。“霁月难逢，彩云易散，心比天高，身为下贱”，因为自己的出身，不论晴雯多么美丽，也只得是“多情公子空牵念”。在宝玉择偶标准这一问题上，贾母言道“也别论远近亲戚……”，这也是有待商榷的。传统社会，极端重视伦常，为维系人际间“尊尊、亲

---

❶ 关于傅秋芳，小说第35回介绍道：“因傅秋芳有几分姿色，聪明过人，那傅试安心仗着妹妹要与豪门贵族结姻，不肯轻意许人，所以耽误到如今。目今傅秋芳年已二十三岁，尚未许人。争奈那些豪门贵族又嫌他穷酸，根基浅薄，不肯求配。”

❷ 但是，象上文言及的早聘禁止的规定一样，此处，我们也要注意法律与社会的距离。对现实生活而言，此种规定只是一纸空文，它只是“纸面上的法”，并没有成为“行动中的法”。“自从姓氏失去原来的意义，同姓并不一定是同血缘的标志时，同姓不婚的禁忌也就失去原义，逐渐成为历史上的陈迹了。法律上仍旧保留这种规定，实际上已与社会脱节，渐成具文。从《刑案汇览》中我们可以发现许多妻与夫同姓的例子，更重要的是法律所采取的不干涉主义。法律自法律，人民自人民的情形。没有一个个案是单纯为同姓不婚而涉讼的，即因其他案件而被发现，问官对此也不加追问，并不不强其离异。”（参见瞿同祖. 中国法律与中国社会. 北京：商务印书馆，2010：105.）

亲”的伦常秩序，法律对亲属间结婚的情形做出了具体的规定，男女之间具有以下情形的，不许结婚：其一、有服属而又尊卑辈分不同者，舅与甥女，姨与姨甥自在禁忌之例，违者以奸论，强制离异。其二、便是虽已无服而尊卑相犯者，如父母之姑舅两姨姊妹（表姑、表姨）、姨、堂姨（祖姨母、从祖姨母）、母之姑、堂姑（外祖姑、外堂祖姑）、己之堂姨、再从姨、及卑于己之堂外甥女、女婿之姊妹、子媳孙媳之姊妹，皆不可通婚。违者各杖一百，并离之。[1]有必要说明的是，明、清律还设立了专门的条款禁止姑舅两姨姊妹为婚，[2]违者杖八十，并责令离异。之所以禁止中表婚，主要不是基于优生学的考虑，而是基于伦理，因为姑舅两姨姊妹均“为服缌麻”，血缘关系很近，即不能“乱之以婚姻”。曾国藩在家书中也称：“中表为婚，此俗礼之大失。”[3]然而，我们看到，红楼梦里中表婚还不少，如宝玉与黛玉属于姑舅姊妹，而与宝钗属于两姨姊妹，黛玉和宝钗，宝玉无论娶谁，都是违法的；尽管是私订终身，司棋和潘又安也属于姑舅姊妹。第74回，王善保家的道：

“司棋的姑妈给了潘家，所以他姑表兄弟姓潘。上次逃走了的潘又安就是他表弟。”

还有，薛蟠和夏金桂之间也有类似的关系，第79回：香菱告诉宝玉：

“……当年又是通家来往，从小儿都一处厮混过。叙起亲是姑舅兄妹，又没嫌疑。”

一方面是法律的明令禁止，而另一方面人们似乎对“亲上加亲”乐此不疲，这条法令的实效同样值得怀疑，或者，这是另外一处“法律自法律，人民自人民”的现象。[4]此外，清代的制度中还有旗民不婚、禁娶奸逃、僧道不婚等其他规定。所谓旗民不婚，也就是满汉不婚。[5]清律规定：

---

❶ 瞿同祖. 中国法律与中国社会. 北京：商务印书馆，2010：108.

❷ 姑舅两姨姊妹为婚，通常被称为：中表婚。

❸ 郭松义. 伦理与生活：清代的婚姻关系. 北京：商务印书馆，2000：84.

❹ 清代才明定条例：“其姑舅两姨姊妹为婚者听从民便”。

❺ 禁止满汉通婚的规定，一直到清末光绪二十七年（1901年），才正式宣布开禁。（郭松义. 伦理与生活：清代的婚姻关系. 北京：商务印书馆，2000：41.）

凡娶自己犯罪已发在官而逃走在外之妇女为妻妾，知逃走之情者，与同其所犯之本罪。

凡僧道娶妻妾者，杖八十，还俗。……若僧道假托亲属或僮仆为名求娶，而僧道自占者，以奸论。

据此，秦钟和馒头庵里的智能儿的这段感情，注定是没有结果的。

综上，传统社会里，门第观念及诸多的婚姻禁忌是确立婚姻关系应予考虑的重要因素，也是男女之间择偶时的首要标准，这些观念、禁忌深入人心，影响着人们的生活。面对张道士、贾政，贾母之所以单单强调性格、模样，而没有言及门第、禁忌，并不是贾母对此不熟悉、不清楚或予以漠视，而是因为这些因素早已经成为一种不证自明的社会共识，即便不提，也不会引起对方的歧见。

3. 主婚人

第95回，贾母、王夫人等与薛姨妈商谈了宝玉、宝钗两人的婚事，随后，薛姨妈来征求女儿的意见，说道：

“虽是你姨妈说了，我还没有应准，说等你哥哥回来再定。你愿意不愿意？”宝钗反正色的对母亲道：“妈妈这话说错了。女孩儿家的事情是父母做主的。如今我父亲没了，妈妈应该做主的，再不然问哥哥。怎么问起我来？”

我们知道，薛宝钗是一个非常有主见的女孩子，在许多家族事务的处理上，都有自己理智的判断，作为家长的薛姨妈也对女儿的意见非常尊重，几乎是言听计从。例如，围绕着薛蟠被打、薛蟠外出做生意、薛蟠与夏金桂纠纷等事务的处理上，薛姨妈无不听从女儿的建议。然而，我们看到，薛宝钗面对自己（也是对任何一个女孩子而言）一生中最重要的问题，即婚姻问题，却选择了沉默。自己的婚事，与自己无关。这里宝钗的回答，算得上是标准答案。传统社会里，婚姻的目的并不是男女两个人以后的幸福生活，而是承载着“合两姓之好，上以事宗庙，下以继后世”这样宏大而又沉重的主题。因此，男女的结合基本不考虑当事人的个人意愿。“直系尊亲属，尤其是男性的直系尊亲属，有绝对的主婚权。他的意志可以命令他的子女与任何一定的人结婚，社会和法律都承认他在这方面的威权，予以强有力的支持，不容子女违抗。”也就是说，子女的婚姻问题，完全取决于父母的意志，而与子女的意志无关。这就是所谓的“父母之命”吧。第79回，关于迎春的婚事：

贾赦见是世交之孙，且人品家当都相称合，遂青目择为东床娇婿。

你觉得这是贾赦在给自己的女儿迎春找终生之伴侣呢，还是在给自己找女婿？第92回，司棋冒死恳请母亲成全她和表弟潘又安，其言辞令人动容，而她的母亲却说：

“你是我的女儿，我偏不给他，你敢怎么着？”

这句话如此的强势、自信，当然是获得了制度支持的。❶

具体到主婚权的顺序，基本的原则是，“嫁娶皆由祖父母、父母主婚，祖父母、父母俱无者从余亲主婚。”直系尊亲属祖父母、父母为第一顺序人，为当然主婚人；其次是，期亲尊长，如伯叔父母、姑、兄、姊，为第二顺序人；再次为期亲以外的尊亲属，为第三顺序人。例如，宝玉、宝钗的婚事，经由贾母、王夫人、贾政、薛姨妈议定，他（她）们是宝钗、宝玉的第一顺序的主婚人。薛蝌和邢岫烟的婚事，是由薛姨妈和邢夫人做主的，她们各自是两个人的伯母和姑姑，傅秋芳的婚事是要由其哥哥傅试做主；贾赦意欲强娶鸳鸯时，无法通知鸳鸯的父母，就找来了鸳鸯的哥哥金彩，他们均为第二顺序的主婚人。还有柳湘莲。第66回，柳湘莲从宝玉处了解了尤三姐的情况，后悔答应了这门亲事。于是，他找到贾琏，便说：

“客中偶然忙促，谁知家姑母于四月间订了弟妇，使弟无言可回。若从了老兄背了姑母，似非合理。若系金帛之订，弟不敢索取，但此剑系祖父所遗，请仍赐回为幸。”

我们清楚，这个悔婚的理由是柳湘莲杜撰出来的，真实的原因是他厌弃尤三姐不贞洁，他曾对宝玉直言：

---

❶ 就子女的婚姻，同时我们也看到，薛姨妈征求过宝钗的意见；荣府的厨娘柳家的征求过女儿五儿的意见，五儿不同意，柳家的就没答应钱槐的求婚。就与贾琏的婚事，尤老娘征求过二姐的意见。由此，是不是可以说，对“父母之命”，我们也不应该做绝对的理解呢？

“你们东府里除了那两个石头狮子干净，只怕连猫儿狗儿都不干净。”

可是，这个情况是不好当面向贾琏明说的。因此，他编造了姑姑已为其定亲的理由。尽管属于虚构，但柳湘莲的理由在法律上是成立的。第47回介绍道：

那柳湘莲原是世家子弟，读书不成，父母早丧，素性爽侠，不拘细事，酷好耍枪舞剑，赌博吃酒，以至眠花卧柳，吹笛弹筝，无所不为。

由此，因为柳湘莲的父母已经去世，他便缺少了第一顺序的主婚人，那么，作为期亲尊长，他的姑姑就应该为其主婚，来行使这一个权力。这在法律上完全没有问题。此外，还有一个问题，柳湘莲允诺贾琏，同意与尤三姐的婚事时，恰漂泊在外，按照柳湘莲的说法，在此期间，他的姑姑给他定了一门婚事。那么，两者冲突的情形该如何解决呢？贾琏能不能以柳湘莲的允诺在前，而其姑姑所订之亲在后，来进行抗辩呢？按照当时制度的规定，“子女即使在成年以后，即使仕宦买卖在外，也没有婚姻自主权，除非得了父母的同意。如果自行在外订有婚约而父母或其他有主婚权的尊长在家里又为做主定亲，后者之成立虽晚于前者，只要尚未成婚，前者便属无效，断不能以在外订约且订约在前的理由来搪塞，否则是要受一百或八十的杖刑的。”[1]由此看来，柳湘莲想出这么个理由，应该是费了一定心思的。

那么，黛玉的主婚人是谁呢？很明显，黛玉父母皆亡，寄居荣府，也就没有第一顺序的主婚人。且关于林家家世，第2回，介绍道：

“……至如海，便从科第出身。虽系钟鼎之家，却亦是书香之族，只可惜这林家支庶不盛，子孙有限，虽有几门，却与如海俱是堂族而已，没甚亲支嫡派的。”

第57回，紫鹃也说：

“林家实没有人口，纵有也是极远的。”

由此，黛玉没有伯叔父母、姑、兄、姊等期亲尊长，看起来也不存在第二顺序的主婚人。但是，这里须要注意，外祖父母尽管不属于期亲尊

[1] 瞿同祖. 中国法律与中国社会. 北京：商务印书馆，2010：115.

长，但根据明、清的法律，将外祖父母视为期亲主婚人之内。由此，尽管同属于期亲外尊长，作为外祖母，贾母是黛玉的第二顺序的主婚人，而贾赦、贾政、王夫人等，属于第三顺序主婚人，在黛玉的婚事上，贾母要比其他人更有发言权。第57回，紫鹃对黛玉说：

“倒不是白嚼蛆，我倒是一片真心为姑娘。替你愁了这几年了，无父母无兄弟，谁是知疼着热的人？趁早儿老太太还明白硬朗的时节，作定了大事要紧。俗语说，‘老健春寒秋后热’，倘或老太太一时有个好歹，那时虽也完事，只怕耽误了时光，还不得趁心如意呢。”

这里，紫鹃的判断还是有眼光的。在长辈中，不但贾母是最关心黛玉的人，即便在法律上，对黛玉的婚事而言，她老人家也是最关键的角色。[1]

需要说明的是，本着权利与义务一致的原则，主婚人不但行使权力，也须负担一定的义务。由前文分析，我们清楚，传统社会里的婚姻，存在诸多的法律限制，如果违反了这些限制，就要承担责任。由于婚姻的自主权根本不在本人，那么，对违法婚姻的惩罚自然及于主婚人。清律规定：

凡嫁娶违律，若由男女之祖父母、父母、伯叔父母、姑、兄、姊、及外祖父母主婚者，违律之罪。独坐主婚，男女不坐。……其男女被主婚人威逼，事不由己，若男年二十岁以下，及在室之女，虽非威逼。亦独坐主婚，男女俱不坐。

---

[1] 虽然贾母在黛玉婚事的问题上，角色如此关键和重要，然而，有意思的是，对“木石前盟”，前80回里，她老人家始终没有表达过立场和看法。正是苦于自己的终身大事“无人主张”，黛玉终日惴惴，为此“弄了一身的病”。这也在一定程度上说明宝、黛之恋的局限性。在那个年代里，他们的这段因自由恋爱而生的苦恋故事，与其说体现了对传统的某种叛逆，不如说深深局限于那个年代的体制之中，无法挣脱。以黛玉为例，她跟袭人叫嫂子，反映了其对妻妾制度的认同；她非常介意宝玉的拉拉扯扯，她写了“秋窗风雨夕”，接着又把它烧掉，以防止宝玉传到外面，反映了她对男女有别的认同；面对宝钗的“审问”，一向聪明的她竟然没能进行常识性的抗辩（她完全可以反问宝钗：“如果此前你没有读过禁书，怎么会知道‘良辰美景奈何天’的出处？”），反而被宝钗的道理深深折服。这说明，黛玉一直认可主流的价值观，尽管读《西厢记》会“如醉如痴”，可是她在内心里认为这么做是不好的。由此，除了无休止地纠结、试探，他们再也没能向前跨出半步。“莫怨东风当自嗟”，第63回里，黛玉抽到的这支签，是否暗示了对自己人生悲剧的一种反思呢？也即，宝黛的爱情悲剧，不能只是归责于当时的制度，每一个悲剧都离不开具体的行动者。很大程度上，也有他们自身的因素。

很明显，由于第一、二顺序的主婚人权力较大，他（她）们的意志，子孙晚辈一般不敢违背，因此，在责任分配上，强调“独坐主婚”。而对于第三顺序的主婚人，由于“这一类的亲属关系最疏，所以只是名义上的主婚人，实际上并没有专断的权力，而须征求本人的同意。”[1]因此，对违律婚姻的责任分配，“事由主婚，主婚为首，男女为从；事由男女，男女为首，主婚为从。”也就是说，对期亲外尊长主婚责任的追究，要视主婚人、当事人在婚姻缔结过程中所起的作用而定。

4. 媒人

第57回，薛姨妈对薛林道：

“……你们女孩家那里知道，自古道：‘千里姻缘一线牵’，管姻缘的有一位月下老人，预先注定，暗里只用一根红丝把这两个人的脚绊住，凭你两家隔着海，隔着国，有世仇的，也终久有机会作了夫妇。这一件事都是出人意料之外，凭父母本人都愿意了，或是年年在一处的，以为是定了的亲事，若月下老人不用红线拴的，再不能到一处。”

这里，对年轻人的婚姻，薛姨妈作出了一种近似“神秘主义”的解读。在传统社会里，这应该也是一种非常有代表性的说法吧。殊不知，这种神秘的、宿命论的观点本是虚无缥缈的，在年轻人的结合过程中，我们看到的，更多是有迹可查的现实因素。除了上述分析的“父母之命”，还有“媒妁之言”。

《诗经》言：“伐柯如之何，匪斧不克；娶妻如之何，匪媒不得。”戏曲《花为媒》里，也有“天上无云不下雨，地上无媒不成婚”的说法，足见媒人在传统婚姻中不可或缺的地位。第89回，黛玉的丫鬟雪雁道：

“前儿不是叫我到三姑娘那里去道谢吗，三姑娘不在屋里，只有侍书在那里。大家坐着，无意中说起宝二爷的淘气来，他说宝二爷怎么好，只会顽儿，全不象大人的样子，已经说亲了，还是这么呆头呆脑。我问他定了没有，他说是定了，是个什么王大爷做媒的。那王大爷是东府里的亲

---

[1] 瞿同祖. 中国法律与中国社会. 北京：商务印书馆，2010：116.

戚，所以也不用打听，一说就成了。”

事后证明，雪雁听来的是一个捕风捉影的假消息。可黛玉听了后：

……如同将身撂在大海里一般。思前想后，竟应了前日梦中之谶，千愁万恨，堆上心来。左右打算，不如早些死了……

然后，就真的不吃饭了，搞起了绝食。这一方面说明了黛玉内心的敏感，另一方面也说明雪雁的消息很有迷惑性，一个有关男女间婚事的消息，只要里面出现了媒人，就很容易让人信以为真。你想，连媒人都这么具体了，这个亲事还有什么可怀疑的呢？

传统社会，缺少了媒人参与的男女结合，是不被祝福的。恰如薛姨妈说的：

“若是月下老人不用红线拴的，再不能到一处。”

例如，司棋与潘又安，贾芸和小红，她们自主恋爱的行为被视为“奸淫狗盗之流”。只有有了媒人的参与，男女间的关系才被披上合法性的外衣。[1]红楼梦里，写了许多媒人，透过他（她）们的活动，我们看到了生活的丰富多彩：

第46回，身为妻子的邢夫人为自己的丈夫贾赦做媒，意欲求取鸳鸯，可见其谬；

第57回，贾母为薛蝌、邢岫烟做媒，促成了一段少有的好姻缘，可见其德；

---

❶ 第30回，宝玉对黛玉说：“你死了，我做和尚。”黛玉则语气严厉地说：“想是你要死了，胡说的是什么！”这里，宝玉的话，应该是一句爱的表白，那么，黛玉应该内心欢喜才对，为何作出如此反应呢？原因很简单，那时的社会里，缺乏了“父母之命、媒妁之言”等要件，个人之见情感的私下表达是被禁止的。听了宝玉的情话，黛玉若做欢欣状，就会被贴上耻辱的标签。由此，黛玉的反应说明，作为女孩子，她在顽强地抑制自己的内心情感，从而维护自己的尊严。更进一步地，黛玉应该很清楚，宝玉这种个人的表达其实是逾礼的、无效的，为家族、社会所不容，对他们的未来没有任何意义，甚至起到反作用。她应该更期望宝玉能够采取符合社会制度的做法来使两人的关系明朗化、确定化，然而，就像眼睁睁地看着晴雯被逐而不敢发一言，宝玉并没有为此作出任何实质意义上的努力，倒是丫鬟紫鹃采取了更为直接的行动，第57回，偶然听见薛姨妈提及宝、黛，她忙跑过来笑道：“姨太太既有这主意，为什么不和老太太说去？”这里，紫鹃是在建议薛姨妈做宝、黛的媒人，然而，紫鹃的这一行动，却被后者技术性地化解了。

第64回，贾蓉为叔叔贾琏做媒，撮合其纳尤二姐的为妾，而他的如意算盘是想着和姨娘长期私通，可见其淫；

第72回，凤姐依靠自己作为主子的身份，硬生生地让旺儿家不务正业的小子娶了彩霞做媳妇，可见其威。

上述贾母、凤姐儿、邢夫人等，都算是亲属为媒，既不职业也不专业，不足以反映这个行业的真实面貌。与之相比，《红楼梦》里还有高度职业化的媒人：官媒。

第72回，鸳鸯、平儿正在谈论凤姐的病情，只见小丫头进来向平儿道：

“方才朱大娘又来了。我们回了他奶奶才歇午觉，他往太太上头去了。”平儿听了点头。鸳鸯问：“那一个朱大娘？”平儿道：“就是官媒婆那朱嫂子。因有什么孙大人家来和咱们求亲，所以他这两日天天弄个帖子来赖死赖活。”

第77回，写道：

“且又有官媒婆来求说探春”。

第94回，就馒头庵里小尼姑的处理，王夫人道：

“……若在这里发给官媒，虽然我们不要身价，他们弄去卖钱，那里顾人的死活呢。”

朱嫂子这类人，算是行业的典型。她们大都巧舌如簧，利欲熏心，常常为了获取保媒的劳务费用，故意虚构事实、隐瞒真实情况，极力追求保媒的成功率，我们是不能指望由她们这里了解到孙绍组“庐山真面目”的。由朱嫂子的所作所为，可见其厌、其恶。[1]

和主婚人一样，媒人对于婚姻的缔结发挥着重要作用。“媒人既有男子也有妇女，不管怎样虽然也起着介绍陌生的两家的作用，但也是订婚这一重要的法律行为之成立与细节的内容证人，调整两家的立场同时斡旋直至成婚，成婚后起很大的作用并成为夫妇身份之合法的证人。”[2]具体到违

---

[1] 到了明清，官媒演变成官衙中专门承办女犯的婚姻择配或贵族之家放出女奴的婚配，及看管送押女犯的女差役。那么，官媒婆朱嫂子的出现，是否暗示着贾府被抄后，女眷的命运？

[2] 滋贺秀三. 中国家族法原理. 北京：法律出版社，2003：379.

律婚姻的责任追究，由于媒人只是起到类似“中介”的作用，因此，处罚自然要轻于主婚人，且已知情为前提。清律规定：

若媒人知情者，各减（男女主婚）犯人罪一等。不知者不坐。

5. 婚书

金陵契好，桑梓情深。昨岁供职来都，窃喜常依座右，仰蒙雅爱，许结朱陈，至今佩德勿谖。祗因调任海疆，未敢造次奉求，衷怀歉仄，自叹无缘。今幸棨戟遥临，快慰平生之愿。正申燕贺，先蒙翰教，边帐光生，武夫额手。虽隔重洋，尚叨樾荫。想蒙不弃卑寒，希望茑萝之附。小儿已承青盼，淑媛素仰芳仪。如蒙践诺，即遣冰人。途路虽遥，一水可通。不敢云百辆之迎，敬备仙舟以俟。兹修寸幅，恭贺升祺，并求金允。临颖不胜待命之至。

第99回，镇守海门的总制周琼给时任江西粮道的贾政写了这封信，来为儿子求取姻缘。清代，为了防止婚聘事端，稳定社会秩序，法律上强调婚姻的契约化，规定：

凡男女订婚之初，若有残、疾、病、老、幼、庶出、过房、乞养者，务要两家明白通知，各从所愿，写立婚书，依礼聘嫁。

这样一来，就可以避免掉口说无凭的尴尬，有利于低成本地解决社会纠纷。上面周琼写给贾政的这封信，准确地说，只能算是一封求婚书，用合同法的观点看，仅算是男方的“要约”，还缺少了贾府的“承诺”，还称不上正式的婚书。须要注意，尽管法律倡导婚姻契约，但是，婚书并不是确认婚姻关系缔结的不可缺少的要件。生活之中，“以某种交换为订婚之证据，这种习惯可以相当广泛地见到。”[1]例如，第66回，贾琏路遇柳湘莲，遂做媒促成他和尤三姐的婚事。柳湘莲也表示同意，贾琏笑道：

“你我一言为定，只是我信不过柳兄。你乃是萍踪浪迹，倘然淹滞不归，岂不误了人家。须得留一定礼。”……湘莲道：“既如此说，弟无别物，此剑防身，不能解下。囊中尚有一把鸳鸯剑，乃吾家传代之宝，弟也

[1] 滋贺秀三. 中国家族法原理. 北京：法律出版社，2003：379.

不敢擅用，只随身收藏而已。贾兄请拿去为定。弟纵系水流花落之性，然亦断不舍此剑者。”

这里，即便没有正式的婚书，柳湘莲和尤三姐的婚姻也是成立的，因为，此处的鸳鸯剑与正式的婚书具有同样的证明力。基于这种现实，当时的法律承认：

虽无婚书，但曾受聘财者，亦是。

婚约一旦订立，便具有法律效力，双方必须严格遵守。如果女方悔婚，那么，女方的主婚人就要被笞五十，且原有的婚约仍然有效，其女归本夫。由此不难看出，悔婚应该是一件非常棘手的事情。第15回，老尼净虚向凤姐介绍张金哥一案，写道：

……有个施主姓张，是大财主。他有个女儿小名金哥，那年都往我庙里来进香，不想遇见了长安府府太爷的小舅子李衙内。那李衙内一心看上，要娶金哥，打发人来求亲，不想金哥已受了原任长安守备的公子的聘定。张家若退亲，又怕守备不依，因此说已有了人家。谁知李公子执意不依，定要娶他女儿，张家正无计策，两处为难。不想守备家听了此言，也不管青红皂白，便来作践辱骂，说一个女儿许几家，偏不许退定礼，就打官司告状起来。那张家急了，只得着人上京来寻门路，赌气偏要退定礼。

我们看到，张家要退掉同李守备家的亲事，是非常困难的，而李守备家由于有了法律上的支持，其言行就显得非常自信，事实上，如果按照制度的途径退亲，几乎是不可能的，因此，张大财主不得不想到“潜规则”，来请托贾府的帮助。进一步地，假设由于张家悔婚，作为男方的李守备家一气之下，聚众抢婚，其后果只是科以极轻微的刑罚，而这个抢来的婚姻本身据此完全有效地成立。[1]第64回，由尤二姐与张华的“指腹婚”，我们看到，尽管经过十几年的时间，当初订婚的拘束力丝毫没有改变。即便在此期间，张华家道中落，衰败潦倒，也不构成悔婚的事由。当然，悔婚禁止的原则也存在例外的情况，如果男方或女方在订婚后、结婚前这段时间，犯有“奸盗”的行为，那么，当初的婚约失效，男女可各自

[1] 滋贺秀三. 中国家族法原理. 北京：法律出版社，2003：381.

另嫁。即：

其未成婚男女，有犯奸盗者，男子有犯，听女别嫁。女子有犯，听男别娶。不用此律。

订婚，按照我们现在的婚姻制度，它对婚姻关系的确立算是个可有可无的环节，并不具有法律效力。然而，在传统社会里，订婚环节却有鲜明的约束力。究其原因，滋贺秀三先生认为，“订婚有约束力被认为是基于这样的看法：据此，夫妻之名分即使尚未完成也难以动摇已确定的父亲名分。”他还举出《今古奇观》的例子感叹道：“为处于病危状态的儿子着急而决定让未婚之妻出嫁的老太婆顺口说出：‘你受了我家的聘，便是我家的人了。’可以说，这才是旧中国社会人们的共同想法吧。”[1]也就是说，不是我们今天理解的结婚环节，而恰恰是订婚环节，确定了男女之间的夫妻名分、婚姻关系。订婚的男女已被称为夫妻。第16回，介绍了张金哥案的结局：

果然那守备忍气吞声的受了前聘之物。谁知那张家父母如此爱势贪财，却养了一个知义多情的女儿，闻得父母退了前夫，他便一条麻绳悄悄的自缢了。那守备之子闻得金哥自缢，他也是个极多情的，遂也投河而死，不负妻义。张李两家没趣，真是人财两空。

这段话里，我们注意到，用了“前夫”“不负妻义”等字眼，我们还知道，此时，张金哥和李守备之子仅有婚约，并未结婚。这就是作者的高明之处，或者，也是作品本身高度写实的体现。还有，知道尤三姐的不贞，柳湘莲悔婚，贾琏听了，便不自在，说：

“……定者，定也。原怕反悔所以为定。岂有婚姻之事，出入随意的？还要斟酌才是。”

怎么理解贾琏的这句“定者，定也”呢？它也是意在说明，订了婚，就意味着确定了夫妻名分吧。

第74回：凤姐儿等一干人衔王夫人之命，抄检大观园，结果抄出一个字帖儿：

---

[1] 滋贺秀三．中国家族法原理．北京：法律出版社，2003：382.

“上月你来家后，父母已觉察你我之意。但姑娘未出阁，尚不能完你我之心愿。若园内可以相见，你可托张妈给一信息。若得在园内一见，倒比来家得说话。千万，千万。再所赐香袋二个，今已查收外，特寄香珠一串，略表我心。千万收好。表弟潘又安拜具。”

这当然不是什么婚书，而是一封情书，由于没有经过“父母之命、媒妁之言”这套法定的程序，这算是一项违法的罪证，而非订婚的契约。与之类似的，还有小红、贾芸互换的手帕、宝玉给黛玉的两块旧绢子。

6. 嫁娶

传统社会，非常注重婚姻缔结过程中的仪式、程序，这也是婚姻成立的必要条件。第68回，凤姐儿大闹宁国府，骂尤氏道：

“……普天下死绝了男人了！你就愿意给，也要三媒六证，大家说明，成个体统才是。”

这里，凤姐一针见血地指出，贾琏和尤二姐结合程序上的非法性。一般地，一个合礼合法的婚姻，必须通过“六礼”（纳采、问名、纳吉、纳征、请期、亲迎）程序来完成。第97回，宝玉和宝钗的结合，大致体现了这一要求。

纳采。即男家请媒人向女方提亲。又称为“保亲”“说媒”，上文中，周琼写给贾政的信里，有一句：“如蒙践诺，即遣冰人”，这里，“冰人”，是媒人的别称，意思即，如果贾政同意，他就要派媒人郑重地上门提亲，来履行“纳采”的程序。具体到宝玉、宝钗的婚事，尽管经过几轮前期磋商，贾母、王夫人与薛姨妈已经达成共识，但是，她们还是郑重其事地决定由凤姐来做媒人，正式的提亲也是由凤姐来提出的，见薛姨妈询问宝玉的病情，她道：

“其实也不怎么样，只是老太太悬心。目今老爷又要起身外任去，不知几年才来。老太太的意思，头一件叫老爷看着宝兄弟成了家也放心，二则也给宝兄弟冲冲喜，借大妹妹的金锁压压邪气，只怕就好了。”

而后，王夫人只是按着凤姐的话重申了一遍。作为男方的母亲，她是不能率先提及的。我们看到，即便双方之间是亲戚，且终日生活在一处，但是，双方还是正式地“议定凤姐夫妇作媒人”，不如此，就应该算是程序上的重大瑕疵。

问名。女方主婚人同意婚娶，男方父母就请媒人将女方的姓名、生辰，用红纸写下，供奉于神灵祖宗牌位之前，请示吉凶。薛姨妈同意贾家的求婚后，回到家中，便吩咐薛蝌：

“办泥金庚帖，填上八字，即叫人送到琏二爷那边去。还问了过礼的日子来，你好预备。……”薛蝌领命，叫人送帖过去。

纳吉。又称为“合婚”“批八字”。男方将女子的名字、八字取回后，在祖庙进行占卜。卜得吉兆后，就要通知女方家，决定缔结婚姻。由于宝玉、宝钗有“金玉”之论，自然她们的结合被视为是吉兆无疑，因此，这个程序应该是被省略了。第96回，贾母明确地向贾政表达过这个想法，她说：

“……孩子们又有金玉的道理，婚是不用合的了。”

如果男女双方的“八字”被认定不合，则男女的结合就会被视为凶兆，先前的婚约也要取消。第57回，薛姨妈要认黛玉做干女儿，宝钗在一旁打趣黛玉，说认不得：

黛玉道：“怎么认不得？”宝钗笑问道：“我且问你，我哥哥还没定亲事，为什么反将邢妹妹先说与我兄弟了，是什么道理？”黛玉道：“他不在家，或是属相生日不对，所以先说与兄弟了。”

这里，黛玉说的“属相生日不对”，即意味着“纳吉”的结果是令人失望的，由此，男女双方是不能结合的。

纳征。也称作“纳币”，即男方家以聘礼送给女方家，表示正式求婚，而女方接受聘财表示许婚。在进行这个环节时，糊里糊涂的宝玉忽然说了些明白话：

那宝玉又嘻嘻的笑道：“这里送到园里，回来园里又送到这里。咱们的人送，咱们的人收，何苦来呢。”贾母王夫人听了，都喜欢道：“说他糊涂，他今日怎么这么明白呢。”

那么，贾家给薛家用作纳征的聘礼有哪些呢？鸳鸯逐一给贾母做了汇报：

“这是金项圈，这是金珠首饰，共八十件。这是妆蟒四十匹。这是各色绸缎一百二十匹。这是四季的衣服共一百二十件。外面也没有预备羊酒，这是折羊酒的银子。”

请期。也称“选日子”。男家择定婚期，备礼告知女方家，求其同意。

次日贾琏过来，见了薛姨妈，请了安，便说：“明日就是上好的日子，今日过来回姨太太，就是明日过礼罢。只求姨太太不要挑饬就是了。”说着，捧过通书来。薛姨妈也谦逊了几句，点头应允。

亲迎。即新郎亲至女家迎娶，至此，婚姻正式成立。宝玉因为失玉，一直神志不清。成婚当天，不能完成亲迎的任务，因此，这个程序也被省略了，当然，这也是凤姐儿“调包计”能够实施的先决条件：

这里宝玉便叫袭人快快给他装新，坐在王夫人屋里。看见凤姐尤氏忙忙碌碌，再盼不到吉时，只管问袭人道：“林妹妹打园里来，为什么这么费事，还不来？”袭人忍着笑道：“等好时辰呢。”

对“六礼”，瞿同祖先生有一段精彩的评论：“从婚姻的仪式上来看，没有一项仪式不在父母的名义之下举行。古人说父母之命、媒妁之言，媒氏往来议亲时自是代表婿父（家长）的，媒人决没有代表新郎前往女家求婚的。纳采时使者说某（婿父之名）使某（媒人自称）纳采，问名时说某（婿父名）将加诸卜请问名，纳吉时说某使其告吉，纳征时说某官（指女家家长）以伉俪之重加惠某官（婿父），某（婿父）率循典礼，有不腆之币，敢请纳征，请期时说某（婿父）使某请吉日。可说无一不用主婚人的名义。自然，女家亦由家长（女父）出面。最后，亲迎不得不由新人自己出马，但我们不要忘记了他是承父之命而去的。”[1]由此，我们深刻地认识到，父母对子女享有的绝对的主婚权。不但是择偶对象的确定，即便婚姻仪式的每个环节，都是由他们主宰、以他们的名义进行的。第21回，介绍荣府里的“多浑虫”，有这样一句话：

“二年前他父亲替他娶了一个媳妇……”

---

[1] 瞿同祖. 中国法律与中国社会. 北京：商务印书馆，2010：117.

这里我想，现代的年轻人初读这句话，可能会觉得费解：如何理解这里的“替”？怎么父亲能够替代儿子娶媳妇呢？这句话当然不是这样一个歧义，这里的“替”也不能做“替代”的解释。其实际要表达的应该是，父亲一手张罗了儿子的婚事，体现的正是父亲的主婚权吧。

进一步地，宝玉和宝钗的婚姻，虽然符合了“六礼”的要求，但是，我们能感觉到，这个婚结的一点也不热闹、隆重。究其原因，有许多的因素。例如，此时贾府已经日薄西山、气数已尽、宝玉身体不好、为了照顾黛玉的情绪，故意没有声张等，除此之外，还有一个重要的原因，即严格地说来，他们的结合，实为“丧娶”。第68回，凤姐大闹宁国府时，曾质问尤氏、贾蓉等人：

“出去请你父亲来。我对面问他，亲大爷的孝才五七，侄儿就娶亲，这个礼我竟不知道。”

这里，凤姐可谓抓住了问题的要害，因为贾琏娶尤二姐时，他为贾敬应尽的服制尚未完成，属于“居丧嫁娶”，这是违背当时的法律制度的，是一种“嫁娶违例”的行为。而宝玉、宝钗的婚姻，恰恰也面临同样的问题。因为，在他们成亲前夕，元春去世。因此，宝玉应该谨守服制，期间不应该有任何喜庆的行为。否则，按照清律，

若居祖父母、伯叔父母、姑、兄姊丧而嫁娶者，杖八十。

因此，第96回，贾政表示出担忧，他道：

“这就是第一层的难处。他哥哥在监里，妹子怎么出嫁。况且贵妃的事虽不禁婚嫁，宝玉应照已出嫁的姐姐有九个月的功服，此时也难娶亲……”

然而，贾母自有她的理由和变通的办法，她对儿子贾政说：

“你若给他办呢，我自然有个道理，包管都碍不着。……若说服里娶亲，当真使不得。况且宝玉病着，也不可教他成亲，不过是冲冲喜，我们两家愿意，孩子们又有金玉的道理，婚是不用合的了。即挑了好日子，按着咱们家分儿过了礼。赶着挑个娶亲日子，一概鼓乐不用，倒按宫里的样子，用十二对提灯，一乘八人轿子抬了来，照南边规矩拜了堂，一样坐床撒帐，可不是算娶了亲了么。……从此一天好似一天，岂不是大家的造

化。这会子只要立刻收拾屋子，铺排起来。这屋子是要你派的。一概亲友不请，也不排筵席，待宝玉好了，过了功服，然后再摆席请人。这么着都赶的上。你也看见了他们小两口的事，也好放心的去。”

这里，贾母强调，之所以要宝玉、宝钗结婚“不过是冲冲喜”，这反映了当时民间的某些世俗认识，这种认识对非礼制的婚嫁行为起到了一定的支持、促进作用。虽然丧娶的行为受到法律的负面评价，但是，清代的丧娶在各地民间却普遍地存在。[1]由于丧娶在方式、方法上做了许多的节省、精简，如贾母虽然促成宝玉、宝钗结婚，却禁止两人圆房，从而表达了对法律的某种尊重，而这种变通换得了官方对民间情理的某种同情，因此，在司法上，官方对丧娶表现出极大的容忍和克制，这里似乎存在一种发生自官方和民间的有趣的“互惠关系”或“良性互动”。

红楼梦里，有隆重的丧礼，如第15回的秦可卿之丧，却没有一个像样的婚礼，宝玉、宝钗的婚礼，竟还是丧娶。言及此，你有没有呼吸到弥漫全书的那种“悲凉之雾”呢？

7. 离婚

结婚有“六礼”，离婚有“七出”。后者包括无子、淫佚、不事舅姑、口舌、窃盗、妒、恶疾。

俗语言：“不孝有三，无后为大。”无子有碍家族繁衍，自然是离婚的事由。但是，我们“通常引用这一风俗和法律时往往言之太过，误认为无子为绝对的离婚条件。事实上除极少数的例子外，历史上无子而被出的实不多见。”[2]《红楼梦》里，邢夫人、尤氏、王熙凤、黛玉之母、夏金桂之母等均无子，可她们并没有被丈夫休掉。这是因为，无子出妻并不是绝对的，还附带了其他条件，如年龄限制，依照规定，妻须五十以上无子，才构成离婚的条件，而很少有男人年过五十还有兴趣和妻子离婚。同时，法律并不要求妻子必须有自己的儿子，妾生的儿子在法律上也被视为妻之

---

❶ 王志强．清代的丧娶、收继及其法律实践．中国社会科学，2000（6）．

❷ 瞿同祖．中国法律与中国社会．北京：商务印书馆，2010：147．

子。我们看到，第20回，凤姐斥责赵姨娘：

“凭他（贾环）怎么样，还有太太老爷管着他呢……他现在是主子，不好了，横竖有教导他的人，与你什么想干！”

第27回，探春对宝玉道：

“他（赵姨娘）只管这么想，我只管认得老爷太太两个人，别人我一概不管。”

第68回，凤姐对尤二姐说：

“我也劝过二爷，早办这件事（指纳妾），果然生个一男半女，连我后来都有靠。”

由此，在妾制之下，离婚和子嗣并不是太严重的问题，妻无子不妨以纳妾的方式来补救这缺陷。[1]此外，符合“三不去”情形之一，即便无子，也不能与妻子离婚。所谓“三不去”，包括经持舅姑之丧（妻为公婆服完丧）；娶时贱后贵（贫贱时娶妻、现在变富）；无所归（无处可归）。除淫佚外。符合其中之一项情形，即使有“七出”的理由也不许离婚。有了“三不去”的制约，专属于丈夫一方的离婚权受到很大的限制，滋贺秀三先生认为：“如此的‘七出’甚至被法律援用，实际上不过是作为某种程度上不自觉地被历代传说的惯用语，并没有考虑所有七个理由的真正价值。除去淫佚、不事舅姑两条，其他的实际上不成为问题。”

薛蟠的妻子夏金桂，算是红楼女性中的一朵“奇葩”，若以“七出”的标准检视，我觉得，应该是最符合“出妻”条件的。

第79回，写到夏金桂之“妒”：

今日出了阁，自为要作当家的奶奶，比不得作女儿时腼腆温柔，须要拿出这威风来，才钤压得住人；况且见薛蟠气质刚硬，举止骄奢，若不趁热灶一气炮制熟烂，将来必不能自竖旗帜矣；又见有香菱这等一个才貌俱全的爱妾在室，越发添了“宋太祖灭南唐”之意，“卧榻之侧岂容他人酣睡”之心。

之后，夏金桂设计百般折磨、陷害香菱，以致宝玉对此非常不解，觉

---

[1] 瞿同祖. 中国法律与中国社会. 北京：商务印书馆，2010：147.

得夏金桂“一般是鲜花嫩柳，与众姊妹不差上下的人，焉得这等样情性?”为此，他还专门请教王道士，问有没有治疗女人的妒病的方子。

第80回，写夏金桂“不事舅姑”：

薛姨妈来调解薛蟠、夏金桂的纠纷，赌气说要卖香菱，“拔去肉中刺，眼中钉，大家过太平日子。”

金桂听了这话，便隔着窗子往外哭道：“你老人家只管卖人，不必说着一个扯着一个的。我们很是那吃醋拈酸容不下人的不成，怎么‘拔出肉中刺，眼中钉’？是谁的钉，谁的刺？但凡多嫌着他，也不肯把我的丫头也收在房里了。”薛姨妈听说，气的身战气咽道：“这是谁家的规矩？婆婆这里说话，媳妇隔着窗子拌嘴。亏你是旧家人家的女儿！满嘴里大呼小喊，说的是什么！”

传统社会，侍奉公婆是儿媳的天职。考察一下邢夫人、王夫人在贾母面前的表现就知道，儿媳妇在公婆面前，必须尽心尽力、一丝不苟。“其所谓不事或不顺，与其说是客观的行为，不如说是系于舅姑的主观态度，不顺舅姑有事即不得舅姑之欢之谓。”[1]作为儿媳，别说顶撞公婆，就是一心一意地侍奉，也要看公婆喜不喜欢。第71回，即便是凤姐这样的“凤辣子”，婆婆邢夫人为了两个不知礼体的婆子，找她的麻烦，她也绝不敢像夏金桂这样当面“发飙”，只能是“又羞又气”“憋的脸紫涨”“不觉的灰心转悲，滚下泪来。因赌气回房哭泣，又不使人知觉”。

第91、100回，写夏金桂之“淫”。因为张三案，薛蟠入狱。夏金桂自叹将独守空房，随即便把主意打到薛蝌身上。夏金桂、宝蟾主仆两人“纵淫心”，设计圈套，勾引薛蝌，以达到满足她们淫欲的目的：

若是薛蝌在家，他便抹粉施脂，描眉画鬓，奇情异致的打扮收拾起来，不时打从薛蝌住房前过，或故意咳嗽一声，或明知薛蝌在屋，特问房里何人。有时遇见薛蝌，他便妖妖乔乔、娇娇痴痴的问寒问热，忽喜忽嗔。

更甚至，夏金桂的淫乱行为并不限于此，她竟然和夏三——母亲过继

[1] 瞿同祖. 中国法律与中国社会. 北京：法律出版社，2010：149.

的儿子关系暧昧。第103回，写道：

那金桂原是个水性人儿，那里守得住空房，况兼天天心里想念薛蝌，便有些饥不择食的光景。无奈他这一干兄弟又是个蠢货，虽也有些知觉，只是尚未入港。

这里，夏金桂的行为性质应该是非常严重的。即便现在，一个女孩子只要和“淫”联系在一起，就要承担极大的社会压力。第74回，王夫人拿着“绣春囊”质问凤姐：

“……你还和我赖！幸而园内上下人还不解事，尚未拣得。倘或丫头们拣着，你姊妹看见，这还了得。不然有那小丫头们拣着，出去说是园内拣着的，外人知道，这性命脸面要也不要？”

应该说，王夫人的话一点也不夸张，这的确是关乎性命、脸面的问题。由此，夏金桂的行为触犯了“七出”中的“妒”“不事舅姑”“淫”等多项禁忌，完全符合离婚的的条件。然而，我们看到，即便如此，夏金桂也没有被休掉：

薛家母女总不去理他。薛蟠亦无别法，惟日夜悔恨不该娶这“搅家星”罢了，都是一时没了主意。于是宁荣二宅之人，上上下下，无有不知，无有不叹者。

同样应当终结的，还有迎春和孙绍祖这段婚姻。“子系中山狼、得志便猖狂。”孙绍祖有严重的家庭暴力行为，在他的淫威下，迎春备受折磨、苦不堪言。第80回，王夫人解劝省亲的迎春说：

“已是遇见了这不晓事的人，可怎么样呢。想当日你叔叔也曾劝过大老爷，不叫作这门亲的。大老爷执意不听，一心情愿，到底作不好了。我的儿，这也是你的命。”迎春哭道：“我不信我的命就这么不好！从小儿没了娘，幸而过婶子这边过了几年心净日子，如今偏又是这么个结果！”

“我不信我的命就这么不好！”迎春绰号“二木头”，其性格懦弱无能，习惯逆来顺受，而这句话，是她少有的一次抗争性的表达。那么，迎春不认命，又能做什么呢？按照当时的制度，离婚差不多是男方的专属权利，根据妻子一方的意思离婚是不可能的。如果妻子没有向丈夫表示离婚的意思，就逃走并改嫁给别的男人，就要受到法律的制裁并使之回到丈夫身边。面对姐姐的不幸，第81回，宝玉想了一个主意：

“咱们索性回明了老太太，把二姐姐接回来，还叫他紫菱洲住着，仍旧我们姐妹弟兄们一块儿吃，一块儿顽，省得受孙家那混帐行子的气。等他来接，咱们硬不叫他去。由他接一百回，咱们留一百回，只说是老太太的主意。这个岂不好呢！”王夫人听了，又好笑，又好恼，说道：“你又发了呆气了，混说的是什么！大凡做了女孩儿，终久是要出门子的，嫁到人家去，娘家那里顾得，也只好看他自己的命运，碰得好就好，碰得不好也就没法儿。你难道没听见人说‘嫁鸡随鸡，嫁狗随狗’，那里个个都像你大姐姐做娘娘呢。……”

这里，王夫人视宝玉的办法为“混说”，从根本上否定了他的不切实际的想法。在她看来，女子择婿，犹如抓阄一般，或好或坏完全是一种宿命。与王夫人的观点相反，我倒是认为，宝玉的办法尽管显得有些孩子气，但不能说一点可行性也没有。按照制度的规定，“七出”“三不去”之外，还有“协离”。用我们今天的话说，协离就是协议离婚。这一制度规定：夫妻之间或者男家与女家根据协议可以自由离婚，法律并不干涉。“这曾是从古至今不变的中国法一贯采取的立场。”[1]按照宝玉的办法，迎春回家后，完全可以不再回去，然后由贾家出面同孙家商谈协议离婚。或许，贾赦要为此赔上五千两银子，或许，为此会得罪孙绍祖这个官场上的新贵，但是，这样做也应该是值得的，尚可以挽救迎春的性命。然而，像王夫人说的，“嫁出去的女儿泼出去的水”，面对迎春的不幸遭际，身为父亲的贾赦置身事外、不闻不问；贾政也只是叹道：

“我原知不是对头，无奈大老爷已说定了，教我也没法。不过迎丫头受些委屈罢了。”

在这件事情上，贾政只是重申了自己当初的预见是多么的正确而已；宝玉的想法则被大人们斥为“孩子话”。整个荣府，并没有人为迎春的命运改变做出任何实质性努力，乃至“金闺花柳质，一载赴黄粱。”

夏金桂该休却没有休，迎春该离却没有离。究其原因，并不见得一定

---

[1] 滋贺秀三. 中国家族法原理. 北京：法律出版社，2003：384.

是制度上的缺失，我想，一个很大的因素是“脸面”问题。离婚，在传统社会里，被普遍地认为是一件负面意义的现象。《红楼梦》反映了社会的千姿百态，里面没有一件离婚案件。像贾家、薛家这样的贵族家庭，尤其重视脸面，子女离婚这种令家族蒙羞的事情，应该是无法容忍的。

8. 再嫁

自宋以降，历代政府都倡导、表彰妇女的“贞节”“女子从一而终”被当权者奉为规范妇女行为的伦理准则，而且一代盛于一代，到清代已到了无以复加的地步。[1]

第92回，司棋对母亲说：

“一个女人配一个男人。我一时失脚上了他的当，我就是他的人了，决不肯再失身给别人的。我恨他为什么这样胆小，一身作事一身当，为什么要逃。就是他一辈子不来了，我也一辈子不嫁人的。妈要给我配人，我原拼着一死的。今儿他来了，妈问他怎么样。若是他不改心，我在妈跟前磕了头，只当是我死了，他到那里，我跟到那里，就是讨饭吃也是愿意的。”

这里，司棋的话，很能反映出当时社会的主流观念。正是在这一意识形态之下，我们看到，《红楼梦》中有一个数量庞大的寡妇群体，除了我们熟知的李纨之外，还有贾菌之母，第9回介绍道：“这贾菌亦系荣国府近派的重孙，其母亦少寡，独守着贾菌。”金荣之母、薛姨妈、李婶、贾母等都是寡妇。第29回，张道士对贾珍道：

“当日国公爷的模样儿，爷们一辈的不用说，自然没赶上，大约连大老爷、二老爷也记不清楚了。”

由此不难推测，贾母实和李纨一样，也是青春寡居，李纨的现在就是贾母的过去。值得说明的是，尽管政府倡导、鼓励女性“守贞”，但在法律上，并不禁止女性再嫁。按照规定：

凡妇人夫亡之后，愿守志者，听。欲改嫁者，母家给还财礼，准其

---

[1] 郭松义. 清代妇女的守节和再嫁. 浙江社会科学，2001（1）.

领回。

小说中，也有再嫁的女性。例如：第64回，在和贾琏闲谈时，贾蓉对尤老娘的过去做了一个说明：

“我二姨儿三姨儿都不是我老爷养的，原是我老娘带了来的。听见说，我老娘在那家时，就把我二姨儿许给皇粮庄头张家，指腹为婚。后来张家遭了官司败落了，我老娘又自那家嫁了出来……”原来尤老娘曾嫁过两个丈夫，跟第一个丈夫生了二姐三姐后，做了寡妇，又再改嫁尤家，成了尤氏的继母，二姐三姐姊妹才跟着姓了尤。

该回中，还介绍了一个人：多姑娘。贾琏要给尤二姐安排使唤的下人：

忽然想起家人鲍二来，当初因和他女人偷情，被凤姐儿打闹了一阵，含羞吊死了。贾琏给了二百银子，叫他另娶一个。那鲍二向来却就合厨子多浑虫的媳妇多姑娘有一手儿，后来多浑虫酒痨死了，这多姑娘见鲍二手里从容了，便嫁了鲍二。

由此，我们得知，尤老娘、多姑娘都曾改嫁。进一步地，我们注意到，改嫁的尤老娘、多姑娘这类人，属于社会的底层民众，而像李纨、贾菌之母，立志守贞的，均属于上层社会的女性。之所以如此，我想，相比多姑娘，强调女性须从一而终的这套“体统”“礼法”对李纨们的束缚要更强，像上文分析，即便离婚都会给家族带来不名誉，再嫁这种“寡廉鲜耻”之事更不会被贵族社会所认可。此外，也应该有经济上的原因，清代的立法也规定：

其改嫁者，夫家财产及原有妆奁，并听前夫之家为主。

之所以如此规定，滋贺秀三先生精辟地解释道：“总之，由于夫之死亡而总括性的归于妻的权利，实际上根据夫妻一体的原则，是归属于妻内心中仍继续活着的夫之人格的权利。换言之，是附着于作为一体的夫妇在夫之宗中占据地位的权利，不应该变成妻个人固有的权利。改嫁是妻在自己内心中放弃活着的夫之人格并脱离夫之宗的行为，与此同时必须放弃一切权利。”[1]尤老娘、多姑娘这类人之所以置社会压力于不顾，选择改嫁，主要是为生计所迫，再者，即便她们选择改嫁，也不会失去什么。而像李纨这类上层社会的女性，即便寡居，一般不会有生计上的困难，而她们一旦选择改嫁的话，失去的可能会更多，以李纨为例，第45回，凤姐儿详细地给她算了一笔账，凤姐笑道：

“……你一个月十两银子的月钱，比我们多两倍子，老太太、太太还说你是寡妇失业的，可怜不够用，又有个小子，足的又添了十两，和老太太、太太平等，又给了你园子地，各人取租子，年终分年例，你又是上上分儿。你娘儿们，主子奴才总共没十个人，吃的穿的仍就是官中的。一年通共算起来，也有四五百两银子……”

假设李纨选择改嫁的话，不但会失去对儿子贾兰的监护权，凤姐说的这些财产甚至平日里的日常用品，她也不大可能获得。由此，李纨选择孀居和尤老娘、多姑娘等选择改嫁，某种程度上都是生活理性使然。

9. 余论

长期以来，我们对传统的婚姻制度的理解，存在一种“妖魔化”倾向。例如，基于对《红楼梦》里宝玉、黛玉悲剧的省思，把当时的婚姻制度视为是真正的悲剧制造者，进而以现代社会提倡的恋爱自由观念为出发点，批评这一制度的各种不自由。而事实上，婚姻从来不是一件私事。“若结婚的意义不过是男女的结合，或是两性关系的确立，则婚姻不但是一件人们的私事，而且不必有很多人为这事忙碌干预了。可是在任何地方一个男子或者女子要得到一个配偶，没有不经过一番社会规定的手续。……配偶的选择从没有一个地方是完全自由的。所谓自由者，也不过是在某个范围中的自由罢了。”[2]本着语境论的视角，苏力老师已经论证了早婚、父母之命、媒妁之言、彩礼、七出、三不去等制度，不见得一定就是没有人性，或是对女性的歧视或迫害，而是有着它的合理性和正当

---

[1] 滋贺秀三. 中国家族法原理. 北京：法律出版社，2003：341.

[2] 费孝通. 乡土中国·生育制度. 北京：北京大学出版社，1998：129.

性。[1]反观今天，我们在人性、平等、自由等“大词”下构建起来的现代婚姻制度，却也引发了一系列社会问题。例如，中央电视台《今日说法》栏目曾经报道过这样一个案例：

在海南省儋州市农垦医院里，将近七十岁的刘桂英老人在服侍自己患脑瘫的女儿王琼花，而她这样待在医院已经整整六年了。为什么是母亲照顾女儿，王琼花的丈夫又在哪里呢？刘桂英告诉我们，王琼花的丈夫已经提出了离婚。[2]

节目的名字为“这个婚怎么离?”其实，按照我们今天的离婚制度，在支付一定数额的补偿或抚养费用的前提下，王琼花和丈夫的这个婚姻并不存在不能离的法律障碍。由此，我想说的是：体现了现代自由理念的婚姻制度，成为夫妻关系中强势一方抛弃弱势配偶的一种合法的途径或出口。而按照传统婚姻制度中“三不去”的要求，这个婚大致是不能离的。这里，离婚不自由的传统婚姻制度恰对弱势配偶起到了一种社会保障的功能。

由此，用现代价值为参照系来评价已经成为历史的制度，是有欠公允的。可以说，和其他制度一样，传统婚姻制度自由与否、人性与否，都是对当时它所处的社会语境的某种回应而已。

---

[1] 对这一论点的介绍，参见苏力《语境论：一种法律制度研究的进路和方法》中外法学，2000年第1期。

[2] 关于案件更详细的描述，参见王新中《今日说法故事精选》中国人民公安大学出版社，2005年版。

两桩命案

《红楼梦》中，有许多起公案，如冷子兴案、张金哥案、石呆子案、鲍二媳妇案、张华案，等等。其中，与"呆霸王"薛蟠有直接关系的就有两起，且均是命案：一是冯渊案，二是张三案。长期以来，冯渊案吸引我们的是"护官符"及由此揭示的权、法关系，而张三案由于是续写的缘故，几乎被人忽略不计。然而，我总觉得，这两桩命案承载着的更多的信息被有意无意地遮蔽掉了。这里，本着对文本的细读，我想尽力去挖掘与案件有关的线索和信息，并阐释它们的法律意义，从而揭示那个时代法律与生活之间的联系。

1. 冯渊案

第4回，为争抢香菱，薛蟠指示手下把冯渊打死，案件至贾雨村处。手下门子向贾雨村介绍：

这个被打之死鬼，乃是本地一个小乡绅之子，名唤冯渊，自幼父母早亡，又无兄弟，只他一个人守着些薄产过日子。长到十八九岁上，酷爱男风，最厌女子。这也是前生冤孽，可巧遇见这拐子卖丫头，他便一眼看上了这丫头，立意买来作妾，立誓再不交结男子，也不再娶第二个了，所以三日后方过门。谁晓这拐子又偷卖与薛家，他意欲卷了两家的银子，再逃往他省。谁知又不曾走脱，两家拿住，打了个臭死，都不肯收银，只要领人。那薛家公子岂是让人的，便喝着手下人一打，将冯公子打了个稀烂，抬回家去，三日死了。这薛公子原是早已择定日子上京去的，头起身两日前，就偶然遇见这丫头，意欲买了就进京的，谁知闹出这事来。既打了冯公子，夺了丫头，他便没事人一般，只管带了家眷走他的路。

门子的这段话里，包涵了丰富的社会信息，具体分析如下：

（1）“酷爱男风，最厌女子”

男风，即同性恋。和薛蟠死去活来地争抢英莲的冯公子，竟然是个同性恋者（更准确地说是双性恋）。初读《红楼梦》至此，相信许多人会觉得讶异，然而，接下来，我们马上就会见怪不怪，因为，《红楼梦》里有大量的有关同性恋的描述：

第9回，薛蟠入学：

原来薛蟠自来王夫人处住后，便知有一家学，学中广有青年子弟，不免偶动了龙阳之兴……谁想这学内就有好几个小学生，图了薛蟠的银钱吃穿，被他哄上手的，也不消多记。更又有两个多情的小学生，亦不知是那一房的亲眷，亦未考其名姓，只因生得妩媚风流，满学中都送了他两个外号，一号“香怜”，一号“玉爱”。虽都有窃慕之意，将不利于孺子之心，只是都惧薛蟠的威势，不敢来沾惹。

贾珍、贾蓉与贾蔷的暧昧关系：

原来这一个名唤贾蔷，亦系宁府中之正派玄孙，父母早亡，从小儿跟着贾珍过活，如今长了十六岁，比贾蓉生的还风流俊俏。他弟兄二人最相亲厚，常相共处。宁府人多口杂，那些不得志的奴仆们，专能造言诽谤主人，因此不知又有什么小人诟谇谣诼之词。贾珍想亦风闻得些口声不大好，自己也要避些嫌疑，如今竟分与房舍，命贾蔷搬出宁府，自去立门户过活去了。

第15回，宝玉找秦钟算账：

秦钟笑道：“好人，你只别嚷的众人知道，你要怎样我都依你。”宝玉笑道：“这会子也不用说，等一会睡下，再细细的算帐。”一时宽衣安歇的时节……宝玉不知与秦钟算何帐目，未见真切，未曾记得，此是疑案，不敢纂创。

第21回，巧姐出天花，贾琏独处：

那个贾琏，只离了凤姐便要寻事，独寝了两夜，便十分难熬，便暂将小厮们内有清俊的选来出火。

第47回，“呆霸王调情遭苦打”：

赖大家内也请了几个现任的官长并几个世家子弟作陪。因其中有柳湘莲，薛蟠自上次会过一次，已念念不忘。又打听他最喜串戏，且串的都是生旦风月戏文，不免错会了意，误认他作了风月子弟，正要与他相交，恨没有个引进，这日可巧遇见，竟觉无可不可。

第65回，小厮的醉话：

这里喜儿喝了几杯，已是楞子眼了。隆儿寿儿关了门，回头见喜儿直挺挺的仰卧炕上，二人便推他说：“好兄弟，起来好生睡，只顾你一个人，我们就苦了。”那喜儿便说道：“咱们今儿可要公公道道的贴一炉子烧饼，要有一个充正经的人……”

第75回，酒席上的娈童：

薛蟠兴头了，便搂着一个娈童吃酒，又命将酒去敬邢傻舅。傻舅输家，没心绪，吃了两碗，便有些醉意，嗔着两个娈童只赶着赢家不理输家了……两个娈童都是演就的局套，忙都跪下奉酒，扶着傻大舅的腿，一面撒娇儿说道：“我们这行人，师父教的不论远近厚薄，只看一时有钱有势就亲敬，便是活佛神仙，一时没了钱势了，也不许去理他。况且我们又年轻，又居这个行次，求舅太爷体恕些我们就过去了。”说着，便举着酒俯膝跪下。

上述有关同性恋的描写，是对当时社会现象的一种纪实性反映。[1]有清一代，“男风”非常流行，从皇室贵族，到市井庶民，存在规模众多的“男风”爱好者。[2]其声势之盛，以至于李渔写道，“南风一事，不知何始，沿流至今，竟与天造地设的男女一道争锋起来”，又说“如今世上的

❶《红楼梦》中，除写男人间的同性恋外，还写了女性之间的同性恋。第五十八回，“杏子阴假凤泣虚凰”中，讲述了藕官和药官之间的故事，这是一段类似陈凯歌导演的《霸王别姬》中段小楼和程蝶衣的情感。

❷这一人群中，不乏名人：清初诗词大家陈维崧与优伶徐紫云的同性恋路人皆知；郑板桥言称自己有“断袖之癖”；著名诗人袁枚有“龙阳之好”，《随园轶事》载：“先生好男色，如桂官、华官、曹玉田辈，不一而足。而有名金凤者，其最爱也，先生出门必与凤俱。”

人，一百个之中，九十九个有这件毛病”。[1]究其原因，在法律层面上，与唐代宽松的政治、社会环境不同，清政府明令禁止官吏狎妓、宿娼，规定：

凡（文武）官吏宿娼者，杖六十（挟妓饮酒，亦坐此律）。媒合人减一等。若官员子孙（应袭荫）宿娼者，罪亦如之。

如第28回，冯紫英组织的一次聚会，妓女云儿唱曲，这是违背法律规定的，严格来说，冯紫英、宝玉、薛蟠等人都要被追究责任。一方面存在法律的禁止性的规定，另一方面又有“娱乐至死”的刚性需求，基于现实的考量，人们便把情色的目光从“美女”转向“美男”，可以说，法律的禁止性规定在一定程度上助长了清代“男风”的流行。

为了防范道德风险，保护公共价值，清代的法律对“男风”现象做出了相关的回应。例如，清承明制，规定：

奸乞养子妇，比依奸妻前夫之女律科断，其子与妇断还本宗，强者斩。

这里，清律把“奸乞养子”与“乞养妇”一并规定，正是认识到了“奸乞养子”与“乞养妇”属于同样的犯罪性质，其对社会的危害性是同一的，均是对儒家伦理法所维护的宗法人伦制度的违背与破坏。[2]由此，第75回，两名娈童口中的“师父”，就极可能涉嫌触犯这一规则。此外，清律也和明律一样，允许比附，因此，凡涉及保护幼女免遭性侵害的规定亦适用于幼童。清律规定：

强奸十二岁以下幼女，因而致死，及将未至十岁之幼女诱去，强行奸污者，照光棍例斩决。其强奸十二岁以下，十岁以上幼女者，拟斩监候。和奸者，仍照虽和同强论律，拟绞监候。

实践中，幼童遇有同等情形时，虽律例并无明文规定，亦比附适用以上条款。因此，薛允升在《读例存疑》中指出：“幼女以下似均应添入幼童二字”。及至乾隆三十二年，又增加条例：

---

[1] 李渔. 李渔全集：无声戏之鬼输钱活人还赌债. 杭州：浙江古籍出版社，1992：157 //林星群. 清代法律视野下的男风现象. 重庆：重庆大学硕士学位论文，2009.

[2] 林星群. 清代法律视野下的男风现象. 重庆：重庆大学硕士学位论文，2009.

凡强奸十二岁以下幼女幼童未成，审有确据者，发黑龙江给披甲人为奴。

该条明确把幼童和幼女于强奸犯罪中同论。[1]由此，第75回，薛蟠、刑大舅、贾珍等一干人，都有触法嫌疑。《大清律例》还规定：

凡奴奸良人妇女者，加凡奸罪一等（和、刁、有夫无夫俱同。强者，斩）。良人奸他人婢者（男妇各）减凡奸一等。（如强者，仍照凡论，拟绞监候。其强奸未成者，俱杖一百，流三千里）

这里，清律对条例中“婢者”的性别做了补充性说明，明确规定了“他人婢者”包括了男与女。[1]需要注意，清律只是规定“奸他人婢者”的情形，并未规定主人奸男性奴婢的法律责任。由此，第21回，贾琏的行为就处于“无法可依”的状态。

（2）“可巧遇见这拐子卖丫头”

男同性恋者冯渊出门，“可巧遇见这拐子卖丫头”。

男同性恋者薛蟠，“原是早已择定日子上京去的，头起身两日前，就偶然遇见这丫头”。

一个“可巧”，一个“偶然”，我在想，怎么就这么巧呢？偶然之中有必然。原因在于，和上文的“男风”一样，在清代，拐卖人口也是一个庞大的产业。[2]我们看到，《红楼梦》里，也不乏这方面的描写：

第19回，宝玉欲出门：

茗烟笑道：“这会子没人知道，我悄悄的引二爷往城外逛逛去，一会子再往这里来，他们就不知道了。”宝玉道：“不好，仔细花子拐了去。”

宝玉为什么会这样说呢？我想，这一定是贾母、王夫人等人平日里为

---

[1] 林星群．清代法律视野下的男风现象．重庆：重庆大学硕士学位论文，2009.

[2] 事实上，人口犯罪一直是传统社会里的难题。唐代诗人顾况写过《囝》这样一首诗：“囝生闽方，闽吏得之，乃绝其阳。为臧为获，致金满屋。为髡为钳，如视草木。天道无知，我罹其毒。神道无知，彼受其福。郎罢别囝，吾悔生汝。及汝既生，人劝不举。不从人言，果获是苦。囝别郎罢，心摧血下。隔天绝地，及至黄泉，不得在郎罢前。”此诗反映的是官僚、富商阶层相互勾结，拐卖儿童，摧残他们的身体，把他们变为奴隶的暴行。

了防止宝玉去外面乱跑，故意说出这个理由来吓唬他的。一个小孩子的成长，大都遇到过长辈这样善意的提醒，这也是家长教育孩子屡试不爽的方法。它绝不可能是凭空杜撰的，须有生活基础，否则，对古灵精怪的孩子而言，很快就会失效。

第46回，邢夫人动员鸳鸯嫁给贾赦：

听邢夫人道："你知道你老爷跟前竟没有个可靠的人，心里再要买一个，又怕那些人牙子家出来的不干不净，也不知道毛病儿，买了来家，三日两日，又弄鬼吊猴的。"

第58回，荣府戏班解散：

尤氏道："如今我们也去问他十二个，有愿意回去的，就带了信儿，叫上父母来亲自来领回去，给他们几两银子盘缠方妥当。若不叫上他父母亲人来，只怕有混帐人顶名冒领出去又转卖了，岂不辜负了这恩典。若有不愿意回去的，就留下。"

第80回，见薛蟠打香菱，薛姨妈骂道：

"……他既不好，你也不许打，我立即叫人牙子来卖了他，你就心净了。"说着，命香菱"收拾了东西跟我来"，一面叫人去，"快叫个人牙子来，多少卖几两银子，拔去肉中刺，眼中钉，大家过太平日子。"

这里的"人牙子"，其实就是人贩子，"拐子"也是人贩子，两个名字的区别在于前者是合法的，而后者是非法的。在较低层次的执法水平下，人牙子和拐子是没有本质区别的。人牙子可以披着合法的外衣去做拐子做的事情，而拐子也可以在大街上堂而皇之地"出售"英莲。由上述谈话，我们看到，人牙子和一个家庭的生活事务是多么密切地联系在一起！以至于人们在做出一项家庭决策时，人牙子常常也是须考虑的一个因素。

人牙子、拐子，这两个名词代表了那个年代合法与非法两种不同的人口买卖方式。清代，正常的人口买卖是合法的，顺治时北京就有专门"人市"，史载："顺承门内大街骡马市、牛市、羊市。又有人市。旗下妇女欲售者从焉。”[1]《红楼梦》里，晴雯、袭人、十二官等都是荣府通过合法的途径买来的。在承认正常人口买卖合法性的同时，政府对拐子们拐卖人口的行为进行严厉打击。《大清律例》规定：

凡诱拐妇人子女，或典卖，或为妻妾子孙者，不分良人奴婢，已卖未卖，但诱取者，被诱之人若不知情，为首者，拟绞监候，被诱之人不坐。若以药饼及一切邪术迷拐幼小子女，为首者，绞立决，为从，发极边足四千里充军。

同时规定：

妇人有犯，罪坐夫男，夫男不知情及无夫男者，仍坐本妇（决杖一百，余罪收赎）。

更甚至，清政府在《大清律例》中专门规定了对拐卖贵州妇女的惩罚措施，显示出极强的针对性，为历史上所罕见。[2]这些法规的出台，反映了当时政府打击拐卖妇女犯罪的决心。然而，由于始终承认和肯定人口买卖的合法性，这就注定了在惩治人口犯罪方面，再严苛的法律也会力不从心、收效甚微。小说里，拐卖英莲的“拐子”像一滴水，掉进社会的海洋，悄无声息。这是否也算一种隐喻呢？

说起英莲，门子道：

“这一种拐子单管偷拐五六岁的儿女，养在一个僻静之处，到十一二岁，度其容貌，带至他乡转卖。……我也曾问他。他是被拐子打怕了的，万不敢说，只说拐子系他亲爹，因无钱偿债，故卖他。我又哄之再四，他又哭了，只说‘我不记得小时之事！’”

而后我又看到这样一则有关清代的记载：“金陵匪徒，有在四方贩卖幼女，选其俊秀者，调理其肌肤，修饰其衣履……及瓜，则重价售与宦商富室为妾，或竟入妓院。”[3]我感慨《红楼梦》对生活的高度忠实，更感叹香菱们的命运。

---

[1] 谈迁. 北游录·纪闻下. 北京：中华书局，1960：386.

[2] 乔素玲. 清代打击拐卖妇女犯罪之考察. 中国社会经济史研究，2002（3）.

[3] 吴炽昌. 客窗闲话初集·瘦马. 清代笔记丛刊//乔素玲. 清代打击拐卖妇女犯罪之考察. 中国社会经济史研究，2002（3）.

（3）“立意买来作妾”？

门子说，冯渊买英莲来做妾。对此，我高度怀疑。

我们看到，自冯渊见了英莲，“立誓再不交结男子，也不再娶第二个了，所以三日后方过门。”我觉得，如果符合这样的条件的话，那么，英莲还会是妾吗？一个男人，不娶妻，只娶一个妾，而且一辈子就只有这个妾，这样的话，这个妾还是妾吗？她不明明就是妻吗？由此，我觉得，冯渊的真实想法应该是把英莲娶为妻的，“三日后方过门”也说明这一点，如果是妾的话，就像物品买卖一样容易，其规则应该是一手交钱一手交货，根本没必要履行这样一个程序。之所以如此，可见冯渊对英莲、对这段缘分的重视。那么，问题是，为什么冯渊“立意买来作妾”而不是说要娶英莲为妻呢？我想，这应该和当时“良贱不婚”的制度有关。

清代，部曲、奴婢、娼优、皂隶等都是贱人，而军、民、商、灶四类，属于良民。两者的法律地位、政治待遇迥然不同。对贱人而言，其社会地位低下，如同样的犯罪，贱民就要比良民罪加一等；若是良民犯贱民，则可以援例减等，而贱民犯良民，就要加等科刑。贱民也不能参加科举，在生活中也不得与良人结婚。国家明确规定，良贱不能通婚：

凡家长与奴娶良人女为妻者，杖八十。女家减一等，不知者不坐。其奴自娶者，罪亦如之。家长知情者，减二等，因而入籍为婢者，杖一百。若妄以奴婢为良人，而与良人为夫妻者，杖九十。各离异改正。

如果说该条属于概括性的、一般规定的话，针对政府官员的结婚条件，清律还有更为具体、严格的规定：其一，官员不得娶部曲为妻妾或者为家人娶部曲为妻妾：

凡府、州、县亲民官，任内娶部民妇女为妻妾者，杖八十。……若为子孙、弟侄、家人娶者，或和或强，罪亦如之，男女不坐。

其二，官员及子孙不得娶伶人、娼妓为妻妾：

凡文武官并吏娶乐人妓者为妻妾者，杖六十，并离异。……若官员子孙应袭荫者。娶者，罪亦如之，注册候荫袭之日，照荫袭本职上。降一等叙用。

所以，确定良贱不能通婚，从政府的角度，主要是保护良人的身份不致受到辱没，但更主要的是为了显示等级制度权威的不可动摇。[1]国家法的这一规定也得到了民间法的广泛回应和配合，许多地方的家谱均载有“良贱不婚”的具体而详细的说明。例如，有的家谱写道：

婚姻乃人道之本，必须良贱有辨，慎选礼仪，不滥良，醇厚有家法者。嫁娶不计良贱者，并削其名不书；与娼优隶卒为婚者不书。[1]

有的家族在家谱中明确载入：

嫁娶不计良贱者，并削其名不书；与娼优皂卒为婚者不书。[1]

而与“杨乃武与小白菜案”“太原奇案”及“刺马案”并称为“清末四大奇案”的“杨月楼案”[2]，其最初的起因，也是基于“良贱不婚”。

了解了这些背景性知识，我们能够解答很多疑惑。我想，冯渊的本意是娶英莲为妻的，可是限于“良贱不婚”的法律障碍，他才像门子说的，要“立意买来作妾”，而不是娶英莲为妻。我们知道，冯渊“乃是本地一个小乡宦之子”，属于良民；而英莲呢？尽管其真实身份是甄士隐的女儿，也应该属于良民，可是她被“拐子”拐骗之后，她的身份信息就发生了变化，其身份取决于冒充其亲爹的拐子的身份。而“拐子”居无定所，属于法律严厉打击的“流民”，本身就属于刑事犯罪人，这样，英莲的身份自然是非常卑贱的。因此，基于社会风气及法律的规定，冯渊只能买英莲为妾，而不可以为妻。

第2回，贾雨村金榜题名：

至次日，早有雨村遣人送了两封银子，四匹锦缎，答谢甄家娘子，又寄一封密书与封肃，转托问甄家娘子要那娇杏作二房。封肃喜的屁滚尿

[1] 郭松义. 伦理与生活：清代的婚姻关系. 北京：商务印书馆，2000：29.

[2] 杨月楼为清代京剧名伶，一位粤商的女儿名阿宝因观杨月楼演戏，慕其才艺，遂“作书函，并年庚贴，细述思慕意，欲订嫁婚约。”后由粤女之母王氏作主，经媒妁说和，遂订婚嫁。但当迎娶之时，粤商族党以平民嫁“贱民”，有辱门楣乡风，遂群起阻拦，并以杨月楼涉嫌“诱拐”诉之于官府。“夫妻方行合卺礼，县差与巡捕至，扭月楼夫妇”，送至县署，被亦属粤籍的县令以诱拐论处，将杨月楼和该女等分别施刑严责，“敲打其（月楼）胫骨百五，批掌女嘴二百”，收监候判。

流，巴不得去奉承，便在女儿前一力撺掇成了，乘夜只用一乘小轿，便把娇杏送进去了。

贾雨村由一个穷酸的儒生，通过奋斗改变命运，是值得肯定的，而更为感人的是，他也忠实于自己的感情，腾达之后并没有去做陈世美，念念不忘的竟是当年困顿之时多看自己一眼的甄府丫鬟。[1]这本是一段颇具传奇色彩的佳话，也符合当时社会倡导的价值观，那么，在娶娇杏这件事情上，为什么贾雨村要处理的如此秘密呢？“密书与封肃”“乘夜只用一乘小轿，便把娇杏送进去”，难道是因为基于口碑的考虑，贾雨村怕落个“新官上任，政绩尚缺，却急于纳妾”的负面评价，因此不便张扬？非也！其实原因很简单，按照“良贱不婚”的制度，身为地方官吏，贾雨村是不得娶所管辖区域内的女子为妻妾的，也就是说，他和娇杏的结合完全是违法的，主要是基于这一法律上的原因，他才低调行事，秘而不宣。根据法律，在这件事情上，贾雨村知法犯法，应该承担“杖八十”的法律责任。

再有，红楼梦中，贾蔷与龄官两个人彼此深爱对方，然而，两个人一个是“宁府中之正派玄孙”，一个是“耍鬼吊猴”[2]的伶人，正是他（她）们之间存在难以逾越的身份鸿沟，致使这段感情无疾而终。[3]

需要说明的是，在当时的“身份社会”之中，非但英莲、娇杏这样的奴婢，即便是探春这样的豪门小姐，因为良、贱观念的存在和流行，只因为是庶出，在当时的婚姻市场里也是贬值的。第55回，王熙凤对平儿说：

“好个三姑娘！我说她不错。只可惜他命薄，没托生在太太肚子里。”

又说：

“……虽然庶出一样，女儿却比不得男人，将来攀亲时，如今有一种轻狂人，先要打听姑娘是正出庶出，多有为庶出不要的。”

---

[1] 更多贾雨村的分析，参见张未然《法意·红楼：一个法律人的读红札记》，中国政法大学出版社，2012版。

[2] 第46回，王夫人对龄官一般人的描述。

[3] 关于贾蔷与龄官的爱情，参见《蔷薇之恋》《法意·红楼：一个法律人的读红札记》，北京：中国政法大学出版社，2012版。

凤姐的这段话，很能反映那个年代有关婚姻的社会风气，可见良、贱观念的影响之深刻。曾国藩写给弟弟的家书中，也反映过相同的观念：其长子曾纪泽结婚，而对方女孩的身份恰是庶出，曾国藩的妻子不满意，有退婚的打算，对此，曾国藩评论道：

“京师女流之辈，凡儿女定亲，最讲究嫡出庶出之分。内人闻贺家姻事，即托打听是否庶出，余以其无从细询，亦遂置之。昨初十日接家中正月订盟之音，十一日即内人亲至徐家打听，知贺女实系庶出，内人即甚不愿。余比晓以大义，以为嫡出庶出何必区别，且父亲大人业已喜而应允，岂可有他议？……”[1]

（4）“抬回家去三日死了”

冯渊案中，按照现代的刑事制度，薛蟠的罪名应该是什么呢？在主观方面，薛蟠没有致冯渊死地而后快的故意。如门子说的，薛蟠只是“便喝着手下人一打”，并没有给手下发出“必须打死”的指令；在客观方面，当时冯渊也没有死，只是重伤，他是“抬回家去三日死了”。因此，薛蟠大概应该被判以故意伤害罪。然而，在当时，薛蟠应该承担故意杀人的罪名是无疑的，其中，关键因素也在于这里的“抬回家去三日死了”。

保辜制度是中国古代刑事法律规范中的一项旨在保护人身伤害案件中的受害人，追究加害人的法律责任，进而整合社会关系的制度。[2]具体来说，当人身伤害事件发生后，受害人伤情未定，如果受害人在法定的期限内（即保辜期限，简称辜限）因该伤害死亡，对加害人以杀人罪论；如果受害人在法定的期限内没有死亡或因其他原因死亡，即在法定的期限之外死亡，则对加害人以伤害罪论处。普通伤害案件的辜限，清律与明律相同，分三个层次：二十日、三十日及五十日。具体来说，以手足及他物殴伤人，保辜的期限为二十日；以刃及汤火伤人，辜限为三十日；造成被害人折跌肢体及破骨堕胎的，辜限为五十日。而辜限内被

---

❶《曾国藩家书》第204页，转引自郭松义. 伦理与生活：清代的婚姻关系. 北京：商务印书馆，2000：384.

❷林明，朱运涛. 保辜制的制度与思想探析. 法治与社会发展，2005（5）.

害人因所受之伤死亡的，对加害人以杀人论，处绞刑；同谋共伤人因而致人死亡的造成受害人伤势最重的加害人处绞，原谋杖一百、流三千里，其他加害人杖一百，且根据《问刑条例》其他共犯人若有拿凶器、并受害人身有致命刃伤的，加此持凶器之人“发边卫充军”；因谋杀人、故杀人而误杀旁人的，按故杀论；因戏误杀人的，依斗杀论；过失杀人的，依律收赎。[1]据此，我们来分析薛蟠的罪名，在这起人身伤害案件中，冯渊“抬回家去三日死了”，不论其伤情是由拳打脚踢所致，还是被刀子、匕首利刃所伤，其死亡均在辜限之内，且伤人后，薛蟠并没有按照保辜制度的要求，对被害人冯渊进行积极的治疗。如果薛蟠采取了积极的治疗措施，“辜内医治平复者”，则说明其主观恶行小，客观危害不大，那么是可以减轻处罚的。而薛蟠呢，打人后，“他便没事人一般，只管带了家眷走他的路。”以致贾雨村也看不过，说：“岂有这等放屁的事！打死人命就白白的走了”。显见其主观恶行极大。因此，薛蟠的罪名应该“以杀人论，处绞刑”。

需要指出的是，在古代医学鉴定技术水平有限的情况下，保辜制度通过设立辜限以观察因果关系的进一步发展，一方面节俭司法资源，提高效率，另一方面，可使加害人的刑事追究与其行为的社会危害性相符，从而有利于实现罪责相适应，蕴含着古朴的公平、公正观念。[2]此外，这一制度还明确辜限内加害人对被害人负有积极救助的义务，以避免危害结果的发生或进一步加剧，并据此作为减轻加害人的罪责的法定事由，如此一来，既能够实现对被害人的抚慰、补偿，从而避免社会秩序的再次被破坏，又体现了刑事制度“谦抑性”的特点，体现了法律对人的终极关怀。由此，我觉得，在中国今天的法治追求中，这一制度有理由成为可资承继的“本土资源”。

（5）“老爷只说善能扶鸾请仙……”

因为“护官符”，本来极简单的案件却成了一件难办案件。那么，如何判决冯渊案呢？第4回，门子给贾雨村出了这样一个主意：

---

[1] 林明，朱运涛. 保辜制的制度与思想探析. 法治与社会发展，2005（5）.

[2] 牛忠志. 古代保辜制度与现行刑事法. 山东公安专科学校学报，2003（4）.

“小人已想了一个极好的主意在此：……老爷只说善能扶鸾请仙，堂上设下乩坛，令军民人等只管来看。老爷就说：‘乩仙批了，死者冯渊与薛蟠原因夙孽相逢，今狭路既遇，原应了结。薛蟠今已得了无名之病，被冯魂追索已死。其祸皆因拐子某人而起，拐之人原系某乡某姓人氏，按法处治，余不略及’等语。……众人见乩仙批语与拐子相符，余者自然也不虚了。”

这里，门子给贾雨村出了个什么主意呢？他竟然建议作为法官的雨村装神弄鬼，扮演成巫师的模样来审理案件。所谓“扶鸾请仙”，用老百姓的话说，就是“跳大神”。第95回，宝玉随身的玉不见了，邢岫烟就求过妙玉“扶乩”：

妙玉笑了一笑，叫道婆焚香，在箱子里找出沙盘乩架，书了符，命岫烟行礼，祝告毕，起来同妙玉扶着乩。不多时，只见那仙乩疾书道：“噫！来无迹，去无踪，青埂峰下倚古松。欲追寻，山万重，入我门来一笑逢。”书毕，停了乩。岫烟便问请是何仙，妙玉道：“请的是拐仙。”

可见，所谓的“扶鸾请仙”，就是类似“灵魂附体”的游戏。你能想象一个法官在法庭上，装作“拐仙”的样子来审理案件吗？这在我们看来是非常荒谬和荒唐的。然而，我想说的是，作为一名杰出的现实主义作家，曹雪芹并没有夸张，这在一个侧面恰恰反映了传统中国司法的原貌。在《美国学者论中国法律传统》一书中，卫周安先生谈到：“司法机关对于超自然现象的认可，包括在睡梦中或半梦半醒的幻觉状态中出现的鬼魂、精灵及其他东西对司法活动的干预。这种辅助司法活动的事情充斥于许多国家的文学作品中，但其在实际案件中所起的真实作用却很少。然而，在中国传统法律文化中，这种情况却相当普遍。”[1]在书中，卫周安先生举了一个发生在1808—1809年间的真实案件：一个名叫李毓昌的新任官员，上任不久发现了以当地知县为首的贪污集团，后被贪污集团谋杀。由

[1] 卫周安. 清代中期法律文化中的政治和超自然现象；高道蕴，高鸿钧，贺卫方. 美国学者论中国法律传统. 北京：中国政法大学出版社，1994：392.

于案件疑窦丛生，他的叔叔决定提起控诉，下面即是李的叔叔向当时的调查者所做的证词：

“本年二月不记日子，有与侄子向日同窗的荆仲法在本县豆腐店地方骑着驴走，见有人夫轿马从对面西大路来了，是个官长，随即下驴。那官长下了轿。他认得是我侄子，向闻我侄子说他做了栖霞县城隍去上任的。荆仲法当时害怕，走回向他女人告知并说他头疼的厉害，叫他女人扶上炕去躺下后就要茶吃。拿其茶来就大哭说是我见了茶，想起我从前吃茶时服毒后死得好苦。荆仲法的女人听的不像他男人声音，问他是谁。他说：‘我是李毓昌。我到栖霞上任遇到同窗荆仲法，请他帮我办事的。’荆仲法旋即死了。这话是荆仲法女人说出来的事实。”

这份证词的大意是，侄子死后，在同学身上出现了灵魂附体现象。这显然是一份超自然力的证词。在由军机处发往即将被撤职的两江总督铁保的信件中有一份皇帝敕令特别提到了这份证词。“此一事实表明，如果他们不认为这个证据有多么大的说服力，那么至少他们也认为它具有认真考虑的价值。皇帝及其高级官员对那些违反常识的事件或信仰予以注意并不是什么新鲜事。”[1]

2. 张三案

第85回，薛蟠将酒保张三打死。或许因为是续书的缘故，这个案件并没有引起人们的普遍关注，因此，其知名度要远逊于冯渊案。然而，我们应该承认，续书作者是费了很大了力气写这个案件的，与案件有关的情节散见在第85、86、91、99、120回之中，这些情节，和冯渊案一样，同样具有社会史、法律史的意义。

（1）“访一个有斟酌的刀笔先生”

第85回，薛蟠打死张三事发，薛姨妈哭着征求大家的意见，家人道：

“依小的们的主见，今夜打点银两同着二爷赶去和大爷见了面，就在

[1] 卫周安. 清代中期法律文化中的政治和超自然现象；高道蕴，高鸿钧，贺卫方：《美国学者论中国法律传统. 北京：中国政法大学出版社，1994：392.

那里访一个有斟酌的刀笔先生，许他些银子，先把死罪撕掳开……”

这里，所谓的“刀笔先生”，就是指讼师。在传统社会中，讼师是专门为人打官司的人。在清代司法审判，讼师非常活跃，“词讼必由讼师”是当时社会的生动写照。我们看到，薛蟠事发，其家人的第一反应就是建议薛姨妈尽快找一个讼师，显见在当时的司法实践中，有官司，找讼师，已经成为被告人一方首要的诉讼策略。然而，即便如此，社会的主流观点对讼师的评价却非常低，官方舆论通常用教唆词讼、混淆曲直、恐吓诈财等贬斥之词来描述讼师的行为。清代小说家李汝珍在《镜花缘》中，有一段精彩描写：

“……又有一等唆讼之人，哄骗愚民，勾引兴讼，捕风捉影，设计铺谋，或诬控良善，或妄扳无雇。引人上路，却于暗中分肥；设有败露，他即远走高飞。小民无知，往往为其所愚，莫不被害。”

这一评论非常能体现当时人们对讼师的态度和看法，与之相映成趣，张三案也是对这一时代背景的生动反映。

案件的实际情况是：薛蟠在酒店喝酒，因为“当槽的”（酒保）张三前一天拿眼睛瞟了薛蟠带去的蒋玉菡，就故意斗气找碴打架，拿碗砸了张三的脑袋，张三没过多久就咽了气。薛蟠被当地官府拿住，自认“斗杀”，招供在案。在这种情况下，刀笔先生给出的脱罪策略是：

“须得拉扯着同哥哥（薛蟠）喝酒的吴良，弄人保出他来，许他银两，叫他撕掳。他若不依，便说张三是他打死，明推在异乡人身上，他吃不住，就好办了。”

可见这位讼师为了胜诉，用心之险恶。接着，他还给薛蝌写了一份颠倒黑白的诉状：

具呈人某，呈为兄遭飞祸代伸冤抑事。窃生胞兄薛蟠，本籍南京，寄寓西京。于某年月日备本往南贸易。去未数日，家奴送信回家，说遭人命。生即奔宪治，知兄误伤张姓，及至囹圄。据兄泣告，实与张姓素不相认，并无仇隙。偶因换酒角口，生兄将酒泼地，恰值张三低头拾物，一时失手，酒碗误碰卤门身死。蒙恩拘讯，兄惧受刑，承认斗殴致死。仰蒙宪天仁慈，知有冤抑，尚未定案。生兄在禁，具呈诉辩，有干例禁。生念手足，冒死代呈，伏乞宪慈恩准，提证质讯，开恩莫大。生等举家仰戴鸿仁，永永无既矣。激切上呈。

这里，明明是故意杀人行为，讼师却其绘声绘色地描述成一场离奇的意外事件，足见其颠倒黑白的功力。有了讼师的诉讼策略，辅以薛家的“银弹攻势”，张三案迅速被定性为“误杀”，按照清律，“初无害人之意而偶致杀伤人”，比照“斗殴杀人”罪而“依律收赎”，即用钱财抵销掉应判处的刑罚，给予“被杀之家”烧埋银等费用。至此，像冯渊案一样，“呆霸王”薛蟠再一次演绎了胜利大逃亡。

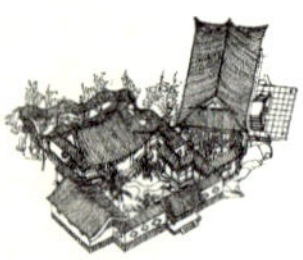

客观地讲，任何一个群体都有好坏之分，讼师群体也不例外，其中有以混淆是非为能事的方唐镜，也不乏一身侠肝义胆的宋世杰。[1]而这一群体之所以被“污名化”，关键的因素不在于方唐镜与宋世杰在这一群体中所占的比例，而在于讼师这一职业的存在，同儒家倡导的“天下无讼”的愿景相冲突。因而，传统社会中，几乎历代政府都严厉打击讼师。清代咸丰年间曾于浙江会稽、安吉等县任官的牟述人发布如下告示：

（讼师）润笔而攫其金，抗颜无愧，下井而投之石，举手何劳。覆为雨而翻为云，共被其祷张之幻；横成峰而侧成岭，自运其变化之神。旗鼓逢用武之时，敌人胆落。刀笔托斯文之末，学者心倾巧出，机关颠倒六州之铁，暗通线索，搜罗两国之金。访有不法匪徒挟其制人之术，长于诱敌之才，用笔墨以结因缘，借扛帮以谋衣食。明于法纪，恃刀生劣监之符，潜入公门结蠹役玩书为友。记三八收呈之日批语，抄录来索十千润笔之资。谢仪收到，砌词上控，以挟制官府为能。造语飞传，以恐吓乡愚为事。合行出示，访为此。示仰前项匪徒知悉：莫作吠尧之狗，甘为助纣之人……自示之后，如敢仍此不法，实憎其化鸠之目，莫改其见猎之心，按名悉予严，照律定行重究。

---

[1] 宋世杰，明成化信阳州人，生性耿真，不善阿谀奉承，平素行侠好义，时常代人书写状子，不收分文，为民申冤鸣屈。其故事见民间话本《四进士》，后被周星驰改编为电影《审死官》；方唐镜，清朝末年著名状师，以刁钻精怪，与衙门勾结欺压百姓而闻名，人称“扭计师爷”，其故事见民间话本《九命奇冤》，后被周星驰改编为电影《九品芝麻官》。

这份颇具文采的官方文告，既体现了官员规制讼师的理论前提，也表达了官员规制讼师的必行性。[1]在上述种种认识下，清代各级官员被要求查禁与捉拿危害社会的讼师，否则将受到《大清律例》的严厉处罚：

讼师教唆词讼，为害扰民，该地方官不能查拿禁缉者，如止系失于觉察，照例严处。若明知不报，经上司访拿，将该地方官照奸棍不行查拿例，交部议处。

这样的制度表下，讼师很难有发展的空间。由此，给薛蟠出谋划策、代写呈子的那位刀笔先生，在当时应该是冒了很大风险的。

（2）“府里详上去，道里反驳下来”

第91回，波澜不惊的张三案起了变化：

一日薛蟠有信寄回，薛姨妈打开叫宝钗看时，上写：男在县里也不受苦，母亲放心。但昨日县里书办说，府里已经准详，想是我们的情到了。岂知府里详上去，道里反驳下来。亏得县里主文相公好，即刻做了回文顶上去了。那道里却把知县申饬。现在道里要亲提，若一上去，又要吃苦。必是道里没有托到。母亲见字，快快托人求道爷去。还叫兄弟快来，不然就要解道。银子短不得。火速，火速。

由薛蟠写给母亲的这封信，我们看到，张三案在知县那里只能算是初审，县里审结后，还要报到府里，而府里又须报到“道”里，恰是在“道”这个层级上，对张三案的审判结果提出了质疑。显然，这涉及清代刑事司法的基本制度。与我们现在的二审终审的刑事制度不同，清代的刑事案件实行的是逐级审转复核制度。相当一部分案件的审理从县级开始，依次是府级、按察使、巡抚或总督、刑部、三法司，直到皇帝，审级有五六级之多。具体到张三案，尽管道里的按察使对下级的判决结果提出异议，可是薛家应该是按照薛蟠的家信里的请求，火速地给了银子的，因此，案件性质仍然是误杀。而根据第99回，贾政阅读的邸报看，省级的官吏（书中称为“京营节度使”，节度使属唐宋设置，清代并无此

[1] 邓建鹏. 清代讼师的官方规制. 法商研究，2005（3）.

官职。作者故意为之，意在模糊小说的时代背景）也被薛家迅速地摆平。由此，张三案经过县、府、道、省四级审转复核，仍然没有获得公正审理的机会。

曙光出现在第100回：

且说薛姨妈为着薛蟠这件人命官司，各衙门内不知花了多少银钱，才定了误杀具题。原打量将当铺折变给人，备银赎罪，不想刑部驳审，又托人花了好些钱，总不中用，依旧定了个死罪，监着守候秋天大审。

张三案经过四级审转复核，一直是冤案，终于在第五级——刑部这里，出现了实质性转折。刑部推翻了先前判决，决定："将薛蟠依《斗杀律》拟绞监候"这样，张三案就需要"秋天大审"，这里的秋天大审，即秋审，是一种对已经判决的死刑案件的复核制度。秋审制度始于明、清两代，行于立秋以后，以应《月令》孟秋"用始刑戮""严断刑"之意，这一制度突出反映了农耕文明对中国传统法律制度的影响。按照清律，各省于每年四月，对判处死刑尚未执行的案犯，再行审议，分为"情实""缓决""可矜""留养"四类，报送刑部。秋八月，刑部会同大理寺等，对上述原判死刑的四类案件集中审核，提出意见，最后奏请皇帝裁决。这么看来，对于张三而言，正义终于迟来。然而，戏剧性地是，第120回，又道：

"且说薛姨妈得了赦罪的信，便命薛蝌去各处借贷，并自己凑齐了赎罪银两。刑部准了，收兑了银子，一角文书，将薛蟠放出。"

由此可知，皇帝赦免贾家，连带一并赦免了薛蟠。在那个年代，面对有权有势的豪门，像冯渊、张三这样的平民要通过制度的途径获取正义，比登天还难。对他们而言，正义真的就成了"一种生生不息，却又难以触及的远"。

综上，以薛蟠的两桩命案为线索，我们发掘、梳理了与之相关的社会及制度背景，借此，来丰富我们对当时社会生活的认识，深化我们对作品及其人物本身的理解。我们真切地看到，区区一个冯渊案，竟然勾连着如此多的社会信息。即便是作者看似无意的简单一笔，也在某种程度上暗含了一定的信息。由此，像论者指出的，《红楼梦》真的是经得起逐字逐句文本细读的，或许，这就是所谓"字字看来皆是血，十年辛苦不寻常"

吧。事实上，除了以上的分析，这两起案件带给我们的思考还有很多。例如，冯渊案中的原告——冯家的奴仆，竟说“小人告了一年的状”，他的诉讼动机不见得像自己声称的一定要“剪恶除凶，以救孤寡”，而是“不过为的是钱”，这与明、清时期社会的“健讼”之风似有联系；葫芦庙里的那个小沙弥，成了贾雨村的“门子”[1]，而“门子”，本身就属于当时司法实践中一项特色制度；初闻张三案中，薛姨妈说：

“你们找着那家子，许他发送银子，再给他些养济银子，原告不追，事情就缓了。”

而宝钗则说：

“妈妈使不得，这些事越给钱越闹得凶。”

这里，薛姨妈提出的是“先行赔付”的思路，而宝钗则担心由此会产生恶意激励。时至今日，犯罪人家属也大概是这两种心态。所有这些，均有进一步讨论的空间。

[1] 需要指出的是，基于上述分析，提出“扶鸾请仙”这样一个司法策略，并不意味着门子的无知或低能，恰恰相反，门子是谙熟当时社会的司法生态的，他能够帮助贾雨村从棘手的案件中成功脱身，这说明，门子是一个出色的胥吏。第99回，小说还写了贾政的胥吏——李十儿这样一个人，和门子一样，他同样对官场有敏锐的洞察。在随贾政到江西督运漕粮事务时，李十儿勾连内外，哄着主子办事，自己做起威福，搜刮钱财。如苏力老师指出的：“……一些胥吏实际承担了案件审理的工作，成为地方首长在案件审理中的主要倚重。这些胥吏相当有能力，因此被称为能吏，甚至许多在剧中徇私枉法的胥吏……也常常有娴熟的审判技能。”（苏力. 法律与文学：以中国传统戏剧为材料. 北京：生活·读书·新知三联书店出版社，2006：173）

末日审判

> 主上因御史参奏贾赦交通外官，恃强凌弱。据该御史指出平安州互相往来，贾赦包揽词讼。严鞫贾赦，据供平安州原系姻亲来往，并未干涉官事。该御史亦不能指实。惟有倚势强索石呆子古扇一款是实的，然系玩物，究非强索良民之物可比。虽石呆子自尽，亦系疯傻所致，与逼勒致死者有间。今从宽将贾赦发往台站效力赎罪。所参贾珍强占良民妻女为妾不从逼死一款，提取都察院原案，看得尤二姐实系张华指腹为婚未娶之妻，因伊贫苦自愿退婚，尤二姐之母愿结贾珍之弟为妾，并非强占。再尤三姐自刎掩埋并未报官一款，查尤三姐原系贾珍妻妹，本意为伊择配，因被逼索定礼，众人扬言秽乱，以致羞忿自尽，并非贾珍逼勒致死。但身系世袭职员，罔知法纪，私埋人命，本应重治，念伊究属功臣后裔，不忍加罪，亦从宽革去世职，派往海疆效力赎罪，贾蓉年幼无干省释。贾政实系在外任多年，居官尚属勤慎，免治伊治家不正之罪。

《肖申克的救赎》里，典狱长的房间静静地挂着一块匾额，安迪第一次走进这个房间时就看见了它。影片结尾，伴随着警笛的鸣叫声，典狱长惊悚的目光也落在这块匾额上，上面写着：“主的审判正迅速降临。”开头我们看到的这份材料，就是贾府等来的“主的审判”。“开到荼蘼花事了”，贾府盛极而衰，终于迎来了自己的家族末日。第107回，北静王亲自宣读了这份对贾家的判决书，这也是贾府被查抄的直接依据。那么，其中指控贾府的罪名有哪些，贾府为此须负担什么样的责任呢?

在这份判决书中，贾赦涉嫌两项指控：一曰“交通外官”；二曰“恃强凌弱”。先谈一下“交通外官”，贾赦和平安州的官员，的确有较为密切的往来。

第66回，贾琏的小厮隆儿对尤氏姐妹说：

“老爷有事，是件机密大事，要遣二爷往平安州去。不过三五日就起身，来回也得半月工夫。”

且说贾琏一日到了平安州，见了节度，完了公事。因又嘱他十月前后务要还来一次……

进一步地，和贾家有密切往来的地方官员并不止平安州。第15回，“王凤姐弄权铁槛寺”一节，老尼净虚说：

“我想如今长安节度云老爷与府上最契……”

第60回，柳家的嫂子笑道：

“这是你哥哥昨儿在门上该班儿，谁知这五日一班，竟偏冷淡，一个外财没发。只有昨儿有粤东的官儿来拜，送了上头两小篓子茯苓霜。余外给了门上人一篓作门礼，你哥哥分了这些。”

平安州、长安县、粤东的官，连同柳家嫂子话语里的暗示，我们看到，同贾府交往的地方官员非常多。按照我们现在的认识，官员也属于公民，相互间的交往完全是一种正当权利。然而，“普天之下，莫非王土；率土之滨，莫非王臣”的传统社会则不然，实行“一人之治”的皇帝对下属总有一种深刻的怀疑和不信任感，唯恐众人结党私营，实施一项对自己不利的“集体行为”，因此，要想方设法来限制、阻断官员间的私下沟通和交流。反映在制度上，清律规定：

凡内、外官员除系至亲好友世谊乡情彼此往来，无庸禁绝外，如外官赴任时，谒见在京各官，或至任所差人来往交接者，革职。其在京各官与之接见及差人至外官任所来往者，亦革职。

基于此，像贾家、甄家这样的“老亲”“世交”间的亲友情往来，法律给予谅解和宽容，除此之外，在京官员和地方官员的私下交往被法律严禁。贾赦作为在京官员，与地方官员频繁往来，确有触法嫌疑。然而，从这份判决书来看，贾赦辩称他们之间，“系姻亲来往，并未干涉官事”，也就是说，他们之间的交往完全是属于合法范围内的事情，且这一口供也得到了认可，因此，“交通外官”的罪名虽然严重，但这项指控本身并不成立。

再说“恃强凌弱”，实事求是地讲，在“石呆子案”这件事情上，贾赦其实没有什么责任，真正的责任人是贾雨村。第48回，由平儿和宝钗的对话，我们得知，闻得石呆子有上好的古扇，贾赦的第一反应并不是直接去抢夺过来，而是吩咐儿子贾琏去高价购买，并明确说明：“要多少钱给他多少钱。”即便石呆子打定主意不卖，贾赦也只是“没法了，天天骂二爷（贾琏）没能为”，由此，我们看到，在整个事件过程中，贾赦其实一直是低调的，没有一点作威作福的样子。他完全是把自己摆在了一个普通民事主体的位置上，想与对方完成一次物品交易，只是他发出了“要约”，而对方却没有“承诺”。即便如此，他也没有利用自己的权势，进行强买强卖，更甚至像薛蟠抢英莲那样直接抢夺过来，他完全有能力这样做，可是他并没有这样做，他充分尊重了石呆子对那些值钱的古扇的所有权或主观意愿上的“意思自治”。后来，扇子之所以到了贾赦的手里，是由于贾雨村听得这一消息，凭其敏锐的嗅觉，认定这是一次难觅的政治投机机会，于是：

便设了个法子，讹他（石呆子）拖欠了官银，拿他到衙门里去，说所欠官银，变卖家产赔补，把这扇子抄了来，作了官价送了来。

需要强调的是，这里，贾雨村抄石呆子的扇子并非出自贾赦的授意或某种暗示，而是完全出自自己的本意，在此，贾赦其实是处在被动的状态。由此，在这件事情上，石呆子毫无疑问是非常冤枉的。可是，同样冤枉的还有贾赦，他并没有实质性过错，却要为此背负“恃强凌弱”这一项“莫须有”的罪名，被处以“流”罪，“发往台站效力”。

从判决书看，贾珍的问题是“私埋人命”。我们认为，这一项罪名也非常不妥。要知道，尤三姐系为情自杀，并非他杀，这种情况下，法律并没有确定性地规定死者家属须告知官府，否则即为犯罪。即便今天，也是如此。与之相较，尤二姐、司棋等人也系自杀，围绕着入殓、埋葬等后事的处理，同样也没有官府的人参与。例外的是，第44回，鲍二家的自杀，贾琏“将番役仵作等人叫了几名来，帮着办丧事。”这里，贾琏之所以把番役、仵作叫来，并不是履行所谓的告知义务，其真实目的是为了吓唬死者亲属，防止他们诉讼生事、以免暴露自己与死者通奸的恶行。而番役、仵作参与进来，也不是履行什么工作职责，而只是帮着贾琏料理丧事，算是一种“友情出演”的活动而已。退一步讲，即便在尤三姐的后事料理上，贾珍等人没有尽到通知官府这一义务，那么，如果仅是存在程序性违法的情形，就处以贾珍“派往海疆效力赎罪”的责罚，这个判罚明显也太重了。事实上，清律中确有“私埋人命”的规定，其内容是：

差役、奉官暂行看押人犯，有在押身死者，无论有无陵虐，均令禀明本管官，传到尸亲，眼同验明，不得任听私埋……至差役私押毙命之案，应令禀请邻封州县，传到尸亲，眼同验明究办。若有私埋匿报以及一切凶徒挟仇谋财致毙人命私埋灭迹者，经尸亲告发之后，如业将致死根由究问明白毫无疑义，而尸伤非检不明者，亦即详请开检，按例惩办，均无庸取具尸亲甘结。

很明显，这一罪名属于职务犯罪，其犯罪主体具有特殊性，它主要是针对衙役、仵作等具体的案件承办人员而言的，意在规范他们的办案行为，防止其在执法活动中挟私报复、侵犯犯罪嫌疑人的正当权益。我们知道，贾珍世袭三品爵威烈将军，而这里却给他按上一个衙役、仵作、牢头才能够触犯的罪名。这是非常荒唐的。进一步地，判决书中，“贾蓉年幼无干省释”这句话也非常令人不解，我甚至一度怀疑，做出这份判决的皇帝是不是错把贾蓉误认为贾兰，要知道，此时贾蓉完全是一个完全行为能力人，媳妇都已经娶过两次，先是秦可卿，后是胡氏，怎么会被认定为“年幼无干省释”呢？这不能不说是有些出人意料的。

这么看来，针对贾府的审判，是“葫芦僧乱判葫芦案”的升级版，皇帝，作为当时的最高大法官，其司法水平其实和葫芦庙里的门子一样，没有在厘清事实的基础上准确地适用法律，而是稀里糊涂地认定事实，又稀里糊涂地进行判决，从而得出了一份近似荒诞的判决书。虽然贾府据此被抄，然而，通过分析，我们没有找到查抄贾府的任何一条根据。

既然“主的审判”如此的不靠谱，那么，在此，我们不妨根据小说情节，结合当时的社会制度，对贾府里的人和事，作一次认真的法律检视，来探究其应有的法律意义或后果，也权作是一次针对贾府的“末日审判”。综合地看来，我觉得，贾府之中发生的违法类型，大致有以下几种：

1. 奸非

所谓奸非，即指亲属相奸的情形。“性的禁忌在父系家族团体以内是非常严格的，不但包括有血统关系的亲属，也包括血亲的配偶在内。历代法律对于这种乱伦的行为处分极重。汉律称之为禽兽行。”[1]而恰是在这个问题上，我们看到贾府里充斥着的荒淫与无耻。

第7回，宁府的老仆焦大，醉骂道：

“我要往祠堂里哭太爷去。那里承望到如今生下这些畜牲来！每日家偷狗戏鸡，爬灰的爬灰，养小叔子的养小叔子，我什么不知道？咱们‘胳膊折了往袖子里藏’！”

这里的“爬灰”，是指作为公公的贾珍和儿媳秦可卿之间的乱伦行为。根据红学家的考证，秦可卿并非生病而死，而是因和公公贾珍在天香楼苟合，被丫鬟瑞珠和宝珠撞见，羞愤自缢而死。这一观点，几乎已经成为《红楼梦》研究的定论。第5回里，可以找到相关的佐证，关于秦可卿的“画”“判词”和“曲”都说明了她是因“淫”而“缢”的：画上“画着高楼大厦，有一美人悬梁自缢”；判词为：“情天情海幻情身，情既相逢必主淫，漫言不肖皆荣出，造衅开端实在宁。”另外，十二支《红楼梦曲》中的《好事终》，就是唱秦可卿的：“画梁春尽落香尘。擅风情，秉月貌，便是败家的根本。箕裘颓堕皆从敬，家事消亡首罪宁。宿孽总因情！”我们看到，曲子的起首句便是“画梁春尽落香尘”。从“画”“判词”“曲”中，明白无误地看出了秦可卿是自缢而亡的。那么，法律如何评价贾珍的“爬灰”行为呢？若是常人相奸，唐、宋律不过徒刑，元、明、清律和奸不过杖罪，强奸才处死刑。[2]但是，基于伦常秩序的考虑，亲属相奸的情形，则要加重治罪。至于如何加重，则取决于当事人之间的亲等关系，亲

[1] 瞿同祖．中国法律与中国社会．北京：商务印书馆，2010：59．

[2] 瞿同祖．中国法律与中国社会．北京：商务印书馆，2010：60．

等愈近，那么，治罪愈重。例如，第7回，“见熙凤贾瑞起淫心”，这里，如果贾瑞的理想果真照进现实，那么，这应属于与族兄弟妻相奸，男女各杖一百；像焦大骂的“养小叔子”的行为，应该属于奸小功以上亲，罪属“十恶”之中的“内乱”，按照清律，男女各绞，强者则斩。由此，在薛蟠入狱期间，夏金桂色诱薛蝌，这完全是不计廉耻、后果的行为。具体到贾珍和秦可卿之间的行为，因为双方之间亲等更近，被视为灭绝人伦的事情，为社会和法律所不容。按照清律，和奸期亲及子孙之妇皆处斩。

第63回，贾蓉在和丫头们的调笑中，还透漏了一个有关贾琏的秘密：

贾蓉笑道：“各门另户，谁管谁的事。都够使的了。从古至今，连汉朝和唐朝，人还说脏唐臭汉，何况咱们这宗人家。谁家没风流事，别讨我说出来。连那边大老爷这么利害，琏叔还和那小姨娘不干净呢。凤姑娘那样刚强，瑞叔还想他的帐。那一件瞒了我！”

这里贾蓉说的“不干净”，是说贾琏和贾赦的姬妾之间存有暧昧关系，这很容易让人联想起曹禺先生的戏剧《雷雨》里的周萍和繁漪。事实上，贾琏的私生活非常不检点，曾先后和多姑娘、鲍二家的等多人通奸，为此，贾母曾骂他：“成日家偷鸡摸狗，腥的臭的，都拉了你屋里去”，而面对父亲的姬妾，虽然贾琏平日里“眼馋肚饱”“百爪挠心”，却没再敢往前跨出半步。第69回，写道：

况素习以来因贾赦姬妾丫鬟最多，贾琏每怀不轨之心，只未敢下手。如这秋桐辈等人，皆是恨老爷年迈昏愦，贪多嚼不烂，没的留下这些人作什么，因此除了几个知礼有耻的，余者或有与二门上小幺儿们嘲戏的。甚至于与贾琏眉来眼去相偷期的，只惧贾赦之威，未曾到手。

由此，我们断定，贾蓉嘴里说的贾琏和小姨娘之间的“不干净”，应该是止于暧昧而已。即便如此，也为礼法所不容。那么，进一步地，如果贾琏在和小姨娘们的交往中，突破了最后的底线，结果又会怎么样呢？需要说明的是，和邢夫人不同，秋桐等姬妾并非贾赦之妻，因此，她们不具有主子奶奶的身份和地位，和贾琏也不存在服制、亲等上的关系。但是，这并不意味着在制度上会有一个较轻的负面评价或结果。对于贾琏而言，这些姨娘毕竟和自己的父亲具有同居关系，这就有一个名分的问题。就如

第63回，林之孝家的教育宝玉时说的：

“这些时我听见二爷嘴里都换了字眼，赶着这几位大姑娘们竟叫起名字来。虽然在这屋里，到底是老太太、太太的人，还该嘴里尊重些才是。若一时半刻偶然叫一声使得，若只管叫起来，怕以后兄弟侄儿照样，便惹人笑话，说这家子的人眼里没有长辈。”宝玉笑道：“妈妈说的是，我原不过是一时半刻的。”林之孝家的笑道：“这才好呢，这才是读书知礼的。越自己谦越尊重，别说是三五代的陈人，现从老太太、太太屋里拨过来的，便是老太太，太太屋里的猫儿狗儿，轻易也伤他不的。”

这里，和林之孝家的逻辑一致，尽管贾琏与姨娘不存在亲等关系，但是她们毕竟属于父亲的姬妾，基于长幼尊卑及孝道伦理，“名分所关，亦应有性的禁忌。有犯亦较与常人通奸为重。历代法律与亲属之妾通奸只减奸亲属之配偶一等，强者绞。父祖之妾更分亲义重，所以与之通奸亦成立内乱罪。……明、清法律皆与奸期亲同罪，处死刑。”[1]在此，贾琏有贼心没贼胆，始终未敢逾越雷池，看起来，他还没有色胆包天，让本能的欲望吞噬自己。

第64回，写尤氏姐妹同贾珍、贾蓉的乱行：

却说贾琏素日既闻尤氏姐妹之名，恨无缘得见。近因贾敬停灵在家，每日与二姐三姐相认已熟，不禁了垂涎之意。况知与贾珍贾蓉等素有聚麀之诮，因而乘机百般撩拨，眉目传情。

这段话里有一个关键词，即“聚麀之诮”。麀，是母鹿，聚是“共”的意思。“聚麀”，意思是兽类父子共一只母兽的行为。人们借此指存在于两代人之间的乱伦行为。由这一隐喻，我们得知，尤氏姐妹与贾珍父子均存在“亲属相奸”的行为。那么，贾珍父子须为此承担什么样的责任呢？贾珍和尤氏姐妹，是姐夫和妻妹的关系，这属于外姻无服亲，按照法律的规定，“同凡论”。也就是说按照普通人之间的通奸行为处理。而贾蓉和尤氏姐妹则不同，尤氏姐妹是贾蓉的姨母，按照服制，姨母服属小功，这是在涉及外姻的奸罪中处罚最重的，“唐、宋、明、清律皆与奸伯叔祖母，

[1] 瞿同祖. 中国法律与中国社会. 北京：商务印书馆，2010：61.

祖姑，堂伯叔母，堂姑，堂姊妹，兄弟妻，及侄妇同在列举范围之内，处分相同。”[1]即按照清律，男女各绞，强奸则斩。

2. 盗窃

荣府里发生过多起盗窃案，例如，小丫头坠儿偷过平儿的虾须镯，彩霞受赵姨娘指使，偷过王夫人房间里的玫瑰露，还有，在鸳鸯的帮助下，贾琏偷过贾母的私房钱。第72回，贾琏回家，恰值鸳鸯在和平儿说话，便向鸳鸯道：

“这两日因老太太的千秋，所有的几千两银子都使了。各处房租地税通在九月内才得，这会子竟接不上。明儿又要送南安府里的礼，又要预备娘娘的重阳节礼，还有几家红白大礼，至少还得三二千两银子用，一时难去支借。俗语说，‘求人不如求己’。说不得，姐姐担个不是，暂且把老太太查不着的金银家伙偷着运出一箱子来，暂押千数两银子支腾过去。不上半年的光景，银子来了，我就赎了交还，断不能叫姐姐落不是。”鸳鸯听了，笑道：“你倒会变法儿，亏你怎么想来。”

这里，虽然鸳鸯当场拒绝，可她还是帮助了贾琏，做了这次盗窃案件里的“从犯”。第74回交代：

一语未了，只见贾琏进来，拍手叹气道：“好好的又生事，前儿我和鸳鸯借当，那边太太怎么知道了。才刚太太叫过我去，叫我不管那里先迁挪二百银子，做八月十五日节间使用。我回没处迁挪。太太就说：‘你没有钱就有地方迁挪，我白和你商量，你就搪塞我，你就说没地方。前儿一千银子的当是那里的？连老太太的东西你都有神通弄出来，这会子二百银子，你就这样。幸亏我没和别人说去。”

从邢夫人的话里，我们可以判断，贾琏的这次盗窃无疑是成功实施了的。尽管他一再声称：“银子来了，我就赎了交还”，意在强调这只是暂时挪用，而非盗窃，来淡化行为性质的严重，可我们知道，贾母的这些“金银家伙”，根本就是“肉包子打狗”，后来并没有交还这回事。当然，这里

---

[1] 瞿同祖. 中国法律与中国社会. 北京：商务印书馆，2010：62.

认定贾琏盗窃，在某种程度上来说，是有欠公允的，毕竟，偷贾母的财物，他是基于家族公益，而不是为了一己之私。但不管是盗窃还是侵占，对贾母而言，其实质结果都是一样的，她一辈子积攒下的“梯己”，其中的一部分，被孙子偷走了。对此，贾母并不知情，我们也可以预想，即便知情，她也并不见得要追究。可是，如果这里我们较真儿地分析一下，为这次盗窃行为，贾琏会承担什么样的责任呢？

按照传统的法律制度，“亲属间的窃盗罪不同于凡人相盗，罪名是与亲等成反例的，关系愈亲则罪刑愈轻，关系愈疏则罪刑愈重。……明、清的法律将无服亲亦并入计算，得减一等，于是依次递减，缌麻减二等，小功减三等，大功减四等，期亲得减五等。”[1]基于此，贾琏的上述行为，即便贾母追究，也不大可能有严重的法律后果。亲属相奸，相较凡人，要加重处罚；而亲属相盗，相较凡人，则减凡人治罪。这是中国传统法律文化中的一项有趣的规定。之所以如此立法，“目的都在维护家族的和睦和亲爱，两者的目的殊途而同归，并不冲突。”[1]自古以来，亲属、邻里之间，扶危济困就被视为一项美德、善举。亲戚不论血缘上的远近，在道义、情理上都有相互扶助的义务，第10回，言及金荣的姑姑，说道：

> 且说他姑娘，原聘给的是贾家玉字辈的嫡派，名唤贾璜。但其族人那里皆能象宁荣二府的富势，原不用细说。这贾璜夫妻守着些小的产业，又时常到宁荣二府里去请请安，又会奉承凤姐儿并尤氏，所以凤姐儿尤氏也时常资助资助他，方能如此度日。

这里，贾璜夫妻的生活，就依靠凤姐尤氏的扶住，连同来荣府“扫秋风”的刘姥姥，均体现了亲戚之间的患难相助的道德义务。当然，这个义务只是道义上，而不是法律上的，或许，这就决定了不见得每个人都有刘姥姥这样的好运气。第24回，为了走凤姐的门路，承揽些工程，补贴家用，贾芸向舅舅求助：

> 贾芸道：“有件事求舅舅帮衬帮衬。我有一件事，用些冰片麝香使用，好歹舅舅每样赊四两给我，八月里按数送了银子来。”卜世仁冷笑

[1] 瞿同祖. 中国法律与中国社会. 北京：商务印书馆，2010：63.

道："再休提赊欠一事。前儿也是我们铺子里一个伙计，替他的亲戚赊了几两银子的货，至今总未还上。因此我们大家赔上，立了合同，再不许替亲友赊欠。谁要赊欠，就要罚他二十两银子的东道。况且如今这个货也短，你就拿现银子到我们这不三不四的铺子里来买，也还没有这些，只好倒扁儿去。这是一。二则你那里有正经事，不过赊了去又是胡闹。你只说舅舅见你一遭儿就派你一遭儿不是。你小人儿家很不知好歹，也到底立个主见，赚几个钱，弄得穿是穿吃是吃的，我看着也喜欢。"

看到这里，我们就立刻明白了"卜世仁"这个三个字背后的趣味。身处窘境的外甥前来求助，舅舅竟毫无怜悯同情之心。这显然是违背社会所认可的价值的。既然亲属间具有相互帮助的义务，那么，血缘关系愈近，这个义务就愈明确、愈清晰。这种价值观反映在制度上，亲属相盗的情形下，应尽可能地给予谅解、宽恕，越是关系密切的亲属，其间的盗窃行为就愈应该宽恕。

有必要说明的是，亲属间的人身伤害，相较凡人，要加重处罚；而亲属间的侵财行为，相较凡人，则减凡人治罪，这并非是"中国特色"的法文化现象，在某种程度上，它还属于"普世价值"。范忠信先生指出：这种原则，过去我们一直以为是中国传统法的最大特色，是封建宗法主义原则，是中国传统法律伦理化的典型体现，是中国法系与西洋法的最大区别所在，因而被视为封建毒素。这是本世纪初中国法律近代化开始以来国人的最大误解之一……事实上，刑事责任上亲疏有别，尊卑有别，是中西法律的共同原则，是中西法律惊人的不谋而合之处。[1]

3. 丧葬逾礼

第13回，秦可卿之丧，有这样一段描写：

看板时，几副杉木板皆不中用。可巧薛蟠来吊问，因见贾珍寻好板，便说道："我们木店里有一副板，叫作什么樯木，出在潢海铁网山上，作了棺材，万年不坏。这还是当年先父带来，原系义忠亲王老千岁要的，因

[1] 范忠信. 亲亲尊尊与亲属相犯：中西刑法的暗合. 法学研究，1997（3）.

他坏了事，就不曾拿去。现在还封在店内，也没有人出价敢买。你若要，就抬来使罢。”贾珍听说，喜之不尽，即命人抬来。大家看时，只见帮底皆厚八寸，纹若槟榔，味若檀麝，以手扣之，玎珰如金玉。大家都奇异称赞。贾珍笑问：“价值几何?”薛蟠笑道：“拿一千两银子来，只怕也没处买去。什么价不价，赏他们几两工钱就是了。”贾珍听说，忙谢不尽，即命解锯糊漆。贾政因劝道：“此物恐非常人可享者，殓以上等杉木也就是了。”此时贾珍恨不能代秦氏之死，这话如何肯听。

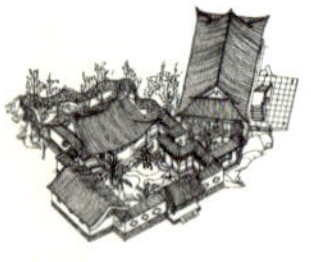

这里，在秦可卿棺木的选择上，是违法的。

传统社会，是身份社会。生活中方方面面的规定，都体现了身份上的差异。以丧葬为例，“同是一死而有崩、薨、卒、死、捐馆等不同的名称。丧葬的用器和仪式，自始丧以至埋葬无一不指示阶级的差异。”[1]红楼梦中的丧葬描写，非常逼真地体现了这一点。同样是死亡，第14回，称“林如海捐馆扬州府”；第16回，称“秦鲸卿夭逝黄泉路”；第58回，写道：“谁知上回所表的那位老太妃已薨，凡诰命等皆入朝随班按爵守制。”第63回，写贾敬之死：“正顽笑不绝，忽见东府中几个人慌慌张张跑来说：‘老爷殡天了。’”这些五花八门的称谓无疑是体现身份差别的。

第72回，贾琏向凤姐借钱，言语多有不耐，凤姐反讥：

“我又不等着衔口垫背，忙了什么。”

这里，凤姐说的“衔口”即指饭含，按照传统的风俗，人死后为了不虚口，常含钱于口中。但是，须要注意，“尸口的含，或珠玉，或钱贝，不得乱用。”在清代，“一品至三品，含小珠玉屑，四品至七品，含金玉屑，士，含金银屑，庶人，含银屑。”[2]其他如铭、棺木、丧仪、柩舆、坟茔、碑碣等，都有细致的规定。这些清楚、精细的规定，当然须要人们的遵守。

具体到秦可卿的丧礼，起初，因为丈夫贾蓉官职微小，这就决定了丧礼规模不可能太过豪华和庞大。为此，贾珍很是介意：

---

❶ 瞿同祖. 中国法律与中国社会. 北京：商务印书馆，2010：207.

❷ 瞿同祖. 中国法律与中国社会. 北京：商务印书馆，2010：208.

因想着贾蓉不过是个黉门监生，灵幡经榜上写时不好看，便是执事也不多，因此心下甚不自在。

于是，通过捐纳的方式，贾蓉由一个黉门监，摇身一变成了五品龙禁尉。既然贾蓉成了龙禁尉，秦可卿自然就成为了五品龙禁尉夫人。那么，其丧礼规模就可以相应提高。即便如此，秦可卿棺木的选择也逾越了礼法，这块木头，原本"系义忠亲王老千岁"的，也就是说，只有皇族才可以选择其作为棺木，而秦可卿只是一个五品官员的夫人，选择它作为棺木，明显是有违礼法的。进一步地，"上得兼下，下不得僭上"是丧葬礼仪的一项基本原则。例如，在丧葬过程中，像忠亲王这样的皇族可以使用普通官吏该用的器物，但是，普通官吏绝不能"以下犯上"，适用皇族才配享用的器物。具体地，按照清代法律，丧礼上器物之类违式僭用者，有官者杖一百，罢职不叙，无官者五十，违式之物并责令改正。[1]

4. 违禁取利

王熙凤行使家事管理权的过程中，把大家的"月钱"拿到外面，进行秘密放贷。这项活动持续了很长时间，几乎贯穿了凤姐当家理政的整个过程。早在第16回，小说就有交代。凤姐问平儿：

"方才姨妈有什么事，巴巴打发了香菱来?"平儿笑道："那里来的香菱，是我借他暂撒个谎。奶奶说说，旺儿嫂子越发连个承算也没了。"说着，又走至凤姐身边，悄悄的说道："奶奶的那利钱银子，迟不送来，早不送来，这会子二爷在家，他且送这个来了。幸亏我在堂屋里撞见，不然时走了来回奶奶，二爷倘或问奶奶是什么利钱，奶奶自然不肯瞒二爷的，少不得照实告诉二爷。我们二爷那脾气，油锅里的钱还要找出来花呢，听见奶奶有了这个梯己，他还不放心的花了呢。所以我赶着接了过来，叫我说了他两句，谁知奶奶偏听见了问，我就撒谎说香菱来了。"

第24回，出现过一个存身市井的小人物，名字叫倪二。

原来这倪二是个泼皮，专放重利债，在赌博场吃闲钱，专管打降

---

[1] 瞿同祖. 中国法律与中国社会. 北京：商务印书馆，2010：219.

吃酒。

原来，这个倪二也是在外放债的，且是“重利债”，那么，凤姐放的是不是像倪二一样的“重利债”呢？第39回，通过平儿的描述，我们大致清楚了凤姐放贷行为的收益情况：

袭人又叫住问道：“这个月的月钱，连老太太和太太还没放呢，是为什么？”平儿见问，忙转身至袭人跟前，见方近无人，才悄悄说道：“你快别问，横竖再迟几天就放了。”袭人笑道：“这是为什么，唬得你这样？”平儿悄悄告诉他道：“这个月的月钱，我们奶奶早已支了，放给人使呢。等别处的利钱收了来，凑齐了才放呢。因为是你，我才告诉你，你可不许告诉一个人去。”袭人道：“难道他还短钱使，还没个足厌？何苦还操这心。”平儿笑道：“何曾不是呢。这几年拿着这一项银子，翻出有几百来了。他的公费月例又使不着，十两八两零碎攒了放出去，只他这梯己利钱，一年不到，上千的银子呢。”袭人笑道：“拿着我们的钱，你们主子奴才赚利钱，哄的我们呆呆的等着。”

由此，凤姐放贷而产生的孳息是非常可观的，实和倪二一样，都是“高利贷”。进一步地，如果凤姐从事这项活动的目的是出于家族利益，那么，对贾府而言，这确是有意义的行为，有益于贾府这个“百年老店”的保值、增值。然而，凤姐的所作所为，却完全是为了一己之私，以致惹来大家的抱怨，对此，赵姨娘就非常不满。王熙凤本人也意识到这一点，第72回，她对旺儿媳妇说：

“……说给你男人，外头所有的帐，一概赶今年年底下收了进来，少一个钱我也不依的。我的名声不好，再放一年，都要生吃了我呢。”

然而，更为严重的一点，凤姐只是意识到众人对自己的不满，却没有意识到，她所从事的这项活动，由于其本身的高回报，也面临合法性的问题。对于民间的放债、典当，清律禁止擅自索取高息：

凡私放钱债及典当财物，每月取利并不得过三分。年月虽多，不过一本一利。违者笞四十，以余利计赃。重者坐赃论，罪止杖一百。若监临官吏于所部内举放钱债，典当财物者，杖八十。违禁取利，以余利计赃，重者依不枉法论。并追余利给主。

由此，我们清楚，凤姐、倪二放“高利贷”的行为是被当时的法律明令禁止的。若值贾府“烈火烹油”“鲜花著锦”的兴旺时期，即便事发，这点事也算不上什么，凤姐谈笑间就能摆平，贾府连薛蟠犯的人命案子都能大事化小，放高利贷这点事情又算得了什么呢？然而，一旦贾府势衰，树倒猢狲散，这就难免成为一项令外人见猎心喜的罪证。第105回，写道：

就回说：“东跨所抄出两箱房地契又一箱借票，却都是违例取利的。”老赵便说：“好个重利盘剥！很该全抄！……”

我们看到，王熙凤辛苦敛来的钱财，竟成为查抄贾府的一项“意外的收获”。“世人都晓神仙好，惟有功名忘不了！古今将相在何方？荒冢一堆草没了。世人都晓神仙好，只有金银忘不了！终朝只恨聚无多，及到多时眼闭了……”凤姐喜欢钱，也攒了一辈子钱，她一度也很有钱，而死的时候，却没有一分钱。这就是“机关算尽太聪明”吧。

5. 僧道犯奸

第93回，一张帖子贴在了荣府的大门上，把贾政气的“头昏目晕”，上面写着：

西贝草斤年纪轻，水月庵里管尼僧。一个男人多少女，窝娼聚赌是陶情。不肖子弟来办事，荣国府内好名声。

这就是发生在水月庵里的“风月案”，说的是贾芹和一帮尼姑、道士的乱行。对此，书中有明确的交代：

且说水月庵中小女尼女道士等初到庵中，沙弥与道士原系老尼收管，日间教他些经忏。以后元妃不用，也便习学得懒怠了。那些女孩子们年纪渐渐的大了，都也有个知觉了。更兼贾芹也是风流人物，打量芳官等出家只是小孩子性儿，便去招惹他们。那知芳官竟是真心，不能上手，便把这心肠移到女尼女道士身上。因那小沙弥中有个名叫沁香的和女道士中有个叫做鹤仙的，长得都甚妖娆，贾芹便和这两个人勾搭上了。闲时便学些丝弦，唱个曲儿。

事实上，贾芹的行为并不是突发的，也不是现在才发现，早在第53回，就有了一些端倪。当老庄头乌进孝赶来宁府，带来丰盛的年货、进礼时，贾芹过来取份儿，不成想，意外地遭到贾珍的批评：

贾珍冷笑道："你还支吾我。你在家庙里干的事，打谅我不知道呢。你到了那里自然是爷了，没人敢违拗你。你手里又有了钱，离着我们又远，你就为王称霸起来，夜夜招聚匪类赌钱，养老婆小子。这会子花的这个形象，你还敢领东西来？领不成东西，领一顿驮水棍去才罢。等过了年，我必和你琏二叔说，换回你来。"

由此，我们知道，贾芹在家庙里的乱行是持续性的，且已经存在了相当长的一段时间。然而，这个家族的族长——贾珍，掌握了这一情况后，他竟也只是嘴上说说，并没有采取任何措施来制止贾芹的行为，终致东窗事发。难怪第45回，赖嬷嬷说他："……只是管的到三不着两的。他自己也不管一管自己，这些兄弟侄儿怎么怨的不怕他？"更有意思的是，即便贾政，知道了情况后非常生气，表示要彻查严办，而后，这件事关家族名誉大事，竟按贾琏、王夫人"大事化小"的思路下给遮掩过去了，而贾政"本是省事的人，听了也便撂开手了。"在此，我禁不住想起第73回，贾母高效率地治赌的举措，与之对比，凸显了贾府里的男人在治家上的昏聩无能。

那么，贾芹及一班尼姑、道士要为此承担什么样的责任呢？事实上，传统社会，一直以来习惯用法律来规范与佛道教相关的一些问题。例如，第77回，水月庵的智通与地藏庵的圆心，存心要把芳官、藕官、蕊官拐走，去"作活使唤"，然而，表面上，她们却对王夫人说了一番冠冕堂皇的大道理：

"如今这两三个姑娘既然无父无母，家乡又远，他们既经了这富贵，又想从小儿命苦入了这风流行次，将来知道终身怎么样，所以苦海回头，出家修修来世，也是他们的高意。太太倒不要限了善念。"

这里，智通、圆心似乎很自信的样子，确信芳官等人只要跟她们走，就能出家，其实，清律规定：

若僧道不给度牒，私自簪剃者，杖八十。

也就是说，凡人出家，是须经过一定的行政审批程序的，否则，在这个方面失去控制，那么，政府的税收就会成为问题。未经官方批准而擅自充任僧、道，被称为“私入道”，须承担法律责任。由此，芳官等人能否出家，并不是由智通、圆心等人来决定的。再如，第25回，马道婆接受赵姨娘的委托，实施“魇魔之法”，来伤害王熙凤、宝玉：

（马道婆）又向裤腰里掏了半晌，掏出十个纸铰的青面白发的鬼来，并两个纸人，递与赵姨娘，又悄悄的教他道：“把他两个的年庚八字写在这两个纸人身上，一并五个鬼都掖在他们各人的床上就完了。我只在家里作法，自有效验。”

这种利用巫术犯罪的行为，更是法律严厉打击的对象，属于十恶中的“不道”，要接受最严厉的刑事惩罚。那么，具体到贾芹及一班小尼姑、道士的乱行，按照清律的规定：

凡和奸，杖八十；有夫者，杖九十；刁奸者，杖一百。

若僧尼、道士、女冠犯奸者，各加凡奸罪二等；相奸之人以凡奸论。

由此，贾芹应杖八十，而一班小尼姑、道士，应徒两年半。

除了上述这些，贾府里还存在居丧娱乐、嫁娶等违法行为，由于在前文中已经叙及，在此不再赘述。这里，我们林林总总，大致总结了发生在贾府里的恶行，分析了其相关的法律责任，由此，也感受到了传统法律文化的一些趣味和特点，更能够体会到，第2回，冷子兴演说荣国府时的那份感慨：

“谁知钟鸣鼎食之家，翰墨诗书之族，如今的儿孙，竟一代不如一代了！”

相较开头的那份“主的审判”，但愿我们这次不是又一次“葫芦僧乱判葫芦案”。进一步地，我们看到，上述这些罪名，均难以构成抄家的法律理由。那么，这是否也就意味着，按照曹雪芹的设想，后40回的内容中，贾府一定有惊天的大事发生呢？

参考文献

1. 曹雪芹，高鹗. 红楼梦. 长沙：岳麓书社，1987.

2. 瞿同祖. 中国法律与中国社会. 北京：商务印书馆，2010.

3. 滋贺秀三. 中国家族法原理. 北京：法律出版社，2003.

4. 费孝通. 乡土中国·生育制度. 北京：北京大学出版社，1998.

5. 张未然. 法意·红楼：一个法律人的“读红”札记. 北京：中国政法大学出版社，2012.

6. 苏力. 法律与文学：以中国传统戏剧为材料. 北京：生活·读书·新知三联书店，2006.

后记

值这本小书出版之际，谨向瞿同祖先生为代表的老一辈学人致以崇高的敬意！

一如既往地感谢那些给予我关心、帮助的人，他们包括但不限于：北京师范大学法律与政治研究所的王瑞华老师、尚九玉老师，中国石油大学（华东）的夏从亚教授、张荣华教授、纪光欣教授、戴瑞亮副教授等。

必须感谢为该书的顺利出版付出了辛劳的编辑朋友们，正是因为他们辛勤的努力，促使了这本书的早日面世，尤其是该书的责任编辑周游老师，她的专业、热情和坦率，给我留下了美好的印象；该书从构思、撰写到出版，均得到中国石油大学（华东）马克思主义学院的王绍青博士的大力帮助和热情支持，在此特别予以感谢；该书的出版，也得到了中国石油大学（华东）青年自主创新基金的资助，在此一并致谢。

最后，感谢我的妻子王荫玲女士，她为这个家付出了太多；感谢我的女儿张宇轩小朋友，借用王力宏的一句歌词：你是我心中的日月，我已不能爱你多一些。

张未然

中国石油大学（华东）

2014年10月8日